정대영 장편소설

Reset
리셋

정대영 장편소설

RESET
리셋; 그날이 오면

초판인쇄	2023년 10월 30일
초판발행	2023년 11월 05일
지은이	정대영
주소	부산광역시 해운대구 우동 마린시티2로33
전화	010-3559-2854
발행인	김영찬(金永燦)
편집인	김영찬(金永燦)
디자인	월간「부산문학」디자인팀 / 데코·브레인
출판·인쇄처	도서출판 한국인
기획·발행처	도서출판 부산문학
등록번호	제2019-000001호
주소	부산광역시 동구 중앙대로 308번길 7-3 / 주식회사 한국인
전화	(051)929-7131, 441-3515
팩스	(051)917-7131, 441-2493
홈페이지	http://www.busanmunhak.com
이메일	sahachan@naver.com
가격	18,000원 (E-Book 8,000원)
ISBN	979-11-92829-69-2 (03810)

ⓒ 정대영 2024, Printed in Korea.
이 책은 저작권법에 따라 보호 받는 저작물이므로 무단전재와 무단복제를 금지하며, 이 책 내용의 전부 또는 일부를 이용하려면 반드시 저작권자인 저자 하현옥과 도서출판 한국인의 서면 동의를 받아야 합니다.
파본이나 잘못된 책은 구입처에서 교환해 드립니다.

1993년 3월 24일, 캘리포니아 팔로마천문대에서 캐롤린 슈메이크, 유진 슈메이크 부부는 데이비드 레비와 함께 발견한 『슈메이크-레비9』 혜성이 1994년 7월 16일 목성에서 첫 충돌을 시작으로 6일간에 걸쳐 스물한 조각의 파편들이 차례차례 충돌했다. 처음에는 한 개의 혜성이 목성의 중력에 의해 스물한 조각으로 나누어졌다. 분열 전 크기는 지름이 1.8Km로 추정된다.
충돌 에너지는 600만 TNT 메가톤으로 일본 히로시마에 투하된 원자폭탄 '리틀보이'의 40만 배 위력이었다.
전 세계 천문학자들과 인류는 큰 충격을 받았다. 혜성이 지구와 충돌할 가능성을 확인하는 순간이었다. 만약 『슈메이크-레비9』 혜성이 지구와 충돌했다면 지구는 종말을 맞이하였을 것이다.
지구는 소행성 충돌로 여러 차례 종말을 겪었었다. 지금도 유카탄반도에 그 흔적이 남아 있다. 6,600만 년 전 15Km 크기로 추정되는 소행성 충돌로 2억 년간 지속해왔던 공룡시대는 막을 내렸다. 당시의 충돌 에너지는 히로시마 원자폭탄 100억 배로 추정된다. 이렇게 큰 충돌이 한번만 있었을 것이라고는 생각하지 않는다. 유카탄반도의 충돌 이전에도 여러 번 있었고 이후에도 있었을 것이다. 다만 풍화작용과 판의 이동으로 사라져 그 흔적을 찾을 수 없을 뿐이다.

세계 제3차대전 시 핵전으로 종말을 맞는 것보다도 소행성 충돌로 종말을 맞을 가능성이 더 높을 것이다.
많은 예언가들은 하늘에서 불이 떨어지는 것으로 종말을 예언했다. 이 예언이 핵폭탄이 하늘에서 떨어지는 것으로 세계 제3차대전을 지구의 종말로 해석했다. 그러나 핵폭탄은 땅에서 폭발하는 것이지 하늘에서 불이 되어 떨어지는 것은 아니다. 하늘에서 불이 떨어지는 것은 소행성 충돌 전 운석이 비오 듯 쏟아질 때 나타나는 현상이다.

만유인력의 법칙을 발견한 수학자이자 물리학, 천문학자인 천재 아이작 뉴턴은 2060년을 지구의 종말로 예언했다.
이 책은 지구가 '리셋'되는 2060년 그날을 맞이하는 과정을 극화했다.
스티븐 호킹 박사와 다수의 과학자들은 멀지 않은 장래에 종말이 올 것이라고 말하고 있다. 종말이 온다면 몇 사람이라도 살아남도록 최선을 다하는 것이 우리 모두의 의무다. 어떤 경우의 종말을 가정한 매뉴얼 작성과 대피대상자를 미리 선정해 만일을 대비해야 한다.
대피대상자는 기득권을 가진 사람이나 용모가 뛰어난 사람보다 생존 후 재건 능력자(기술, 기능 보유자)와 과학, 의학 등 다양한 분야의 전문가, 그리고 새로운 미래에 적합한 사람으로 미리 선정해 두는 것도 좋을 것이다. 50세를 기준으로 그 나이 이상 넘게 되면 대상자에서 제외하고 제외된 만큼 새로운 대상자를 선정해 두는 것이다.

'하늘이 무너져도 솟아날 구멍은 있다'고 했다. 위기의 순간에도 희망의 끈을 놓지 않으면 길이 보인다. 그리고 작은 불씨를 살리기 위하여 필요하다면 자신도 태워버릴 수 있어야 한다. 인류의 영속을 위해…….

차례

[제1장] 그날의 시작

천체물리학자의 죽음 · 020
소행성 핵폭발 · 020
워싱턴 D.C의 긴급전화 · 022
세종시 NSC회의 · 024
소행성 지구 충돌 미 국무부 발표 · 025
상임이사국 소행성 정보 공유 · 028
상임이사국의 대피소 건설 의혹 · 030
노아 프로젝트 · 032
천체물리학 김 박사의 의견 · 034
이미 풀린 소문 · 036
다시 열린 NSC 회의 · 037
미 정부의 정책 협조와 유학생 구제 · 039
국회 본회의 · 041

[제2장] 소행성

소행성 크기 · 046
소행성의 성분과 가치 · 048
소행성의 궤도 · 055
소행성 충돌 대책위원회 · 059
그날의 예상 재난 · 061
석유가 만들어지는 과정 · 064
음모론 · 065

[제3장] 그날의 대책회의

대피시설 · 072
대피대상자 · 073
담화문 발표와 기자회견 · 077
약속 대련 · 083

[제4장] 매뉴얼

대책회의 · 088
터널 보강공사 · 091
식량문제에 대한 대책 · 093
전기 발전 대책 · 095
전자, 통신 대책 · 096
의료 대책 · 096
산자부의 대책과 아드로이드^{인간형 로봇} · 097
과기부 대책 · 103
문체부 대책 · 104
경제기획부 대책 · 104
대상자의 자격 · 105
매뉴얼 승인 · 106
계엄선포 · 107
대상자 선정 기준의 사회적 지지 · 108

차례

[제5장] 대통령 박현인

대통령 탄핵 표결 · 116
세종시 국회 의사당 · 116
반대 집회 · 118
죽음의 명분 · 121
현인의 기적 · 124
대통령 '박현인' · 129
반대자의 설득 · 131
AI 재판 · 135
박현인의 인성 · 138
계엄군 · 141
대통령의 명령 · 144
범죄자 · 146

[제6장] 종말의 사회현상

터널 보강공사 · 152
대피대상자 모집 현황 · 153
종말을 맞이하는 사회 현상 · 155
상임이사국의 현황 · 157
불법 작전 · 160
대통령과 여자 · 164
대피대상자 · 169

[제7장] 그림자 정부

새로운 정보 · 174
다시 제기된 음모 · 176
그림자 정부 · 179
제보자 · 182
언론 제보 · 186
대통령의 손자 · 188

[제8장] 악마의 돌 데블뉼

운석우 隕石雨 · 196
반중력 물질 · 200
반중력 물질의 기계적 성질 · 203
반중력 물질의 용도 · 204
악마의 돌 · 207
국토안보자문위 · 211

차례

[제9장] 외계인

애니멀 커뮤니케이터 동물과 교감하는 사람 · 218
외계인의 경고 · 220
지구인은 하등동물 · 224
외계인의 행성과 진화 · 227
외계인의 번식과 수명 · 229
외계인의 로봇과 전쟁 · 231
외계인의 증표 · 233
검은 돌의 비밀 · 237
소행성의 반물질 · 239
반물질의 군사적 용도 · 241
반물질 비행체 · 243
지구인의 우주여행 어려움 · 246
숨겨진 속셈 · 249

[제10장] 전투

배신 · 254
전투 · 256
스콜피언 · 259
떠나는 UFO 모선 · 263
나대용 함 · 264
SLBM 발사 · 267
잠수함 격돌 · 269
반역 · 271

[제11장] 그날

마지막 만찬 · 276
그날 · 279
밀려오는 쓰나미 · 282
대통령의 죽음 · 283
물이 새는 터널 대피소 · 285
무너진 토사로 막힌 입구 · 288
생존의 기쁨 · 291
반군 전멸 · 292
반군 대령 · 296
대결 · 298

[제12장] 생존과 재판

그날 후 세상 · 302
터널 붕괴 · 303
구출 · 305
대피소 입소반대 · 308
사살 · 309
복수의 기회 · 313
박진웅의 재혼 상대 · 315
공개 재판의 이유 · 318
공개 재판 · 320
위석기 · 322
최종 변론 · 328
평결 결과 · 330
재건 · 333

머리말

우주에는 수천조 개의 별이 있고, 그 많은 별 중 한 개가 태양이다. 태양을 중심으로 8개의 행성이 있고, 세 번째 행성에 우리 인간이 살고 있다.

지구의 46억 년 세월 속에 수없이 많은 생물이 새로 생기고 사라지면서 아주 우연하게 지적 생명체인 인간이 탄생했다. 어쩌면 지구는 수억조 개의 우주 행성에서 지적 생명체가 있는 몇 안 되는 행성일 수 있다.

필자는 세계의 종말은 어떤 일로 어떻게 시작될까 생각해 봤다. 필자가 어릴 땐, 미·소_{소비에트 공화국=러시아}의 냉전시대였다. 미·소는 지구를 완전히 초토화시킬 수 있는 수소폭탄을 보유하고 있었고 일촉즉발의 위기가 고조되었다. 당시에도 핵전쟁으로 종말이 온다고 모두 걱정했었다.(당시 종말 3분 전을 가리키는 시계도 있었다.)

물론 지금도 세계가 안전해진 것은 아니다. 핵전쟁으로 종말을 맞이할 수도 있고, 또 실수로 만들어진 치명적인 병원균으로 종말을 맞을 수도 있다. 그리고 소행성 충돌로 종말을 맞이할 수도 있다. 종말 후엔, 다시 이 지구에 지적 생명체가 탄생하려면 수십억 년이 흘러야 되거나, 어쩌면 지적 생명체는 영원히 나타나지 못할 수도 있다. 이 우주에서 지적 생명체인 인간이 얼마나 소중한지 기억하여 서로 협력하며 수억 년을 생존할 수 있도록 하자.

이 책은 갑자기 나타난 소행성이 지구와의 충돌로 종말을 맞는 과정을 극화했다.

지구에는 여러 번의 소행성 충돌이 있었다고 한다. 그때마다 지상의 생물은 멸종하였을 것이다. 다행히 극히 일부의 작은 생명체는 멸종을 면할 수 있었고, 수천만 년을 진화하며 번성되었을 것이다.

소행성이 지구와 충돌하면, 소행성보다도 수십 배가 넘는 토양들은 수십 Km 높이로 솟구쳐 올라갔다가 다시 지상으로 떨어지며 사방으로 퍼져나간다. 그때 엄청난 폭풍이 일어 나무가 뿌리째 뽑히고 뽑고 생명체도 깡그리 쓸려가고 그 위로 토양과 소행성이 녹은 암석 입자들이 덮여 엄청난 열이 나무를 탄화 시켜 오랜 세월 동안의 지압과 지열로 인해 석탄이 되었으리라. 그리고 지하에서 압박을 받고 있던 마그마가 지진으로 일시에 폭발하고 용암이 바다에 유입되어 해수가 섭씨 45도 이상 올라가고, 화산재와 이산화황의 방출로 산성비가 내려 그로인해 물고기와 플랑크톤도 멸종하여 바닥에 가라앉게 된다. 사체 위에 화산재나 토사가 덮여 수천만 년 동안 지각 변동을 겪으면서 이 또한 지압과 지열로 인해 석유로 변하게 되었다고 생각한다.
석유는 동물의 사체가 호수에 침전되어 흙이 덮여 지압과 지열로 인해 석유가 되었다고 한다. 그런데 동물이 죽으면 하등동물의 먹이가 되어 배설되는데, 사체가 호수에 묻히는 경우가 얼마나 될까? 먹이가 되지 못하고 썩어버리면 사체의 부피는 얼마나 쪼그라들까? 그렇다면 우리가 지금까지 사용한 엄청난 석유는 얼마나 큰 호수에서 얼마나 많은 동물의 사체가 쌓여야 할까? 그래서 필자는 위의 가설이 아닐 수도 있다는 생각을 했다. 그래서 혹

머리말

시, 동물의 배설물^等이 물 속에 침전되고 쌓여 석유가 된 것은 아닐까? 라고 생각했었다.

동물이 태어나 죽을 때까지 먹고 배설되는 배설물은 자신의 몸무게의 수 배에서 수십 배에 달한다. 사체를 먹는 하등동물도 배설은 한다. 따라서 배설물이 물에 떠내려가서 호수나 강바닥 혹은 해변에 쌓여 퇴적층이 되고, 지압과 지열로 인해 석유가 되는 것이다. 그런데 퇴적층 위에 지점토가 쌓여 굳은 지점토층이 있어야 퇴적층에 지압과 지열이 작용된다.

지점토층이 만들어지려면 유기물의 유입이 없어야 한다. 따라서 소행성 충돌로 육지와 바다에 일시에 생물이 사라지고 육지는 사막화가 되어 수천 년 동안 유기물 유입이 없으니, 퇴적층은 더 이상 생기지 않고 유기물 위에 사막화된 육지의 흙과 화산재가 쌓여 지점토층이 형성되었을 것이다.

공룡이 가장 번성했던 백악기 말인 6,600만 년 전, 유카탄반도의 소행성 충돌이 원인으로 공룡은 대멸종했다고 한다. 유카탄반도의 소행성 충돌구가 지금도 남아있어 공룡 대멸종은 소행성 충돌이 가장 직접적인 원인인 것으로 추정되고 있다.

지구의 생명체들에게는 여러 번의 대멸종이 있었다. 그 원인으로는 소행성 충돌, 화산 활동, 기후 변화, 질병 등으로 보고되고 있다. 그러나 화산 활동, 기후 변화, 질병으로는 대멸종이 되지 않는다. 지상과 수중 생명체의 대멸종은 소행성 충돌이 가장 유력하다.

필자는 대멸종을 일으킨 10Km 이상의 소행성 충돌이 몇 번이 아니라 수십 번 이상 있었다고 생각한다. 그때마다 숲과 해양생물이 땅에 묻혀 석탄과 석유가 되었을 것이다. 해양생물은 소행성이 충돌해도 물이라는 매체로 인해 멸종을 면하고 빠르게 복구되었을 것이다.

숲 역시 빠르게 복원되었을 것이다. 식물의 씨는 바람에 날려 광범위하게 뿌리를 내리고 번성할 수 있다. 그러나 육상 동물은 매우 더디게 복원되었을 것이다. 육상 동물은 먹이와 기온에 민감하다. 도태를 면하려면 진화를 해야하는 데 많은 세월이 걸린다. 그리고 5Km 미만의 소행성 충돌은 1~2백만 년 주기로 일어났을 것이다. 그 예로 지층은 유기물의 흐름이 차단되는 급격한 환경 변화가 일어나야 형성될 수 있다. 5Km 이하의 소행성 충돌은 멸종이 아니더라도 환경에 크게 영향을 미칠 수 있다.

인류가 기록을 시작한 시기는 만 년이 되지 않으며, 천체를 관측하기 시작한 때는 이천 년이 되지 않았다. 망원경으로 소행성 관측을 시작한 시기는 채 500년이 되지 않는다. 500년도 되지 않은 시기에 지구를 스쳐간 300m 이상의 소행성은 무수히 많았다. 만약 500m 소행성이 초속20Km로 태평양에 떨어진다면 히로시마 핵폭발의 백 배 위력이 되어, 높이 100m 이상의 쓰나미가 시속 700Km로 퍼져나가 수많은 나라의 해변이 초토화되어 수 천만 명 이상의 사상자가 발생할 것이다. 그리고 일본, 한국, 중국 등 수많은 핵발전소는 일본의 후쿠시마 핵발전소와 같이 폭발하여 핵 폐수가 지속적으로 바다에 유입될 수 있다. 바다의 오염으로 인류는

머리말

1,000년에 걸쳐 서서히 종말을 맞이할 수도 있다.

멸종에서 살아남은 작은 포유류가 인간으로 진화되기까지 최소한 천만 년이 걸릴 것이다. 그동안 종말에 이르는 소행성 충돌이 없었다면 지금 임계점이 다가오고 있다고 생각해야 한다. 따라서 소행성 충돌의 위험이 핵전쟁의 위험보다 더 높을 수도 있다. NASA가 소행성을 지속적으로 모니터링하고 있지만 500m 이하의 소행성은 관측도 힘들고, 지구로 돌진하는 소행성을 발견한다 해도 초속 20Km의 소행성을 막을 방법이 현재로선 없다.

ICBM^{대륙간 탄도탄}도 대기권 재진입 시 초속 10Km이다. ICBM도 효율적으로 막을 방법이 없는데 그 속도의 2배인 소행성을 막을 방법이 과연 있을까?

소행성 충돌에 의한 종말이 아니더라도 종말은 언제든지 올 수 있다. 인구 팽창, 온난화, 환경파괴, 식량난, 자원 부족, 전쟁, 방사능 유출, 전염병 등이 그 원인이 될 수도 있다.

지구의 자원은 한계가 있다. 석유와 석탄, 천연가스 등 소비성 자원은 100년 후에는 소진된다. 강대국은 자원 확보에 혈안이 되고 방해가 된다면 전쟁도 불사할 것이다. 강대국들은 핵을 보유하고 있다. 따라서 핵전쟁이 일어날 수도 있다. 온난화로 지구의 기온이 올라 해수면 상승으로 경작지는 줄어들면 굶주림에 서로 죽이고 뺏는 폭동이 일어날 수도 있다.

그리고 최근에는 AI^{인공지능}가 개발자도 예상하지 못한 수준으로 엄청나게 빠르게 진화하고 있다. 우리는 인공지능 프로그램 '알파고'를 잘 알고 있다. '알파고'는 바둑이라는 게임을 분석하여 스스로 차원 높게 발전하는 학습능력이 있음을 확인시켜 주었다. AI는 대학 논문 대필은 물론, 장르를 정해주고 등장 인물의 성격과 약간의 스토리를 정해 주면 스스로 영화를 만들 수도 있는 창작의 단계까지 왔다. 이를 로봇에 접목시키면 명령자에 의해 살인도 가능할 것이다. 또는 명령자가 핵보유국을 지정해 암호를 해제하고 핵 버튼을 눌러 지정한 곳으로 발사하게 하면 핵전쟁이 일어날 수 있다.

앞으로 인류의 생존은 몇 백 년이나 유지될 수 있을까?
일부의 과학자들은 화성에 이주 기지를 건설하고, 또 다른 지구와 같은 행성을 찾고자 노력하고 있다. 그러나 다른 행성의 이주는 수백 년이 흘러도 불가능하리라 생각된다. 지구처럼 아름다운 행성은 우주 어디에도 없을 것이다. 우리는 지구를 떠나 살 수 없다. 따라서 지구의 먼 미래를 위해 지금부터 착실히 계획하고 준비하여 천 년, 만 년을 유지할 수 있도록 해야 할 것이다.

2024년 10월

정 대 영

018 정대영 장편소설 • Reset 리셋:그남이 오면

제1장

그날의 시작

천체물리학자의 죽음

때는 2058년 4월 13일이다. 뉴욕의 어느 어두운 골목, 승용차에서 한 사람이 내려 주위를 살펴보고 앞에 주차되어 있는 승용차의 조수석에 재빨리 올라탔다. 승용차 안에서 두 사람은 심각하게 이야기를 주고받았으며 잠시후 50대로 보이는 운전자가 조수석 사람에게 봉투를 건네주었다.

그가 봉투의 내용물을 확인하려는 순간, 갑자기 조수석 문이 열리면서 권총이 발사되었다. 두 사람은 삽시간에 머리에 총탄을 맞고 숨졌다. 총을 쏜 사람은 봉투와 두 사람의 호주머니를 뒤져 지갑을 챙긴 다음 현장에서 유유히 사라졌다.

다음날, 뉴욕타임스에 사건 기사가 게재되었다. 사망자는 새로운 우주망원경 '칼 세이건'의 팀장으로 천체물리학 박사다. 그리고 또 한 명은 프리랜스 기자였다.

 소행성 핵폭발

그로부터 23개월 후,

검은 색 일색의 우주 저 멀리서 한 점이 빠르게 다가왔다. 가까이 다가오는 점은 표면이 아주 검고 다소 거칠어 보이는 소행성이다.

소행성은 구의 형태로 서서히 자전하며 돌출된 부분이 많고, 돌출된 부분은 금속성 은빛으로 빛이 나며 부분적으로는 금빛도 보인다.

소행성이 진행하는 방향과 마주하여 작은 점 하나가 소행성을 향해 빠르게 다가오고 있다.

다가오는 작은 점은 성조기가 새겨진 로켓이다.

로켓은 지구를 떠나 우주 멀리 날아와 소행성을 향해 빠르게 다가가고 있다. 어느덧 로켓은 검고 어두운 소행성 속으로 묻히는 듯이 사라졌다.

순간 '번쩍!' 하고 엄청난 섬광이 발산되었다.

크고 강력한 섬광에 거대한 소행성이 가려졌다.

빛이 사라지고 잠시 후 먼지구름이 정면으로 솟구쳤다.

소행성에는 공기와 같은 매질_{어떤 파동 또는 물리적 작용을 한 곳에서 다른 곳으로 옮겨주는 매개물}이 없어 폭파 소리가 없다.

먼지구름은 빠르게 사라졌다.

폭발로 튕겨져 나온 파편들이 다시 소행성으로 빨리듯 들어갔다.

폭발이 있었던 자리에는 큰 구덩이가 패였고 그 속은 식지 않은 마그마처럼 빨갛게 물들어 있다. 폭파 충격에도 아랑곳 하지 않고, 소행성은 계속 빠르게 날아가고 있다. 그런데 진행하는 맞은편에 소행성을 향하여 다가오는 또 다른 한 점이 있다. 삼색기가 새겨져 있는 로켓이다. 그 뒤에도 로켓이 또 있다. 이번엔 오성기가 새겨져 있다.

용인에 있는 대학 천문대.
우주를 관찰하던 천문대의 모니터에 한 점이 밝게 빛났다가 곧 사라졌다.
모니터로 우주를 관찰하던 한 사람이 벌떡 일어나 화면을 되돌려 다시 확인했다. 분명히 강한 빛이 나타났다 사라졌다.
지금 2060년 3월 19일 20시 10분이다.
그는 급히 휴대폰을 들어 지도교수에게 전화를 걸었다.

워싱턴 D.C의 긴급전화

세종시 대통령 관저.
디지털시계가 1시 50분을 가리킨다.
침대 옆 작은 테이블 위 전화기의 진동소리에 남자가 일어나 받았다.

"여보세요. 아! 대사님……. 옛! 그런 일이 있었다고요? 그때가 언제입니까? …… 왜 지금에 와서 발표합니까? …… 사회 혼란을 우려했다고요. 하지만, 우리에게는 미리 대비할 수 있는 시간이 필요한데, 핵폭발 결과는 성공적입니까? …… 아직은 모른다고요. 그럼 그때가 언제입니까? …… 빨라도 칠일 지나야 알 수 있다고요? 알겠습니다. 대사님 더 상세한 조사를 해 주시기 바랍니다. 여기 시간으로 3월 20일 05시에 긴급 NSC회의^{안전보장회의}가 소집될 것입니다. 그때 화상으로 회의에 참석해 주십시오."

여사가 눈을 떴다.

"여보! 뭐예요? 왜 그래요?"

"아! 아니요, 지금은 나도 뭐가 뭔지……. 좀 기다려 봅시다."

인터폰으로

"김 비서 국가안전에 관계된 국무위원에게 오전 5시까지 NSC 회의실로 모이도록 하시오. 그리고 과기부 장관과 소방방재청장도 오게 하시오."

"예! 대통령님! 근데 지금 천체물리학 김수성 교수님께서 긴급히 전할 말이 있다고 통화를 원합니다."

"어떤 내용일지 짐작 갑니다. 5시에 화상 채팅하자고 전달하시오."

세종시 NSC회의

 NSC(안전보장회의) 회의실. 국가안전에 관계된 국무위원들이 배석해 있다.
 "대통령님께서 들어오십니다."
 자리에 앉아있던 이들이 모두 자리에서 일어났다.
 "안녕하세요? 모두 앉으세요."
다들 자리에 앉는다. 그들 모두 긴장한 모습들이 역력하다.
 "오늘 새벽, 미 대사에게서 전화를 받았습니다. 대사께서는 국무부에서 회견이 있다고 직접 참석을 요청받았다고 합니다. 국무부의 발표내용은 12개월 전에 소행성이 지구를 향해서 오고 있다는 것을 알았다고 합니다. 그래서 미국은 핵폭발로 궤도를 바꾸고자 10개월 전에 핵미사일을 발사했고, 어제 소행성과 충돌하여 폭발되었다고 합니다. 지상 천문대 여러 곳에서도 핵폭발을 관측했을 것이라고 합니다. 지금부터 대사님의 직접 발표가 있을 것입니다. 대사님 나와 주십시오."
대형 모니터에 미리 나와 기다리고 있던 대사의 얼굴이 보인다.
 "대통령님과 국무위원 여러분 반갑습니다. 미 대사 박동주입니다."

"대사님! 잠깐만 기다려 주십시오. 오늘 회의를 참고하기 위해 김수성 천체물리학 박사님을 초청했습니다. 박사님 나와 주십시오."

옆 모니터 역시 기다리고 있던 천체물리학 김수성 교수가 대답한다.

"천체물리학 교수 김수성입니다. 반갑습니다."

"대사님! 어제 국무부 발표를 정리해 주십시오. 그리고 더 조사한 정보가 있다면 말씀해 주십시오."

소행성 지구 충돌 미 국무부 발표

"예! 여기 워싱턴 시간으로 2060년 3월 19일 오전 10시 30분, 한국시간으로 20일 0시 30분에 국무부에서 브리핑이 있다는 연락을 받고 들어갔습니다. 브리핑 내용은 가히 충격적이었습니다. 우주 저편에서 지구를 향해 소행성이 오고 있다는 것입니다."

국무위원들은 크게 충격 받은 모습이다.

서로 얼굴을 마주 보며 당황해했다.

"그래서 미국은 궤도를 바꾸려 핵미사일을 발사해 충돌을 감행했다고 합니다. 한국시간 오전4시 50분까지 3발 중 2발의 핵폭탄은 성공적으로 소행성과 충돌하여 폭발했답니다. 핵미사일 발사 한 달 전에 탐사 위성을 먼저 발사했다고 합니다. 탐사 위성에서 5일 동안 보내온 데이터를 분석해 7일 후에 소행성 궤도가 성공적으로 변경되었는지를 알 수 있다고 합니다. 지상 천문대에서 폭발을 관측한 곳도 있을 것이기에 더 이상 기밀 유지가 어려울 것으로 판단되어 각국 대사에게 미리 통고한다고 하며, 72시간 동안 엠바고^{보도 시점통제}를 건다고 합니다. 따라서 각국은 혼란이 일어나지 않도록 미리 대비하라는 것입니다."

"대사님! 소행성의 정보는 더 없습니까?"

"소행성의 이름을 'BD-01'이라고 합니다. 보통은 발견자의 이름을 붙이는데 이번 경우에는 달리 명명되었다고 합니다. 그런데 이상한 일이 있었습니다. 브리핑을 진행한 국무부 차관이 소행성 크기에 대해 질문을 받고 발표하려는 순간 보좌관으로부터 급히 메모를 건네받고 3일 후 발표하겠다고 미루는 것입니다."

"이상하군요. 12개월 전에 소행성을 발견했다면 그동안 관측하여 크기에 대해 충분히 인지하고 있을 것인데 굳이 3일 후로 연기하는 이유는 무엇이라고 생각하십니까?"

"예! 그래서 여기 대사들께서도 설왕설래했습니다. 가장 크게 우려되는 것은 예상보다 너무 큰 것이 아니겠냐는 것입니다. 말씀드리기가 송구하지만 '종말이 오는 것이 아닐까.'라고 생각하는 사람들이 의외로 많았습니다."

"소방방재청장님 소행성 충돌에 대비한 매뉴얼이 있습니까?"

소방방재청장은 일어나서 대답했다.

"예, 대통령님 소행성 충돌에 대한 매뉴얼은 없습니다."

"대사님! 미국에는 소행성 충돌을 대비한 매뉴얼이 있습니까?"

"예! 소행성 크기에 따라 다양한 매뉴얼이 있는 것으로 알고 있습니다."

"행안부 장관님! 매뉴얼을 작성하려면 얼마나 시간이 걸릴까요?"

"글쎄요, 소행성 충돌은 상상해 보지 않아서, 각 관계 부서 간의 의견을 조율하고 다른 나라 매뉴얼을 참고한다고 해도 몇 달은 걸릴 것입니다."

"그렇게 시간이 많지 않습니다. 김 박사님, 소행성이 지구와 충돌하면 어떤 일이 일어 날 것으로 예상됩니까?"

"소행성 크기에 따라 피해 규모가 달라집니다. 핵폭탄을 발사해 궤도를 바꾸려 했다면 그 크기가 5Km 이상이 되리라 생각됩니다. 만약 5Km에서 8Km 정도의 크기라면 지상의 생명체는 40%가 사라질 것입니다. 그러나 크기가 15Km 정도라면 80% 이상이 사라지게 될 것입니다. 20Km 이상이라면 상상하기 두렵습니다. 99% 사라지고 남은 1%도 굴속에 사는 설치류나 곤충류 등 작은 생명체가 될 것입니다. 지상에 다시 생명체가 번성하기까지는 수천만 년 이상 걸릴 것입니다."

상임이사국 소행성 정보 공유

"지금 소행성은 어디에 있습니까?"

"화성 궤도에 있다고 합니다."

"대사님, 12개월 전에 소행성을 발견했다면서 왜 지금 발표하는 것입니까?"

"그 부분에 대해서도 질문이 있었습니다. 국무성에서는 사람들에게 알려지면 폭동이 일어날 수도 있어 기밀로 했답니다. 그리고 핵미사일로 궤도를 바꿀 수 있다고 믿는 것 같습니다. 기밀로 한 것은 미국의 독자적 결정이 아니라 상임이사국들과 협의하여 결정되었다고 합니다."

"상임이사국 외 다른 나라는 전부 바보가 되었군. 국정원장님, 첩보는 없습니까?"

"이상한 점은 있었습니다. 10개월 전에 미국과 러시아, 중국이 동시에 우주 탐사선을 발사했습니다. 미국과 러시아 중국이 6시간 차이로 순차적으로 발사한다는 것이 이례적이라 조사를 했습니다. 세 나라에서는 탐사선 목적이 서로 다르게 발표하여 그대로 믿었습니다. 지금 생각해 보니 탐사선이 아니라 핵미사일이라고 판단됩니다."

"3발의 핵폭탄을 미국만이 발사했던 것이 아니란 말입니까?"

"저의 추론은 이렇습니다. 처음에는 3발 모두 미국이 발사하려 했을 것입니다. 그러나 미국이 발사하려는 것은 ICBM^{대륙간 탄도탄 : 대기권 밖으로 나가서 다시 목적한 곳으로 되돌아 떨어지는 미사일. 요격이 불가함.}이라면, 러시아와 중국이 자국을 공격한다고 오인하면, 그들이 미국을 향하여 미사일을 발사할 수 있어 미리 알릴 수밖에 없었을 것으로 판단됩니다. 그러나 러시아와 중국은 미국을 믿지 못했을 것입니다. 우주로 핵미사일을 발사한다고 하고선 자국의 지도부를 향해 선제공격할 수 있다고 의심했을 것입니다. 소행성 자료는 NASA의 우주망원경으로 찍은 사진과 슈퍼컴퓨터의 시뮬레이션 자료 등은 모두 미국이 제공한 것입니다. 그래서 삼국이 각각 한 발씩 발사하기로 했을 것입니다. 저의 추론입니다."

"합리적인 추론이요. 김 박사님, 만에 하나라도 지구와 충돌한다면 앞으로 시간이 얼마나 남았습니까?"

"오늘 새벽까지 소행성을 추적하여 여러 번 슈퍼컴퓨터로 연산했습니다. 소행성 속도가 초속 20Km로 추정됩니다. 남은 시간은 178일로 예상됩니다."

대형 모니터에는 화성의 궤도에 있는 소행성 궤도와 지구의 공전 궤도에서 부딪치는 영상이 나타났다.

상임이사국의 대피소 건설 의혹

"이제부터 소행성과 지구의 충돌을 '그날'로 표현합시다."
한 사람이 손을 들었다. 외통부장관이었다.
"장관님, 말씀하세요."
"10개월 전부터 미국을 비롯한 상임이사국이 갑자기 산악 여러 곳에서 대대적인 토목공사를 시작했습니다. 험준한 산악과 오지에서 진행한 토목공사를 터널공사라고 하여 의심하지는 않았지만, 터널공사라고 하기에는 규모가 너무 큰 공사였습니다. 지금 생각해 보니 대피소를 짓고 있었던 것이 아닌가 하고 의심됩니다."
"핵미사일 발사에 맞추어 공사를 시작했다면 충분히 의심해 볼 수밖에 없겠군요."
또 한 사람이 손을 들었다. 이번엔 국방부장관이었다.

"장관님, 말씀하세요."

"대규모 대피소 공사를 하려면 자국의 국무위원들이나 예산을 심사하는 국회의원들도 모르지 않았을 텐데, 그들 모두가 기밀을 지키면서 우리나라를 포함한 다른 나라에 알리지 않았다는 것은 의도를 의심하지 않을 수 없습니다."

"어떤 의도가 있었다고 의심됩니까?"

"지금 세계 인구가 100억이 넘었습니다. 인구가 넘치면서 기아와 환경오염, 자원 고갈로 경제가 암울한 현재, 지구는 암에 걸린 사람처럼 종말을 앞둔 상태입니다. 그날이 온다면 손에 피를 묻히지 않고 인구를 줄일 수 있는 기회가 될 것입니다. 따라서 자국의 기득권을 보호하고 나머지 종족이 말살된다면 그 기득권으로 100만 년 이상 유지할 수 있을 것입니다. 그래서 그날을 기밀로 했다고 의심됩니다."

"너무 앞서가시는 것 같습니다. 대사님, 다른 나라 대사들의 의견은 어땠습니까?"

"예, 각국 대사들도 큰 충격으로 한동안은 할 말을 잃었었습니다. 방금 국방부장관님과 같은 의심을 하는 대사들도 있었습니다. 따라서 72시간 엠바고를 걸었다고 했지만, 지켜지기는 힘들 것입니다."

"대사님, 미국에는 핵전쟁을 대비한 방공시설이 많지 않습니까? 그런데도 대규모 대피시설이 필요합니까?"

노아 프로젝트

"여기 주미대사관 직원을 총동원하여 정보를 수집하고 있고 또 가까운 대사끼리 알고 있는 정보를 교환하고 있습니다. 정보에 의하면 수개월 전부터 기존 대피시설은 군 병력이 철통같이 지키고 있었다고 합니다. 아마 다시 정비하고 있다고 생각됩니다. 기존 대피시설의 수용인원은 100만도 되지 않는다고 합니다. 미국 인구의 2.5%입니다. 오늘 대사관 회의에서 우리 정보원의 첩보에 의하면 미국 국토안보국에서 수개월 전에 비밀리에 '노아프로젝트'를 진행하고 있다는 것을 인지했다고 합니다. 정보원 자신도 노아 프로젝트 실체를 수집하고자 했지만, 아직까지 실체를 파악하지 못하고 있어 보고하지 않았다고 합니다. 저는 지금 진행되는 대규모 공사가 어쩌면 사람의 대피시설이라기보다도 노아프로젝트에 따른 '동식물의 보호처가 아닐까' 하는 생각이 듭니다. 사람들이 대피시설에서 살아남는다고 해도 식량이 될 동식물이 없다면 죽은 목숨이죠"

"노아프로젝트? 노아라면 구약성서의 창세기에 나오는 내용으로 하나님께서 썩은 세상을 홍수로 심판 후, 인간들이 다시 시작할 수 있게 방주를 만들라는 계시를 받고 세상의 모든 동물 한 쌍씩을 태웠다는 내용이지 않습니까? 그렇다면 미국은 그날을 피할 수 없다고 받아들이는 게 아닙니까?"

"피할 수 없다고 받아들이는 것이 아니라 오히려 그날이 오도록 유도하는 것이 아닌가 하는 의심을 하게 되는군요"

"국방부장관님의 의견에는 동의하기가 힘들군요. 미국은 지금껏 세계 평화를 위해 노력해왔습니다. 대사님, 의견은 어떠십니까?"

"저는 미국이 그날이 오도록 유도한다고는 생각하지 않습니다. 만약 그날이 오도록 유도한다면 중국이나 러시아에 알려 핵미사일을 발사하도록 하지는 않았을 것입니다. 자국민만 구제하여 만대를 이어 나갈 것입니다."

"박사님 의견은 어떠합니까?"

천체물리학 김 박사의 의견

"저의 의견은 미국이 노아프로젝트를 시작했다면 천체전문가의 의견을 받아들였다고 생각됩니다. 천체전문가들은 핵폭발로 궤도를 바꾸는 것이 실패할 수도 있다고 했을 것입니다. 우리가 보는 달의 무수한 분화구로 보이는 흔적은 소행성의 충돌로 생긴 충돌구입니다. 달에는 공기나 물이 없습니다. 따라서 충돌구는 그대로 유지됩니다. 지구는 달에 비해 표면적이 13배나 넓습니다. 달의 충돌구보다도 10배 이상의 많은 소행성 충돌이 있었다고 봐야 합니다. 그중에서는 15Km 이상의 소행성도 많았을 것입니다. 지구의 충돌구는 퇴적작용으로 인해 대부분 사라졌지만, 유카탄반도 외 일부 지역에서는 아직 남아있습니다. 유카탄반도의 충돌 파워는 히로시마 핵폭발의 100억 배 이상으로 추정됩니다. 그러나 지구의 궤도는 변하지 않았습니다. 물론 달도 궤도가 변한 적이 없어요. 지금 지구를 향해 오는 소행성이 정해진 궤도를 도는 혜성이라면 설사 핵폭발로 잠시 궤도를 벗어났다고 해도 다시 정해진 궤도로 돌아갈 것입니다. 우리가 우주를 완전히 이해하기에는 한계가 있습니다."

"그 말씀은 소행성이 당구공은 아니라고 이해하면 되겠습니까?"

"맞습니다. 당구대 위에는 궤도라는 것이 없습니다. 그러나 우주에는 보이지 않지만, 궤도가 거미줄처럼 얽혀 있습니다. 우주의 모든 항성과 행성, 위성은 궤도를 따라 움직입니다. 만약에 궤도가 없다면 태양이나 지구가 마음대로 돌아다니다 서로 부딪칠 것입니다. 따라서 천체전문가들은 핵폭발로 궤도 수정에 실패할 수도 있다고 했을 것입니다."

무거운 침묵이 흐른다.

"소행성 크기는 3일 후, 궤도 변경은 7일 후에 알 수 있다고 하나, 여기 모이신 국무위원들은 그날이 온다는 가정 하에 재난을 대비할 매뉴얼을 준비하시기를 바랍니다. 3일 후 여기서 다시 모이기로 합시다. 대사님과 국정원장님께서는 더 많은 정보 수집에 나서 주시기를 바랍니다. 그리고 지금까지 나온 내용은 기밀로 유지하시기를 바랍니다. 오늘 회의는 여기서 마치기로 하겠습니다."

이미 풀린 소문

다음 날 아침, 출근한 사람들은 업무 시작도 않고 여기저기서 삼삼오오 모여 심각하게 이야기를 나누고 있다. 공장에서도, 공사장에서도 사람들은 휴대폰으로 영상을 서로 확인하거나 전화를 걸기도 하며 모두가 일 할 생각이 없이 심각하다. 여기저기 공사용 로봇이 가동을 기다리며 정지해 있다.

학교에서도 아이들은 서로 자기 주장으로 소란스럽다. 여학생 중에는 책상에 앉아 우는 학생들도 있다. 수업 종이 울린 지 한참이 지났지만 교사들은 아직 들어오지 않고 있다.

72시간 엠바고를 걸었으나 이미 해외언론은 물론이고 국내 언론에서도 보도하였다. 종말을 예견한 동영상이 여러 곳에서 나왔으며 어떻게 입수했는지 확인되지도 않은 소행성 사진마저 떠돌고 있었다. 소행성 크기도 5Km에서 500Km로 다양하게 만든 충돌 영상들이 돌고 있었다.

외국에서는, 마트 등에서 생필품이 강탈당하고 시멘트와 철근, 포클레인 등의 건설 장비마저 강탈당하거나 도난 되는 사건들이 일어났다. 재산을 지키려는 사람들과 경찰들에게 총격을 가하는 사건도 일어났다. 사설 대피소를 만들고자 하는 사람들도 여기저기 생기기 시작했다.

충격전으로 도시는 차가 불에 타고 건물도 화재가 발생 되는 등 전쟁터를 방불케 했고 사상자가 엄청나게 발생했다. 하루 사이에 일어난 사건으로 보기에는 상당히 광범하고 그 피해도 심각했다.

다시 열린 NSC 회의

삼일 후에 모이기로 한 NSC 회의가 하루 만에 다시 소집되었다. 시간은 13시 30분, NSC 회의실의 대형 모니터에는 세계 각국에서 일어나고 있는 소요 사태가 방송되었고 국내 방송은 천체전문가와 재난전문가 등을 패널로 토론을 진행했고 시민들 상대로 인터뷰도 하고 있었다.

예상대로 국민들은 물론 뉴스를 진행하는 아나운서마저도 패닉에 빠져있는 것 같았다. 인터뷰를 하면서 눈물을 흘리는 사람과 달래는 아나운서까지 눈물을 보였다. 모두 그날이 온다면 어떻게 대처해야 할지 뾰족한 방법이 없었다.

대통령은 고개를 숙이고 이마에 손을 대며 깊은 고뇌에 빠졌다. 국무위원들도 멍하니 천정을 응시하고, 힘없이 고개를 숙이거나, 모니터의 뉴스를 주시하는 등 말이 없다. 그때, 모니터에서 미 대사가 나타났다.

"대통령님 미국은 자정을 기해 계엄령을 선포한다고 합니다."

"옛! 그렇게 빨리 계엄령이 선포됩니까?"

"여기 소문이 무섭습니다. 대피시설은 기득권들이 차지하고 일반 국민들은 죽도록 내버려 둘 것이라는 말이 널리 퍼져 질서유지를 위해 지역 연방군을 투입하기로 했답니다. 미국은 개인이 총기를 소지하고 있어 이들이 무장봉기 하면 경찰로서도 막기 힘들어 계엄령을 선포하는 것으로 생각됩니다. 그리고 여기 대사들 이야기도 자국이 계엄령을 준비하고 있다고 합니다."

"알겠습니다. 상황이 변하는 대로 즉시 보고해 주시기 바랍니다."

"대통령님, 우리도 계엄령을 준비해야 하는 것이 아닙니까?"

"아닙니다. 우리나라에서는 계엄을 준비할 필요가 없습니다. 우리가 기득권을 위한 대피시설을 마련하는 것도 아닌데 국민들이 정부를 적대시할 이유가 없지요. 우리 정치인들이 소행성을 불러들인 것이 아닙니다. 여러분들이야말로 분노를 발산할 대상이 되지 않도록 각별히 조심하십시오."

"그래도 상점에 생필품이 다 팔렸다고 합니다."

"지금 생필품을 사재기한들 177일 후 그날이 온다면 수년 치 생필품들이 무슨 소용입니까? 지금은 두려운 마음에 사재기라도 해야 할 것 같아도 시간이 지나면 부질없다고 느낄 것입니다."

"대통령님께서 지금 당장 대국민 담화라도 발표하시는 것이 좋을 듯합니다."

미 정부의 정책 협조와 유학생 구제

"그렇게 하겠습니다. 국회 본회의에서 위원님들에게 질문이 쏟아질 것입니다. 답변할 때 핵폭발로 소행성의 궤도를 변경해도 다시 본 궤도로 돌아갈 수 있다는 말씀은 삼가 해주십시오. 모든 것은 미국의 발표에 따릅시다. 미국이 궤도가 변경되었다면 변경되었다고, 원래 궤도로 되돌아갔다면 되돌아간 것으로 발표하기로 백악관과 합의했습니다."

"이유가 있습니까?"

"예, 미국은 궤도를 변경하지 못해도 변경되었다고 발표할 것입니다. 그래야 대피소가 무사할 수 있고 대피해야 할 사람들도 안전할 수 있다고 합니다."

"그들의 의도대로 움직일 필요가 있습니까? 처음부터 지금까지 소행성을 숨겨 왔는데 우리가 협조할 이유가 있습니까?"

"그날이 온다면 우리 국민 일부를 구제해 주겠다고 약속했습니다."

"그럼, 대통령님은 구제 대상입니까?"

"아니오. 미국에 사는 순수한 대한민국 사람으로 백 명을 구제해 주겠다고 합니다."

"그 백 명은 교민들로 구성됩니까?"

"아니오, 우리나라 국적자로서 미국 유학생만이 대상이라고 합니다. 선정은 미국의 기준에 따른다고 합니다. 아! 여기 행안부 장관님 자제분도 미국 유학생이 아닙니까? 대상이 될 수 있겠네요."

"제 딸아이는 미국에서 태어난 미 국적자입니다. 근데 미국은 그런 제안을 우리나라에 왜 하는 것입니까?"

"우리나라의 천체물리학 수준이 높고 또 천체망원경을 많이 보유하고 있어 미리 양해를 구한 것입니다. 미국에서는 궤도 변경에 성공했다고 발표했는데 우리는 변경에 실패했다고 발표한다면 미국 정부를 믿지 못하는 사람들로 인한 심각한 소요가 일어날 수 있다고 판단되어 양해를 구한 것입니다."

"다른 나라에서도 동의했다고 합니까?"

"뛰어난 천체물리학자와 천체망원경을 보유한 국가에서는 모두 동의했다고 알고 있습니다."

"대통령님, 미국은 그날이 꼭 올 것으로 확신하고 있군요."

"핵폭발로 궤도는 변경될 것으로 믿고 있습니다. 그러나 일주일 뒤 혹은 15일 뒤 원래 궤도로 복귀한다면 인류는 사라지게 됩니다. 따라서 최악의 상황을 설정하고 준비한다고 생각됩니다."

국회 본회의

당일 오후 8시 간급하게 국회 본회의가 소집되고 국무위원들도 자리에 착석했다.

"저는 부산 남구 국회의원 민영수입니다. 총리님 나와 주십시오."

국무총리가 나왔다.

"총리님, 소행성이 지구와 충돌한다는 것이 사실입니까?"

"저도 아침에 보고받았습니다. 그러나 미국이 핵폭탄으로 궤도 수정을 시도하고 있으니 꼭 충돌할 것이라고 할 수는 없습니다. 6일 뒤에 궤도 수정 결과를 알 수 있다고 합니다."

"총리님, 어제 NSC회의가 있었다고 했는데 어떻게 아침에 보고받습니까?"

"NSC회의는 국무위원이라고 모두 참석하지는 않습니다. 국익과 사안에 따라 위원들 간에도 기밀로 하는 경우가 많습니다."

"지금 소행성 충돌로 종말이 왔다며 생필품 사재기는 물론 비관론자들은 자살자 모집도 하고 있다고 합니다. 이것이 정상이라고 보십니까?"

"지금 우리가 해야 할 일에는 한계가 있습니다. 의원님께서는 어떻게 해야 된다고 생각하십니까?"

"총리님, 지금 나에게 묻는 것입니까?"

제2장

소행성

소행성 크기

소행성 핵폭발 9일 후, 2060년 3월 29일 NSC회의실.
이번에는 모든 국무위원이 참석했다. 그리고 이례적으로 여당 대표와 야당 대표도 각각 한 명씩 참석했다. 그들은 회의실에 들어서기 전에 휴대폰을 경호원에게 넘기고 몸수색도 했다. 대통령은 모두 입장하기를 기다리며 미리 앉아 있었다. 참석자들 모두 굳은 얼굴이다.

"모두 들어왔습니까? 들어오실 때 불편했을 것입니다. 사과드립니다. 여기 회의실 인터넷선까지 단선시켰습니다. 그만큼 기밀을 요하는 자리입니다. 왜 이런 자리를 마련하게 되었는지 설명하자면 소행성의 크기가 예상을 넘어 대단히 크다는 것입니다."

대형 모니터가 켜지고 화면에 소행성이 나타났다.

"이 자료는 에릭^{미국 대통령}이 저에게 비밀리에 보낸 극비자료입니다. 미국 국토안보국에서 최고등급 보안으로 지정했다고 합니다. 보안 최고등급으로 지정되기 전에 에릭이 저와의 친분을 생각하여 보낸 것입니다. 따라서 이 동영상은 오늘 이후로는 볼 수 없을 것입니다. 여기에 계신 분들도 지금 보시게 되는 내용에 대해서는 절대 기밀로 해주시기를 바랍니다. 지금 언론에서 방영되고 있는 소행성은 이미지 영상입니다. 따라서 지금 보실 영상과 상당한 차이가 있을 것입니다."
외통부장관이 질문을 했다.
"미 대통령이 대통령님에게 극비자료를 보낸 특별한 이유가 있습니까?"
"제가 지사 시절에 상원의원인 에릭과 친밀한 교류가 있었습니다. 사적인 이야기까지 나눌 정도로 돈독했지요. 그런데 에릭은 소행성에 대해서 나에게 미리 말하지 못한 미안함이 큰 듯합니다. 여담은 다음으로 미루고 본론을 말씀드리자면, 미국은 소행성 크기를 8Km로 추정했는데, 탐사 위성에서 보내온 자료를 분석한 결과 그 크기가 추정치의 세배인 24Km라고 합니다. 왜 그런 오류가 있었는지는 천체물리학 교수인 김수성 박사님께서 따로 설명이 있을 것입니다. 오늘 모신 것은 이 소행성이 지구와 충돌한다면 지상의 생명체는 99% 이상 사라지게 된다는 것입니다. 김 박사님?"
김수성 박사가 나왔다. 그는 마이크를 들고 대형 모니터의 소행성을 보며 말했다.
"소행성의 크기를 말할 때 가로, 세로, 높이 중에서 큰 쪽을 말합니다. 이 소행성은 구에 가깝습니다. 중량은 30조톤 이상이 될 것입니다. 그리고 이례적으로 자전을 하고 있습니다. 이 소행성은 태양을 돌아서 긴 타원형의 궤도를 약 120년 주기로 도는 혜성인 것으로 판명되었습니다. 보통 혜성의 표면은 얼음으로 이루어져 태양과 가까워지면서 태양열에 의해 얼음이 녹아 긴 흰 꼬리를 남깁니다. 그러나 이 소행성의 표면에는 얼음이 없습니다. 이 소행성의 표면은 검고 어둡습니다. 반사광이 있어 검은 석탄이 있는 것도 볼 수 있습니다. 이 소행성의 검은 부분이 빛을 흡수하는 물질이라 행성 크기에 착오가 있었다고 생각됩니다."

소행성의 성분과 가치

문체부장관도 궁금한 표정으로 질문을 했다.
"빛을 흡수하는 검은 물질이 무엇입니까?"
"이런 경우는 처음 봅니다. 2019년 MIT에서 빛을 99.99% 흡수하는 반타블랙이라는 물질을 개발했습니다. 이 소행성은 반타블랙에 준하는 빛을 90%까지 흡수하는 물질로 덮여있는 것으로 보입니다. 자연계에서는 볼 수 없는 물질입니다. 성분은 시료를 채취해 분석해야 알 수 있을 것 같습니다. 이 검은 물질이 소행성을 약 75% 차지하고 있습니다."
행안부장관의 질문이 이어졌다.

"그렇다면 빛을 90% 흡수하는 소행성을 어떻게 발견했습니까?"

"예, 나사NASA: 미국 항공우주국에 있는 지인에게서 확인한 바로는 최신 칼 세이건 우주망원경에 아주 우연히도 소행성이 포착되었다고 합니다. 그런데 추적 중에 놓쳐버려 다시 포착될 때까지 무려 일 년 이상이 걸렸다고 합니다."

문체부장관의 질문이 이어졌다.

"1년이 지나 다시 확인하고 핵폭탄을 발사했다면 아주 오래전부터 소행성의 존재를 알고 있었던 것이 아닙니까? 그리고 크기도 그때 인지했을 수 있지 않습니까?"

"발견 당시엔 지구와 너무 멀어 충돌할지 어떨지 크게 관심을 두지 않았다고 합니다. 따라서 크기에 대해서도 별 관심을 두지 않았을 것입니다. 지금 보신 영상은 핵폭발 이전 탐사 위성이 소행성을 공전하며 촬영한 영상이었습니다. 다음 영상은 핵폭발 하는 영상입니다."

소행성에서 핵폭발을 했다. 강력한 섬광으로 화면이 눈부시도록 하얗다. 잠시 후 깊게 패인 폭발 자리는 용암처럼 붉게 빛났다.

"첫 번째 핵폭발 90분 후에 두 번째 핵폭발이 되도록 하였으나, 첫 번째 핵폭발의 EMP전자기 펄스로 인한 두 번째 핵탄두 로켓의 전자장치 이상으로, 제어할 수 없어 우주 미아가 되었다고 합니다. 다음 영상은 첫 번째 폭발 8시간 후의 두 번째 폭발 영상입니다."

다시 핵폭발이 있었다.

김수성 교수는 두 곳의 깊은 분화구로 보이는 곳을 가리키며

"여기와 여기가 핵폭발 자리입니다. 폭발구는 직경이 약 1.5Km로 히로시마 원폭의 약 20배의 위력인 300Kt이라고 합니다."

국방부장관이 질문했다.

"히로시마 핵폭발의 20배로 보기에는 폭발구가 너무 작은 것이 아닙니까?"

김 교수는 잠시 말을 끊고 생각에 잠겼다.

모두 교수의 다음 말을 기다리고 있었다.

"그 답변을 하기 전에 드릴 말씀이 있습니다. 이 영상을 촬영한 탐사선의 목적은 핵폭발 후 궤도의 변화를 측정하는 목적과 함께 여러 가지 과학적 조사가 주목적이었습니다. 그런데 놀라운 발견을 했다고 합니다. 이 소행성은 코어가 식어서 굳었다고 합니다. 소행성 성분은 철이 70%, 니켈 금 등 희귀 금속이 25%, 기타 물질이 5%로 이루어져 있는 것으로 추정되고 있으며 현재 가치로 계산하면 최소 150경원, 최대 250경원으로 예상되지만, 희귀 금속 비율에 따라 가치가 달라질 것이라고 합니다."

그 순간 그 자리에 참석한 모든 이들이 "와!" 하고 탄성을 지르면서 입을 다물지 못했다.

"이 내용은 나사NASA의 천체분석 전문가인 지인으로부터 통화로 듣게 되었습니다. 그런데 이 지인은 나중에 다시 전화해 자신에게서 들은 말을 기밀로 해달라고 했습니다. 미 정보부에서 극비로 해라는 지침이 내려왔다고 합니다. 그래서 절대 발설하지 말아달라고 하는 통화를 끝으로 그 분석전문가는 행방불명되었습니다. 회사에서도 집에서도 어디에 있는지 아무도 알 수 없다고 합니다. 지인의 신상에 이상이 있는 것만은 확실합니다. 마지막 통화 중 그의 목소리는 아주 작았고 두려움에 떨고 있음을 느낄 수 있었습니다. 그는 저에게 조심하라는 말을 남기고 통화가 끊겼어요. 그와 통화했다는 사실을 미 정보국에서 안다면 앞으로 저의 신변에도 이상이 생길 수 있어 지금 말하는 것이 좋겠다고 생각됩니다."

"김 박사님, 걱정하지 마십시오. 지금부터 박사님과 가족에게 일급 경호를 해드리겠습니다."

"감사합니다. 대통령님."

"그런데 왜 미 정보부에서 소행성에 대해 기밀로 한다고 생각하십니까?"

"그는 말하면 안 되는 내용을 발설했다고 짐작됩니다. 제가 들은 내용으로는 탐사선에서 떨어져 나온 탐사 로버Exploration

Rover를 여기 검은 지역에 성공적으로 착륙시켰다고 합니다. 그러나 카메라 외 적외선, 초음파 등 탐사장비의 오류로 탐사를 제대로 할 수 없었다고 합니다. 그래서 로버를 여기 밝은 지역으로 이동시켜 탐사했는데 정상적으로 작동되었다고 합니다. 그들은 이미 검은 지역에서는 탐사가 어려울 것을 예견하듯이 오류가 발생하자 지체 없이 자리를 옮겼다고 합니다. 지인은 이번 소행성 탐사를 진행한 곳은 나사NASA 내에서도 아무도 모르는 기밀 장소에서 작업했다고 합니다. 지인은 기밀 장소에서 연구자의 결원으로 급하게 투입된 경우라 자신의 말이 얼마나 위험한 지 몰랐을 것이라고 생각됩니다."
김수성 교수는 소행성 전체 화상을 보며 말했다.

"여기 돌출된 금빛은 황금이며 지구의 금을 다 모은 것보다 더 많을 것이라고 합니다. 여기 금속성 은빛은 니켈입니다. 그런데 여기 검은 물질은 세상 그 어떤 것과도 비교될 수 없는 엄청난 가치를 지닌 물질일 것으로 짐작됩니다."
문체부장관이 질문했다.

"그렇게 추정하는 근거가 있습니까?"

"오늘 알게 되었습니다. 이미지 영상이 실물 영상과 크게 다른 점은 색입니다. 굳이 이미지 화상으로 변경할 이유가 없습니다. 더구나 종말이 오는데 최고 등급의 보안으로 지정할 이유가 없습니다."

국방부장관은 되물었다.

"교수님께서는 종말이 오는데 최고 등급의 보안이 왜 필요하다고 생각합니까?"

"지금 상임이사국은 그날을 대비해 대피소를 짓고 있습니다. 미국 외 다른 나라도 생존자가 생길 것입니다. 검은 물질은 엄청난 쓰임새가 있는 희귀 물질임은 분명합니다. 그래서 자신들이 독점하려 기밀로 했다고 생각합니다."

국방부장관이 다시 물었다.

"쓰임새가 엄청난 희귀 물질임을 그들은 어떻게 알 수 있습니까? 시료를 가져와 실험했다고 생각하십니까?"

"아니오. 시료를 가져올 수는 없습니다. 소행성은 초속 20Km 이상으로 로켓 속도 보다도 빠릅니다. 그러나 짐작되는 바는 있습니다. 몇 년전 미국의 학술 세미나 갔을 때 형제 같은 후배가 지신은 정부가 비밀히 진행하는 프로젝트의 연구원으로 그 과제가 우주에 떠도는 소행성에 탐사선을 보내 시료를 채취하는 사업이라고 했습니다. 천문학적인 엄청난 금액이 투자되는 사업인데 왜 하는지 모르겠다고 했습니다. 아마도 그 과정에서 문제의 검은 물질을 발견했을 것으로 생각됩니다."

문체부장관은 여전히 의혹에 사로잡혀 물었다.

"교수님께서는 그 검은 희귀 물질이 무엇이라고 생각합

니까?"

"전혀 짐작되지는 않습니다. 나사의 지인도 숨기는 것이 아니라 전혀 알지를 못하고 있었습니다. 지도부에서도 일부만 정보를 가지고 있을 뿐 그곳에 근무하는 누구도 알지 못한다고 합니다."

법무부장관이 질문을 던졌다.

"소행성이 코어가 식어서 생긴 것이라고 했는데, 그 코어라는 것이 무엇입니까?"

"내핵을 말하는 것입니다. 지구도 중심에는 섭씨 5,000도 이상의 액체 상태의 핵이 있습니다. 내핵의 주성분은 대부분 철과 니켈 등 희귀 금속이 액체 상태로 이루어져 있는데 지구로 다가오는 이 소행성도 원래는 암석으로 된 외피가 있었을 것입니다. 그러나 명왕성 밖에서 태양까지 아주 먼 거리를 수십억 년을 여행하는 동안 우주 먼지와 충돌로 암석의 외피는 사라지고 내핵이 식어서 현재의 소행성이 되었을 것이라고 합니다. 지인의 말로는 탐사 위성의 적외선 탐지기와 음파 탐지기로 확인하니 표피에서 약 1Km 깊이까지 지각이 되어있고, 그 아래 약 6Km 두께의 부드러운 맨틀이 지름 약 10Km의 액체상태 내핵을 둘러싸고 있다고 합니다. 외피는 5억년에서 3억 년 전에 사라진 것으로 추정되고 있습니다. 표면은 섭씨 70도이며 아직 식지 않아 얼음이 없는 것입니다. 그리고 국방부장관님께서 질문한 폭발구의 직경이 예상보다 작은 것은 소행성의 지각이 금속으로 이루어져 흙이나 암석보다 폭발구가 작다고 생각됩니다. 폭발구에는 빛을 흡수하는 검은 물질은 보이지 않습니다. 따라서 표피에 얇게 덮혀있는 것으로 판단됩니다."

소행성의 궤도

야당 대표가 손을 들었다.

"미국이 궤도 수정을 위해 핵폭발을 시도했다고 했는데 실패했습니까?"

대통령이 대답했다.

"궤도는 핵폭발로 인해 의미 있는 변화가 있었다고 합니다. 의미 있는 변화라고 말하는 것은, 수치로 말하기는 미미하여 이야기하지 않을 뿐입니다. 그러나 이 변화가 그대로 진행된다면 그날은 오지 않을 수도 있습니다. 그럼에도 염려되는 부분이 있습니다. 김 박사님께서 이어서 설명해주시지요."

"핵폭발로 궤도를 수정하기에는 소행성이 너무 큽니다. 궤도를 바꾸려면 소행성 크기가 5Km 미만이라야 가능합니다. 즉 핵폭발로 분쇄할 수 있는 크기라야 궤도도 수정될 수 있습니다. 24Km의 소행성에 300Kt $^{TNT\ 30만Ton}$ 핵폭발은 50Ton의 적재물을 싣고 도로를 달리는 덤프트럭을 승용차로 받은 정도입니다. 승용차로는 50Ton 덤프트럭을 도로 밖으로 밀어내지는 못합니다. 덤프트럭이 소행성이라면 달려가는 교차점에 지구가 있다는 것입니다."

궤도수정이 실패할 수 있다는 말을 처음 들은 사람들은 놀라서 웅성웅성 그린다.

문체부장관이 질문을 했다.

"핵폭발로 의미 있는 변화가 있다는 말은 소행성 궤도가 변했다는 말이 아니었습니까?"

"덤프트럭을 예로 말씀드리면 '사고로 차선을 조금 넘었다' 정도로 이해해 주시기 바랍니다. 그 결과로 지구의 충돌 지점이 약간 달라질 것이지만 충돌을 피할 수는 없습니다."

문체부장관이 말을 이었다.

"러시아에는 최고 100Mt $^{TNT\ 10억Ton}$의 '차르 봄바'라는 수소폭탄이 있습니다. 그 정도 폭발력이면 지금 소행성 정도는 충분히 날려 버릴 수 있지 않습니까?"

문체부장관은 여성 장관이다.

"'차르 봄바'의 폭발력으로도 궤도 밖으로 밀어낼 수 없다는 계산입니다. 그리고 핵폭발로 소행성이 여러 조각이 되어도 그 조각들은 궤도 벗어나지 않을 것이라고 합니다."

문체부장관은 조금 화난 목소리로 말했다.

"계산이 꼭 맞다고 할 수 있습니까? 그리고 한발로 안 되면 두 발 세 발 동시에 터트리면 될 것 아닙니까?"

"문제가 한 가지 더 있습니다. 현재 '차르 봄바'와 같은 폭발력이 높은 수소폭탄을 운반할 수 있는 로켓이 없다고 합니다."

문체부장관이 다시 물었다.

"수소폭탄이 우주인이 타는 우주선보다 더 무겁습니까?"

"미국이나 러시아, 그 외 핵무기 보유국들의 군사 기밀이라 크기와 무게를 다 알 수 없지만, '차르 봄바'만 해도 중량이 27톤 이상으로 추산됩니다. 그리고 핵폭탄을 로켓에 실어야 하는데 로켓에는 전자장비와 엔진, 그리고 연료가 있어야 소행성으로 정확하게 갈 수 있습니다. 그렇게 되면 로켓의 무게가 약 100톤 이상이 될 것입니다. 그러자면 엄청난 무게를 감당할 1차 발사체가 있어야 합니다. 추진력이 큰 발사체가 있어도 발사시 발사체가 폭발하면 그 여파로 핵탄두도 폭발할 수 있습니다. 그렇게 되면 반경 50Km는 완전히 초토화되고 반경 100Km 내의 모든 사람들은 피폭됩니다."

문체부장관이 다시 물었다.

"그렇다면 소행성에서 폭발한 핵폭탄은 어떻게 보낼 수 있었습니까?"

"ICBM입니다. 대륙간 탄도탄인 ICBM은 1차 발사체로 대기권 밖으로 나갔다가 탄두는 재 점화되어 다시 지구의 대기권에 재진입하여 목적한 곳을 타격하는 것입니다. 따라서 탄두가 로켓입니다. 탄두는 수소폭탄을 소형화한 것으로 폭발력은 최고 500킬로톤입니다."

문체부장관은 화가 난 목소리로 따졌다.

"지금이라도 빨리 만들어서 발사시 폭발의 위험이 있어도 '차르 봄바'를 발사해야 하지 않겠습니까? 시도는 해봐야죠. 가만히 앉아서 죽자는 것입니까?"

김수성 박사가 대답했다.

"그것이 문제입니다. 지금 100톤 이상을 발사할 수 있는 발사체와 수소탄을 운반할 로켓을 제작하려면 제작기일이 턱없이 모자랍니다."

더 화가 난 문체부장관은 큰 목소리로 다시 물었다.

"저는 왜, 그 말이 이것저것 핑계를 대며 지구로 떨어지게 내버려 두려는 것으로 들리죠? 혹시 몇 백경 원 된다는 소행성을 아니 그 보다도 더 엄청난 가치를 지닌 그…… 그 검은 물질을 손에 넣어려는 의도로 소행성 충돌을 막을 시도조차 안 하겠다는 것이 아닙니까?"

대통령은 차분한 목소리로 말했다.

"문체부장관님, 의혹을 만들지 맙시다. 아직 검은 물질이 무엇인지 확인된 바 없습니다. 지금의 가치로 아무리 높은 물질이라도 인류가 사라지면 무슨 소용이 있겠습니까? 우리의 힘으로는 소행성 막을 방법이 없습니다. 지금은 사태를 파악하고 생존 대책을 마련하고자 모인 것입니다. 김수성 박사님 계속하시죠."

소행성 충돌 대책위원회

김수성 박사가 다음과 같은 말을 말을 이었다.
 "제가 지금 말씀 드리는 내용은 저의 의견이 아니라 소행성 충돌 대책위원회에서 나온 의견입니다. 대책위원회가 조직될 당시에는 폭발력이 큰 수소탄을 발사할 발사체를 미리 만들자는 의견도 있었다고 합니다. 그러나 무슨 이유인지 알 수 없지만 포기되었다고 합니다."
행안부장관이 처음 듣는 소리라는 듯 놀란 표정으로 다급하게 질문했다.
 "아니, 그런 대책위원회가 있어요? 언제 만들어진 거요?"
김 박사의 설명이 이어졌다.
 "상임이사국만으로 10개월 전에 만들었다고 합니다. 다행히 대통령님의 외교력으로 우리나라만 유일하게 삼일 전에 특별회원국으로 가입하게 되었습니다. 모든 정보는 회원국 자격으로 공유하게 된 것입니다."
김수성 박사는 과기분야의 대통령 특별보좌관이다.
행안부장관은 대통령의 표정을 살피며 물었다.
"상임이사국만 국가입니까? 왜 그들만 정보를 독점했습니까? 문체부장관님 말씀처럼 소행성 충돌에 숨겨진 흑막이 있을 것으로 심히 의심됩니다."
복지부장관이 모처럼 끼어들었다.
"지금 상임이사국을 성토하기 위해 모인 것이 아니니 그만하시고, 오늘 회의는 그날을 대비한 생존 방법을 모색하고자 모인 것임을 유념해 주시기 바랍니다."
야당 대표가 대통령에게 단도직입적으로 물었다.
"대통령님, 앞으로 어떻게 해야 합니까?"
"그래서 여러분을 모신 것입니다. 우리 국민 모두를 살릴 수는 없어도 일부라도 살려서 자손만대를 유지하자는 것입니다."
복지부장관이 대통령에게 따지듯 물었다.
"대통령님께서 서두에 소행성 충돌 시 지상의 생명체는 99% 이상 사라진다고 말씀 하셨는데, 어떻게 일부만을 살릴 수 있습니까? 우리가 모르는 대피시설이 있습니까?"
대통령이 대답했다.
"그날의 대피시설은 없습니다. 국가비상사태 시 컨트롤 타워 역할을 할 지하벙커와 공습에도 견딜 수 있는 요새가 여러 곳이 있지만 수용인원은 다 합쳐 만 명도 수용할 수 없고, 진도 10 이상의 지진도 견딜 수 없습니다. 그날에 일어날 수 있는 재해에 대해 많은 동영상이 돌고 있지만, 김 박사님이 예상되는 재해에 대해서 말씀드릴 것입니다."

그날의 예상 재난

대형 모니터 앞에 선 김 박사는 마이크를 들고 고뇌하듯 고개를 숙이고 잠시 말이 없다.

"저는 천체물리학 전공자로서 언젠가는 그날이 올 수도 있다는 상상은 했습니다. 그러나 내가 살아 있는 동안에 겪으리라곤 생각지도 못했습니다. 저도 자식이 있는 부모로서 커가는 손자를 보며 그날을 상상하니 가슴이 미어집니다."
문체부장관은 우는지 고개 숙여 손수건으로 코와 입을 가리고 있다. 대형 모니터에는 우주에서 지구를 향해 돌진하고 있는 소행성이 보인다.

"지금부터 그날이 오면, 아니 그날 20여 일 전부터 일어날 수 있는 예상 가능한 재해에 대해 말씀드리고자 합니다. 소행성이 지구로 접근하면 소행성에서 떨어져 나온 암석이 지구의 중력에 의해 비처럼 쏟아져 내릴 것입니다. 작은 암석이 초속 20Km의 속도로 지구의 대기권에 진입하면 마찰열로 증발하기도 하지만 타다 남은 암석이 지상의 물체와 충돌하면 그 폭발력은 상상을 초월합니다. 이 현상은 지구 곳곳에서 일어나게 됩니다. 건물은 파괴되고 숲은 불타며 가스와 열기로 지구의 곳곳이 지옥이 될 것입니다."

행안부장관이 질문했다.

"왜 20여 일 전에 소행성의 암석이 지구로 쏟아지죠?"

"예, 설명해 드리겠습니다. 태양의 북쪽 하늘에서 아래로 본다고 가정하면, 태양을 중심으로 지구는 반시계 방향으로 공전합니다. 공전 궤도를 시계로 보고 소행성이 3시 방향에서 날아온다고 가정하면 소행성은 지구의 공전 궤도의 1시 30분을 지나 태양 가까이 접근하여 태양을 돌아서 지구의 공전 궤도 4시 30분을 지나 저 멀리 명왕성 넘어 사라지게 됩니다. 이번에는 지구가 3시 위치에 오게 되면 소행성에 지구의 인력이 미칩니다. 소행성의 작은 암석들이 지구의 인력에 이끌려 소행성 궤도를 벗어나 포물선을 그리며 지구를 향해 날아오게 됩니다. 2시 10분 지점에서 소행성의 암석이 지구로 쏟아지기 시작할 것입니다. 20일 후 1시 30분 위치에서 지구와 소행성이 충돌할 것입니다. 소행성이 대륙에 떨어지면 충돌 시 반경 1,500Km 내의 모든 생명체는 일시에 사라집니다. 충돌 에너지는 히로시마 원폭의 최대 500억 배에 달할 것이며 그 폭발력으로 충돌구는 직경 350Km 이상으로 천조 톤 이상의 흙과 암석이 최대 2,000Km 높이까지 솟구칠 것입니다. 폭발 중심부에는 소행성이 녹아 물방울처럼 변하게 됩니다. 솟구친 천조 톤의 암석과 소행성의 녹은 방울 30조 톤이 합쳐 지상으로 떨어지면 충돌구를 중심으로 원주 방향으로 반경 최대 6,000Km 까지 퍼져 나갈 것입니다. 이때 엄청난 광풍이 나무를 뽑고 생명체도 깡그리 쓸어가서 쌓이게 되고 그 위로 흙과 암석 방울이 덮이면서 엄청난 열이 나무를 탄화시켜 숯이 되고 오랜 세월 동안 지열과 지압으로 인해 석탄이 될 것입니다. 충돌파는 진도 10이상의 지진을 발생시켜 땅이 갈라지고 그 갈라진 틈으로 나무와 사체가 메워져 몇 천만 년이 지나면 광맥이 되어 채탄하게 되는 것입니다. 산이 무너지고 인공구조물은 대부분 파괴되고 백두산을 포함한 일본 후지산, 미국 옐로스톤공원, 그리고 필리핀, 칠레 등 세계 여러 곳의 휴화산들이 모두 동시에 폭발할 것입니다. 충발시 일어날 엄청난 굉음은 지상의 생명체 상당수의 목숨을 앗아갈 것이며, 바닷물을 진동시켜 상상 할 수 없는 쓰나미가 발생 될 것입니다."

그때 누군가의 흐느끼는 소리가 들렸다.

석유가 만들어지는 과정

"소행성이 바다에 떨어져도 피해는 크게 다르지 않습니다. 수백조 톤의 암석과 함께 수천억 톤의 바닷물은 수백 Km로 끌려 올라가게 되고 다시 떨어지면서 높이 3,000m 이상 쓰나미가 충돌구를 중심으로 원주 방향으로 퍼져 나가게 됩니다. 이 쓰나미로 지구의 육지 대부분은 바닷물에 잠기게 됩니다. 충돌 후에는 발생 된 열에너지와 화산 폭발로 지구의 기온이 일시에 섭씨 65도 까지 올라갈 것이며 해수의 온도도 섭씨 45도 이상 올라가게 될 것입니다. 화산재와 화산가스로 인해 산성비가 내려 육지는 물론 바닷물까지 산성화되어 해양생물과 플랑크톤도 죽어서 해저 바닥에 쌓이게 됩니다. 숲이 사라진 육지는 사막화되어 수천 년 동안 해양생물의 사체 위에 화산재와 토사가 쌓여 덮개석이 되고 수억 년 동안 지각변동을 겪으면서 지열과 지압으로 석유가 되는 것입니다. 오늘날까지 엄청나게 많은 석유를 소비할 수 있었던 것은 15Km 이상의 소행성 충돌이 최소한 10번 이상 있었다고 봐야 합니다. 마그마 분출은 4~5년은 지속될 것입니다. 화산재는 7~8년 이상 지속적으로 방출될 것입니다. 따라서 충돌 후 섭씨 65도 기온이 1~2년 후부터 급격하게 떨어져 영하 50도가 될 것입니다. 다행히 45도까지 올랐던 바다의 잠열로 인해 한반도는 평균 영하 5~10도로 유지될 것입니다. 그러니 대피소나 지하 벙커에서 살아남는다고 해도 곡식을 거둘 수 없고 가축도 없으니 굶주리게 될 것입니다. 빙하기에는 북극과 남극은 기온은 영하 120도 이하로 떨어지게 됩니다. 따라서 공기 중에 이산화탄소는 얼어서 동토의 빙하 속으로 묻히게 될 것입니다. 다행히 태양이 차가워지는 현상으로 발생 된 빙하기와는 달리 화산재와 충돌 미세먼지로 인한 빙하기이므로 오래 지속되지는 않을 것입니다. 십 년이 지나면 대기가 맑아지고 온도가 서서히 올라갈 것입니다. 그러나 화재와 쓰나미로 숲이 사라진 대지는 수분을 가둘 수 있는 매체가 없어 사막이 될 것입니다. 숲이 다시 돌아올 때까지 극심한 가뭄은 수천 년 동안 지속될 것입니다."

음모론

야당 대표가 질문했다.

"박사님, 말씀으로는 절망적으로 보입니다. 대통령님, 대피시설도 없다면서 어떻게 일부라도 살려낼 수 있단 말씀이십니까? 지금부터라도 대피시설을 만들자는 것입니까?"

"지금 대피시설을 건설하기에는 너무 늦었습니다."

뒤 이어 여당 대표가 질문했다.

"소행성 발견은 12개월 전이고 핵미사일 발사는 10개월 전이라고 들었습니다. 지금 세계에 떠도는 음모론대로 상임이사국은 기득권만 보호하고 나머지 인간은 말살하려는 의도가 있는 것이 아닙니까?"

"저는 음모론은 사실이 아니라고 생각합니다. 미국과 안보리 상임이사국은 핵폭탄으로 궤도를 수정할 수 있다고 믿었답니다. 기밀을 유지하기 위해 일부의 전문가 조언을 토대로 정책을 짜다 보니 실수가 있었다고 합니다."

외통부장관이 그같은 주장에 대해 반박했다.

"저는 그 말을 신뢰할 수 없습니다. 우리가 조사한 바로는 미국은 15개 지역에 중국은 50개 지역에 러시아는 12개 지역, 영국과 프랑스는 각 7개 지역에 대규모 공사를 8개월 전부터 하고 있었다고 합니다. 평소 같으면 국토개발로 생각하겠지만 지금은 대피소로 의심할 수밖에 없습니다. 자기들끼리만 소행성 정보를 공유하면서 다른 나라엔 알리지 않았다는 것은 분명한 의도가 있다고 생각됩니다."

"그 부분에 대해서도 문의했습니다. 그러나 상임이사국들 간에도 대피소를 짓자고 협의한 바는 없다고 합니다. 미국이 소행성 충돌의 매뉴얼대로 노아 프로젝트를 진행하니 다른 상임이사국들은 독자적인 매뉴얼로 대피소를 건설했을 것이라고 합니다."

행안부장관이 큰 소리로 말했다.

"어쨌든 자기들만의 기밀 유지가 결국 각국의 대피소 건설을 실기失期 하게 만든 것이 아닙니까?"

"그 부분은 대단히 불만이 많습니다. 그러나 지난 일을 성토하며 시간을 보낼 것이 아니라 앞으로 우리가 나아 갈 계획을 세우고자 여러분들을 모신 것입니다. 먼저 미국에서 자신의 정책을 따라주면 미국에 체류 중인 한국 유학생 100명을 대피할 사람으로 받아 주겠다고 합니다. 그러나 저는 200명을 받아줄 것을 요청해 다행히 수락 받았습니다."
외통부장관이 질문했다.
"미국의 정책이란 것이 무엇입니까?"
"미국의 뜻에 따라 달라는 것입니다. 소행성의 궤도가 수정되지 못했다는 것을 우리가 알게 되어도 수정되었다고 충돌은 없을 것이라고 발표해 달라는 것입니다. 두 번째는 우리나라 핵발전소에 연료봉을 제거하고 고준위방사능 물질은 방폐장으로 옮겨서 핵물질이 누출되지 않도록 해달라는 것입니다. 원전이 많은 나라 모두 협조하기로 했답니다."
행안부장관이 다시 화를 내며 말했다.
"자신들은 대피소를 만들면서 겨우 200명을 구하고자 핵발전소를 무력화해 달라는 것은 무리한 요구가 아닙니까? 그러다가 기적이 일어나 소행성이 지구를 피해 가서 핵발전소를 다시 정상화하려면, 얼마나 많은 경비와 시간이 소요되는지 아십니까?"
"지금은 비상사태입니다. 요행히 그날이 오지 않는다면 핵발전소 정상화에 미국이 협조해 주겠다는 대통령 서명 문서를 받기로 했습니다."

야당 대표가 의아하다는 표정을 짓고 따지듯 물었다.

"생존 대책이라는 것이 겨우 유학생 200명을 살리자는 것입니까?"

제3장

그날의 대책회의

대피시설

"아닙니다. 지금부터 말씀드리는 것은 여러분들의 협조가 절대 필요한 부분입니다. 10일 전부터 일어났던 일들을 상기해 보십시오. 출근과 등교를 거부하는 것은 일도 아닙니다. 평소에 감정 있던 사람을 보복한다고 살상하거나 폭행, 방화, 절도, 성폭행 등 강력범죄가 수직상승 했습니다. 미국의 부탁이 없어도 그날은 오지 않는다고 해야 할 지경입니다. 여러분도 알고 있듯이 새로운 대피소를 짓는다는 것은 시간적으로 절대 불가능합니다. 적의 폭격에 대응할 수 있는 지하 요새도 진도 10에 견딜 수 있다는 보장이 없습니다. 그리고 지하 요새를 대피소로 사용한다고 해도 수용 가능한 사람 수는 많아야 2만 명 정도입니다. 그래서 다른 대피 가능한 시설을 찾아보니 우리나라엔 무수히 많은 터널이 있습니다. 그러나 진도 10이상의 지진을 견딜 수 있는 터널은 없습니다. 터널을 보강하고 입구를 막는 공사를 하기에는 시간이 부족하지만 그래도 가능은 합니다. 그러자면 통행을 막아야 하는데, 국민들은 소행성 충돌이 없을 것이라는 정부 발표를 믿지 못할 것입니다. 따라서 감당하지 못할 방해를 받게 될 것입니다. 여야 대표님께서는 대정부 질의를 통해 국회 차원에서 보강공사 명분과 정당성을 만들어 주십시오."
여당 대표가 되물었다.

"우리 국회의원들로 약속 대련을 연출하라는 것입니까?"

"그렇습니다. 조사해 본 결과, 보강하여 안전한 터널로 개조 가능한 터널은 500개소이며 대피할 수 있는 인원은 약 50만 명은 됩니다."
야당 대표가 따지듯 되물었다.

"지금 우리나라 국민의 수가 2,500만 명입니다. 50만 명이라면 너무 적은 것이 아닙니까?"
대통령이 말했다.

"미국은 대피소 수용인원이 약95만 명이라고 들었습니다. 미국에 등록된 국민 수는 약 3억 8,000만 명입니다. 0.25%만 수용 가능해요. 그러나 우리나라는 인구의 2%나 대피자가 될 수 있습니다. 그리고 대피자가 너무 많으면 식량 문제로 모두 공멸하게 될 수도 있습니다.

대피대상자

야당 대표가 긴장된 표정으로 질문했다.

"대피 대상자은 어떻게 선정합니까?"

"미국의 매뉴얼을 참고할 것입니다. 미국과의 통화에서는 한인이면 교민이든 유학생이든 상관없지 않느냐고 했는데 꼭 한국 국적자라야 된다고 합니다. 그래야 명분이 섭답니다. 한국 국적 유학생이 10,000명 이상인데 어떻게 선정할 것인가 문의했어요. 이과 출신이라야 된다고 합니다. 생존 후 재건을 위한 것으로 판단됩니다. 그리고 대상자와 부모의 병력기록을 사실대로 보내 달라고 합니다. 유전병이 있다면 생존에 불리하게 보는 것입니다. 범죄기록을 가감 없이 보내 달라고 하며 부모의 동의도 필수적이라고 합니다. 정보를 제공하지 않으면 대상에 서 제외한다고 했어요. 대상자는 신체와 정신건강도 검사한다고 합니다. 약물이나 기타 중독이 없어야 대상자로 선정된다고 합니다. 생존 가능성과 생존 후 재건에 적합한 사람으로 선정된다고 합니다. 미 정부는 기득권만 대피시킨다는 말은 유언비어라고 합니다. 우리도 미국을 참조하여 선정하려고 합니다."

법무부장관은 불안한 듯 질문했다.

"여기 있는 사람들은 기득권으로 분류되는데 우리는 대피소에 들어갈 수 없는 것입니까?"

"나와 아내는 물론 내 자식과 손자들도 대피소에 들어가지 않을 것입니다. 미 대통령도 자신은 대피소에 들어가지 않을 것이라고 했습니다."

법무부장관이 다시 화가 난듯 질문했다.

"여기 있는 사람의 의사를 묻지도 않고 너무 빨리 결정한 것 아닙니까?"

"장관님의 마음은 이해합니다. 그러나 보강된 터널에 대피한다고 생존이 보장되는 것이 아닙니다. 대피자중 20%만 생존해도 성공입니다. 터널을 보강해도 지진으로 무너져 압사당할 수 있고, 요행히 충돌 지점이 우리나라와 10,000Km이상 떨어진 바다라 해도 2,000m 이상 높이의 쓰나미를 피할 수는 없습니다. 따라서 터널은 센티 면적당 200Kg 이상의 압력을 한 시간은 견뎌야 합니다. 지진에 무너지지 않고 견딘다 하더라도 수압에 무너져 압사 될 수 있습니다. 아니면, 터널 벽의 균열로 침수되어 수장 될 수도 있습니다. 따라서 얼마나 살아남을 수 있을지는 아무도 장담할 수 없습니다. 요행히 생존하게 되더라도 지금과 같은 특권과 특혜를 누릴 수 없습니다. 먹는 것은 지금과 비교할 수 없습니다. 인간이 살 수 있는 최소의 식량을 배급받아 먹을 수 있으며 장관님이 좋아하는 소고기와 술도 먹을 수 없고 집도 다 파괴되어 터널에서 십 수 년 이상을 생활해야 합니다. 용변 후 닦을 화장지도 없습니다. 씻을 물도 부족합니다. 생존 후 생활은 지금의 걸인보다도 더 비참할 수 있습니다. 그런 세상에서 살고 싶으십니까? 그리고 엄청난 노동을 감수해야 합니다. 장관님 농사는 지어 본 적 있습니까? 집은요? 용접할 수 있어요? 기능이 없으면 재건에 짐이 될 뿐입니다."

장내는 흐느끼는 소리도 없이 침묵만이 무겁게 흐르고 있다.

"여기 모이신 여러분들은 기술을 보유하고 계신 분이 없습니다. 부부와 자식이 같이 들어간다면 생존 투쟁에 더욱 적극적으로 대응할 것이고 아이는 미래입니다. 따라서 한 가지라도 기능을 보유한 45세 이하의 자식이 있는 부부로 한정하여 120,000~150,000가구가 대피대상자로 선정될 것입니다. 대한민국의 존속을 위해 여러분의 협조를 간곡히 부탁드립니다."

실내가 조용하다. 그때 문체부장관이 일어나 박수를 쳤다. 그러자 모두 박수로서 수용했다.

문체부장관이 물었다.

"담화는 언제 발표합니까?"

"내일 10시 30분에 발표합니다."

국회의장이 근엄한 표정으로 장내를 돌아보더니 다음과 같이 선포했다.

"국회에서는 모레 대정부 질의를 하도록 총회를 개최하겠습니다."

"감사합니다. 내일 종말이 오더라도 한 그루의 사과나무를 심는다는 마음으로 임해주시기를 진심으로 부탁드립니다. 두 분 대표님은 보내드리고 휴정하겠습니다. 국무위원들께서는 매뉴얼 작성을 의논해야 하니 다시 모이시기를 바랍니다."

담화문 발표와 기자회견

대통령은 기자회견장에서 대국민 담화 겸 기자회견을 실시했다.

"친애하는 국민 여러분 안녕하십니까? 소행성에서 핵미사일 폭발 후 10일이 지났습니다. 제 평생에 이렇게 긴 10일은 처음입니다. 마치 10년이 지난 것처럼 매우 길게 느껴졌습니다. 국민 여러분도 저와 같은 심정이었을 것이라고 생각됩니다. 그 기다린 보람이 있는지 희망적인 말씀을 드리게 되어 매우 기쁘게 생각됩니다. 핵폭발로 소행성의 궤도에 변화가 있다고 합니다. 소행성은 지구를 벗어날 것이라고 합니다. 그러나 미국에서는 더 확실한 궤도변화를 유도하기 위해 일주일 후부터 핵폭탄을 하루 한 발씩 총 10발을 순차적으로 발사한다고 합니다. 국민 여러분! 종말이 온다고 얼마나 두려웠습니까? 이제부터 일상으로 돌아가시기 바랍니다. 불안한 마음에 생필품을 사재기한다고 들었습니다. 만약 소문대로 6개월 후 종말이 온다면 몇 년 치 물품을 쌓아둔들 무슨 소용이 있겠습니까? 오늘부터 불안한 마음을 떨쳐버리고 희망찬 내일을 시작합시다. 감사합니다."

사회자가 기자들을 향해 말했다.

"지금부터 질문을 받겠습니다.……. 저기 9번 기자님!"

"저는 배달 민족지 구승일 기자입니다. 대통령님, 과연 소행성이 지구를 완전히 비켜 가리라 확신하십니까?"

"그 대답은 여기 천체물리학 박사이신 김수성 교수님의 설명으로 대신하겠습니다."

"네, 김수성입니다. NASA에서 제공한 자료를 보시면 타원형으로 도는 궤도 안쪽으로 두 번의 핵폭발이 있었습니다. 폭발로 소행성의 아주 작은 변화도 여기 이렇게 폭발 지점에서 멀어질수록 지구와의 거리는 멀어집니다. 따라서 비켜 가리라 믿습니다."

소행성의 영상은 최근 방영되고 있는 이미지 화면이다. 표면은 짙은 갈색으로 형태도 원본과 차이가 크다. NASA^{미국 항공우주국}에서 제공된 것이라고 했다.

김 박사는 거짓을 말하기가 곤욕스럽다는 표정이다.

사회자가 말했다.

"다음 질문……. 10번 기자님!"

"톱뉴스 박만우 기자입니다. 소행성이 약 120년 주기로 태양을 공전하는 혜성이라고 했습니다. 왜 120년 전에는 발견하지 못했습니까?"

"태양의 북극점 위에서 아래를 보면 모든 행성은 반 시계 방향으로 공전합니다. 120년 전엔 지구가 여기 7시 위치에 있을 때 소행성은 지구궤도 1시 30분 위치에 있었습니다. 지구가 태양을 공전하는 동안 소행성도 태양을 공전하게 됩니다. 지구가 12시 위치에 오면 소행성은 4시 30분 위치에 있게 됩니다. 그 뒤에는 지구가 태양을 공전하는 동안 소행성은 타원궤도를 따라 먼 우주로 여행을 떠납니다. 따라서 태양빛에 가려져 소행성을 볼 수 없었으며 소행성의 표면이 갈색으로 매우 어두웠습니다. 또한 표면에 얼음이 없어 꼬리가 없습니다. 그리고 당시의 천체망원경은 지금과 같은 높은 배율이 아니라서 확인할 수 없었을 것입니다."

사회자의 호명이 계속 이어졌다.

"다음 질문자……. 12번 기자님"

"민주신보 이상호 기자입니다. 만약 소행성의 궤도가 변하지 않는다면 지구 어느 지역에 충돌하게 됩니까?"

"슈퍼컴퓨터로 연산하니 한국 시간으로 2060년 9월 14일 22시 45분경, 경도90도, 남위16도의 인도양에 떨어지게 됩니다."

"다음 질문자……. 저기 8번 기자님"

"시민일보 김한수입니다. 박사님께서 기고하신 내용을 보면 소행성 충돌로 해양생물이 일시에 사멸하여 석유로 변했다고 하셨는데, 그러면 전 세계 곳곳에서 고르게 발견되어야 하는데 중동이나 일부 지역에 편중되어 발견되는 것은 어떻게 설명하시겠습니까?"

"나무가 사라진 지구는 사막화 되어 비와 바람에 의해 수천 만 년 동안 엄청난 토사가 사체를 덮고 쌓여 압력을 받아 굳어지고 사체가 고온 고압을 받으면 걸쭉한 크림 형태로 변합니다. 이것이 석유가 됩니다. 지구는 점성이 높은 액체와 같은 맨틀 위에 여러 개의 껍질이 겹쳐진 형태의 판으로 이루어져 있어요. 이 판의 이동으로 지각변동이 일어나면 지면이 쭈글쭈글해지며 배사구조라는 공간이 생기게 됩니다. 액체는 압력이 높은 곳에서 압력이 낮은 곳으로 이동하여 쏠리게 됩니다. 배사구조 공간에 몰린 석유가 바로 유정이며, 우리가 시추하게 되는 것입니다. 우리나라를 비롯한 세계 어디서든 석유는 발견됩니다. 다만 시추는 경제성이 있는 유정에서만 이루어지다보니 편중되어 보일 뿐입니다. 어류는 움직입니다. 소행성 충돌로 엄청난 어류들이 살기 위해 이동하다 보면 만(灣)에 갇혀 떼로 사멸됩니다. 이곳에는 석유가 다른 지역보다 더 많을 수 있습니다."

"다음 질문자……. 18번 기자님"

"신한일보 김훈일 기자입니다. 항간에서는 '지구 리셋설'이 돌고 있습니다. 한 종의 생물이 너무 많이 번성하면 소행성으로 멸종시켜 다시 시작되도록 한다는 것입니다. 지금 지구에는 인간이 너무 많이 번성해 지구를 리셋 한다고 합니다. 박사님께서는 리셋 설을 어떻게 생각하십니까?"

"리셋 설은 과학적으로 근거가 부족한 가설입니다. 지상의 생명체가 충분히 번성하지 않아도 소행성 충돌은 자주 있었습니다. 그때마다 숲과 해양생물은 땅에 묻혀 석탄과 석유로 변했습니다. 육상생물이 99% 사라지는 충돌이라도 해양생물은 20%이상 살아남습니다. 바다가 넓고 대양이 모두 연결되어있어 멸종을 피할 수 있었습니다. 그리고 육상동물은 해양생물과 식물에 비해 번성 속도가 매우 느린 생명체입니다. 육상동물은 환경에 취약하고 활동반경이 제한적이라 진화하지 못하면 도태되는데 진화 속도가 너무 더디어 번성 기간이 많이 걸립니다. 지구상의 역대 육지 동물 중에 인간이 가장 짧은 기간에 가장 많이 번성한 종입니다. 인간은 생존 투쟁을 하지 않고 공존하려는 노력이 있었기에 지금과 같은 100억 명이 된 것입니다. 지구의 중생대가 약 2억 년 지속되면서 공룡의 번성으로 이 시대를 공룡시대라고 불렀습니다. 이 번성한 공룡시대가 소행성 충돌로 공룡이 멸종되어 리셋 설을 주장하는 사람도 있는 것으로 알고 있습니다. 육지 생물체의 90%

이상이 멸종되는 것이 리셋RESET이라 말할 수는 있겠지만, 한 종이 너무 많이 번성해서 소행성 충돌이 일어난 것은 아니라고 봅니다."

"다음 질문자……. 5번 기자님"

"조국신보 한국인 기자입니다. 미국을 비롯한 상임이사국에서는 대피시설을 건설하고 있었다고 합니다. 우리나라에서도 대피시설을 준비하고 있습니까? 만약에 해성이 궤도를 벗어나지 못하고 충돌한다면 한국인은 멸종되는 것입니까?"

대통령이 헛기침을 크게 한번 하더니 마이크를 잡았다.

"국민의 안전을 책임져야 할 대통령으로서 국민 여러분께 사과를 드립니다. 정말 죄송합니다. 우리 정부는 10일 전에 지구와 충돌할 소행성이 있다는 것을 인지했습니다. 미국이 정보를 공유하지 않아 생긴 문제이긴 해도 정부로서도 정보 수집에 소홀함이 있었던 것을 인정합니다. 지금 대피소를 짓는 것은 이미 늦었습니다. 지금은 소행성이 비켜 가기를 바랄 뿐입니다."

"다음 질문자……. 저기 외국인 기자 분"

"워싱턴 타임지 제라드 기자입니다. 김수성 박사님은 나사의 센터장 '파브로'를 아십니까? 하버드 동문으로 알고 있습니다."

"잘 알고 있습니다."

"어제 사체로 발견되었습니다. 5일 전에 살해되었다고 합니다. 최근에 통화한 일이 있습니까? 통화했다면 무슨 이야기를 나누었습니까?"

"예?"

김수성 박사는 순간 '휘청' 거리며 쓰러질듯 하다가 겨우 몸을 추슬렀다. 그는 자신과 통화한 나사의 지인이다.

대통령은 머릿속으로 느낌이 다가왔다.

'소행성에 숨겨야 할 흑막이 있구나.' 하고 직감했다. 대통령은 사회자를 바라봤다.

사회자는 대통령의 눈빛을 보고 서둘러 회견을 마쳤다.

"이상으로 기자회견을 마치겠습니다. 감사합니다."

기자들이 회견이 끝났음에도 불구하고 서로 '저요, 저요' 하면 손을 들었다.

약속 대련

국회 본회의, 대정부 질문을 위해 국회의원들과 국무위원들이 착석했다.

"서울 강북 국회의원 박태구입니다. 에, 총리님 나와 주십시오."

총리가 나왔다.

"총리! 총리께서는 소행성의 충돌이 없을 것이라고 확신합니까?"

"충돌이 있을 것이다, 없을 것이다, 라고 제가 말할 수 있는 것은 아닙니다. 미국의 발표입니다."

"총리! 미국의 발표를 신뢰할 수 있겠습니까? 미국은 12개월 전에도 지구와 충돌 가능성을 미리 알고 있었으면서도 비밀로 했습니다. 지금 그들의 발표를 믿을 수 있습니까? 그렇다면 그들은 대피시설 공사를 중단한다고 합니까? 본 의원이 조사한 바로는 미국을 비롯한 상임이사국 모두 대피소 건설 공사에 더욱 박차를 가하고 있다고 합니다. 총리 어떻게 된 일입니까? 지금 떠도는 소문은 상임이사국의 일부 기득권만 남기고 모든 인간을 말살시키려 한다고 합니다. 우리 한국인은 우수한 민족입니다. 만약 충돌이 일어난다면 일부라도 살려서 만 년, 백만 년 이어가게 해야 하는 것이 아닙니까?"

"의원님 말씀은 동의합니다. 그러나 지금 대피시설 공사를 하는 것은 시간적으로 불가능합니다."

"불가능하다는 말만 하지 마시고 방법을 찾아보세요. 미국을 믿고 있다가 뒤통수 맞지 말고……. 들어가세요."

다른 의원이 단상으로 올라섰다.

"국토위 소속 민도일 의원입니다. 국토부장관님 나와 주세요."

국토부장관이 나왔다.

"장관, 우리나라에 터널이 몇 개인 줄 아십니까?"

"네? 대략……, 약 2,500개 될 것입니다."

"정확한 숫자는 2,812개입니다. 그러면 길이가 얼마나 되는 줄 아십니까?"

"네, 약 2,500km 정도는 될 것입니다."

"2,384Km입니다. 우리나라 인구가 2,500만 명 정도 됩니다. 터널에 다 수용할 수 있겠어요, 생각해 봤습니까?"

"의원님, 소행성 충돌 시 진도 10이상의 지진이 발생합니다. 진도 10에 견딜 터널은 없습니다. 터널에 대피해 있다가 모두 압사당할 것입니다."

"그렇다면, 보강해야지요."

"의원님, 남은 날짜가 168일입니다. 불가능합니다."

"시도할 생각도 안 하고 불가능하다고 합니까? 방법을 찾아보세요."

"잘 알겠습니다. 오늘 밤 국무회의에서 방법을 논의해 보겠습니다."

086 정대영 장편소설 · Reset 리셋;그날이 오면

제4장

매뉴얼

대책회의

대통령을 필두로 국무위원과 관계공무원 모두가 참석한 제 2차 소행성 충돌 대책 회의가 진행되었다.

"지금부터 소행성 충돌 2차 대책 회의를 개최합니다."
대통령이 사회봉을 한번 두드렸다.

"소행성 충돌에 대응할 매뉴얼이 긴급히 작성되었습니다. 매뉴얼의 작성에 도움을 주신 행안부장관님과 소방방재청장님 외 각 관계 부서장, 차관님과 대학교수님과 석학자, 그리고 관계 공무원 여러분의 노고에 국민을 대신해 진심으로 감사드립니다."
행안부장관이 마이크 앞으로 다가서서 말했다.

"대통령님께서 터널을 대피소로 만들자는 제안과 대상자, 식량과 물품 등 대략적인 구도를 잡아 주셔서 저희가 일하기가 수월했습니다. 대통령님께 감사드립니다."

"대통령으로서 할 일을 했을 뿐입니다. 지금부터 긴급하게 작성된 매뉴얼을 시간 관계상 요지만을 간추려 발표하겠습니다. 발표 중에도 해당 부서는 매뉴얼의 상세 내용을 검토하시기 바랍니다. 이견이 있으시면 손을 들고 말씀해 주십시오.

대피소는 지질 조사내용을 토대로 500개 터널로 산정했습니다. 해발 100m 이상 높이에 있는 진도 7이상의 내진 설계로 60년 내에 지어진 터널로 한정했습니다. 그리고 물품을 보관할 터널 300개도 같이 선정했습니다. 국토부에서 5일 동안 꼬박 새며 조사했다고 하니 감사드립니다. 배포된 매뉴얼에 터널 이름과 위치가 표시되어 있습니다."

국무위원들과 참석 공무원들은 매뉴얼을 일일이 확인했다.

"먼저, 대피자의 자격부터 말씀드리겠습니다. 한 가지 이상의 기술 또는 기능을 보유한 25세 이상 45세 이하의 배우자와 자녀가 있는 가정으로 한정했습니다. 농업과 임업분야 20%, 토건분야 10%, 기계기술분야 10%, 전기, IT분야 10%, 생 화학분야 10%, 의료분야 10%, 과학 분야 10%, 예술 5%, 관리 5%, 군경 10%로 배분했습니다. 각 분야의 세분 업종과 대상자 수는 매뉴얼을 참조해 주십시오. 분야에 따라 몰리지 않도록 배분했습니다."

"종교인이나 서비스 계통은 없네요. 반발이 심할 텐데 괜찮겠습니까?"

"종교인은 이해하리라 생각합니다. 모든 직업군을 다 배려하지 못합니다. 오직 생존과 재건에 초점을 맞추었습니다."

"군경 10%는 왜? 필요합니까? 재건에 도움이 되지 못하고 걸리적거릴 텐데요."

"우리만 생존을 위해 준비한다고 생각지는 않아요. 첩보는 없지만, 반드시 북한과 일본에서도 생존을 위해 필사적으로 준비하고 있을 것으로 생각해요. 중국까지 포함해 그날 이후 생존한 사람들은 자신의 생존을 위해 타인의 것을 쟁취하려 할 것입니다. 그때는 인간의 인격이 말살되고 폭력적으로 변합니다. 우리나라에서도 땅굴이나 지하실에서 기적적으로 생존한 사람이 많을 것입니다. 이들도 적대감에 폭도로 변할 수 있어요. 따라서 10%의 군경도 부족할 수 있어요. 생존자는 자경自警을 위해 남녀 구분 없이 15세 이상이면 모두 기본 군사훈련을 받아야 합니다."

순간 사방 분위기가 조용해졌다.

"생존 후엔 인도주의적 사고는 버려야 합니다. 그날로 인해 절멸絕滅에 준한 인구감소로 자원 고갈을 막았다고 살기 좋아지는 것이 아닙니다. 열악한 환경과 부족한 생필품으로 타인이 가진 것을 뺏으려 할 것이고, 세월이 흘러 인구가 늘어나면 권력을 가지려는 사람이 생기고 세력이 커지면 중세시대와 같이 제국을 건설하려고 할 지도 모릅니다. 국방부 장관님, 매뉴얼에 나와 있는 전투기 20기, 탱크 50대, 장갑차 100대, 험비 등과 군단 규모의 군장비와 총기류와 탄환 등은 최소량입니다. 군에서 보유하고 있는 군복, 군화, 전투식량 등 예비품은 모두 수거해 요새에 넣을 수만 있다면 최대한 넣어 보관하도록 하세요. 지금 북한군 동향은 어떻습니까?"
국방부장관이 대답했다.

"아직 국경에는 별다른 동향은 없습니다. 그래서 소행성 충돌을 모르고 있는 것이 아닌가? 하고 의심스러울 지경입니다."
국정원장이 나섰다.

"아니오. 정보에 의하면 북한식 계엄이 있었답니다. 그리고 상당한 인원이 공병대들이 개마고원으로 향했다는 정보도 있어요. 정중동静中動 조용히 대피소를 건설하는 것으로 알고 있습니다."

"지금 대피소 건설하기에는 너무 늦은데……. 아무튼 계속 주시하시오."

터널 보강공사

"각 부서별로 할당된 업무에 대해 발표하고자 합니다. 국토부장관님, 공급 가능한 재고 철강류를 조사해 각 터널에 맞는 보강 골조를 조립식으로 5일내에 설계를 마치도록 하십시오. 보강공사 기간은 90일간입니다."

"어렵습니다."

"프로그램을 사용하면 어렵지 않습니다. 그리고 설계도를 공장에 배포와 동시에 자재 투입도 바로 하세요."

"설계가 어렵다는 것이 아니라 기간 내에 공사를 완료하기가 어렵다는 것입니다. 상당한 기능공이 외국인이고 더구나 소행성이 충돌한다는 말이 돌자, 출근하지 않는 노동자도 많습니다."

"터널 보강공사에 동원되는 근로자는 생존 후 재건에 꼭 필요한 건설 노동자입니다. 보강재를 제작하는 근로자와 전기 기술자 모두 대피시설이 완성되면 우선적으로 대피자로 선정된다는 것을 알려주시면 적극적으로 협조할 것입니다. 그리고 공병대와 전투 부대인 전사들과 군이 보유한 로봇도 최대한 동원하시고 지금 공사현장에 있는 중장비와 공사용 로봇을 터널보강 공사에 총동원하시오. 외국인 근로자들에게는 공사 완료 후에는 빨리 출국하게 해주겠다고 하세요. 지금 공항에 엄청나게 사람들이 몰리고 있다고 합니다. 이들에게 빨리 현직에 복귀하도록 하고, 만약 거부하면 비행기편 제공과 식사와 음료도 제공하지 마세요."

"건축기능자 대부분이 외국 노동자입니다. 내국인 건설기능자 중에는 결혼하지 않은 독신자가 많습니다. 토목, 건축 기능공 12,500명을 맞추기 힘들 것입니다."

"기능이 있는 외국인 중에 배우자가 한국인이면 대피 자격을 주세요. 자녀가 있는 이혼여성이 기능이 있는 독신자와 재혼하면 대피 자격을 준다고 하면 많이 응할 것입니다. 외국인이라도 기술이 우수하면 본인의 의사에 따라 대피 자격을 주도록 하세요. 그리고 시멘트와 철근 등 건축자재와 굴착기, 덤프 트럭 등 건설 장비를 매뉴얼에 표기된 터널에 미리 넣어 두도록 하세요. 그날 이후엔 재건에 크게 도움이 될 것입니다."

식량문제에 대한 대책

"가장 큰 문제는 식량입니다. 농식품부장관님, 일 인당 쌀 소비량은 얼마나 됩니까?"

"쌀만 먹는다면 1년에 약 60Kg은 소비된다고 봐야 될 것입니다."

"50만 명이 다 생존한다고 보고 12년 치 최소 36만 톤의 정부 비축미를 도정 후 진공 포장하여 대피소 바닥에 쌓아서 보관하세요. 충돌 시 몸이 5m 높이까지 뛰어오르게 된다고 합니다. 충격 방지용 매트도 준비하고 빙하기를 대비해 일 인당 50Kg의 방한복과 이불을 준비하여 식량 포대 위에 깔도록 하세요. 부식인 장류도 진공 포장하여 5만 톤을 준비하세요. 건어물과 육포 등도 최대한 많이 확보하도록 하세요. 각종 통조림 식품도 최대한 많이 확보하세요. 기간은 100일입니다. 그날 후 바닷물이 방사능에 오염될 수 있습니다. 소금 2만 톤을 준비하세요."

"예, 대통령님!"

"벼, 밀, 보리, 콩 등 곡류와 배추, 고추, 호박 등의 야채 종자도 확보하도록 하세요. 외무부장관님, 외국에서 귀국하는 외교관에게 목화씨를 구해 오라고 하세요. 화학섬유를 생산하지 못할 수 있습니다. 한지를 생산할 수 있는 닥나무와 유실나무, 추위에 강한 소나무 등 목재로서 가치가 높은 종자와 모종도 많이 준비하세요. 그리고 온실을 만들 수 있는 비닐과 장비를 매뉴얼에 표기된 터널에 넣어두도록 하세요. 미국에서는 노아 프로젝트에 따라 축산 동물을 대피소에 넣기로 한 것으로 알고 있습니다. 그러나 우리는 축산 동물의 먹이를 몇 년 치 준비할 수 없습니다. 그렇다고 단백질을 콩이나 식물에만 의존할 수도 없을 것입니다. 미래의 동물성 단백질 공급을 위해 살아있는 물고기, 오징어류, 갑각류 등 어류와 수정된 알을 액체질소에 넣어 보관하면 먹이를 줄 필요도 없고, 미래에 수질이 개선되면 양식하여 식량으로 사용될 수도 있을 것입니다. 충돌 후 15년은 혹독한 겨울이 된다고 합니다. 준비하도록 하세요. 그리고 사람은 물 없이 살 수는 없어요. 터널 가까이 취수정을 두 개 이상 뚫어 지하수를 대피소에 공급할 수 있게 하세요. 그리고 식수 5톤의 저장조도 각 대피소에 5개 이상 넣도록 하세요."

전기 발전 대책

"그날 모든 건축물과 발전시설은 파괴된다고 봐야 합니다. 따라서 15년 이상 장기간 터널에서 생활해야 합니다. 그러자면 전기는 필수입니다. 정찰 위성사진에 의하면 미국의 핵잠수함이 이례적으로 조선소 앞에 도열해 있다고 합니다. 핵잠수함의 소형 원자로를 떼어서 대피소 발전용으로 쓰려고 하는 것으로 판단됩니다. 우리도 핵잠수함용 소형 원자로 3기가 방산연구소에 있습니다. 이 소형 원자로는 가장 완벽한 요새 3곳에 설치될 것입니다. 산자부장관님, 그곳을 필두로 500개의 터널에 연결될 배선, 변전기 등 자재를 확보해서 매뉴얼에 표시된 터널에 넣어두도록 하십시오. 그리고 태양광 패널과 소형 풍력발전기를 최대한 많이 확보하여 발전에 관련된 장비와 함께 넣도록 하십시오. 기간은 100일입니다."

전자, 통신 대책

"과기부장관님, 각종 반도체 부품과 반도체를 생산할 수 있는 핵심 설비를 확보하여 사각 철재 용기에 넣고 경유를 채워 뚜껑을 덮어 표시된 터널에 넣어두도록 하세요. 생존 후엔 반도체를 생산할 수 있도록 준비해야 합니다. 그리고 조명등과 다양한 전기, 전자제품도 대피소에 보관하도록 하세요. 통신장비와 TV 카메라도 같이 넣어 두세요, 정보는 매우 귀중합니다. 재건시 전자제품의 가치는 동일한 무게의 황금보다 더 높을 것입니다, 프로그래머와 통신기능자도 대피대상자로 선정하세요."

의료 대책

"보건복지부장관님, 일반 상비약과 수술장비 및 검사, 검진 장비를 대피소에 넣도록 하세요. 물품 내역은 매뉴얼에 있습니다. 전문의와 검진의 그리고 병리의 등 매뉴얼을 참조하여 대상자 선정에 만전을 부탁드립니다. 각 분야별 대피대상자가 선정되면 의료

기록을 검색하여 병약한 자가 선정되지 않도록 하세요. 또 면담을 통해 정신질환자와 폐소 공포증이 없는지 확인이 필요합니다. 60만 명으로 추산되는 대피대상자를 검사하려면 많은 의료인이 필요할 것입니다. 따라서 동원 가능한 의료인들에게 간곡하게 협조 요청하세요, 그리고 터널에 입고되는 모든 물품은 소독해서 세균으로 인한 감염병이 돌지 않도록 미리 예방하세요. 그리고 화장지와 옷을 만들 섬유와 재봉틀, 구두, 운동화 등 생필품을 목록에 나와 있는 양을 채우지 못 하면 각 가정을 방문하여 필요 이상 보유하고 있으면 설득하여 기부 받도록 하세요. 특히 신은 가죽과 화섬 등으로 이루어져 그날 후 구하기 불가능한 소재들입니다. 따라서 최대한 많이 확보해야 합니다."

산자부의 대책과 아드로이드 인간형 로봇

"산자부장관님, 경유와 휘발유등의 연료와 함께 소형 발전기 2기를 각 터널에 보관하도록 하세요. 그리고 기능보유자의 정보를 관계기관에 제공하고 각 가정의 개인 로봇과 회사나 기관에서 사용 중인 로봇 모두 회수하여 대인대피소에 보관토록 하세요."
산자부 장관이 대통령께 건의사항을 말했다.

"대통령님 소형발전기 1,000기가 필요합니다. 충분하게 확보될지 모르겠습니다. 그리고 개인이 소유하는 로봇을 순순히 내놓을지 모르겠습니다."

"병원, 방송국, 기업체에 비상용 발전기가 있을 것입니다. 장애인 또는 환자들이 사용하는 로봇을 제외한 다른 로봇들은 소유자에게 취지를 잘 설명하여 협조 받도록 하세요. 그래도 회수에 불응하면 강제로라도 회수하세요. 생존 후 요긴하게 쓰일 것입니다."

외통부장관의 질문이 이어졌다.

"타 부서 분야를 간섭하는 것입니다만, 왜 강제로 뺏어가면서까지 로봇을 모으려는 것입니까?"

"로봇의 수명은 영구적으로 보이나 부품을 지속적으로 공급받지 못하면 수명은 오래갈 수가 없습니다. 그날 후에는 생산시설이 사라져 부품 조달을 하지 못하게 됩니다. 따라서 로봇은 앞으로 30년 내에 모두 사라질 것입니다. 로봇은 재건에 필수품입니다. 2족 AI로봇의 부품 수는 3만 개가 넘고 기계, 전기, 전자 등 자동차와 비교할 수 없을 정도로 부품은 다양하고 정밀합니다. 자동차도 10년이 지나면 고장 나기 시작합니다. 3만 개 이상의 부품으로 조립된 로봇은 5년만 지나도 고장이 발생합니다. 가정과 기업에서 사용하는 로봇이라도 같은 회사 제품은 대체로 규격화되어 있어 교체해 쓸 수 있습니다. 그렇게 하면 최장 100년은 사용할 수 있을 것입니다. 장관님께서는 로봇을 가지고 있습니까?"

외통부장관이 대답했다.

"예, 한 대 있습니다."

"기종은 어떤 종류입니까?"

외통부장관은 잠시 생각에 잠기는 듯한 모습을 보이며 말을 이었다.

"보스턴 다이내믹스 5세대 안드로이드입니다. AI인공지능는 소프트엠 56이 탑재되어 있고 소프트엠사의 메인서브와 교신으로 실시간 대화 검색할 수 있습니다."

"최신 기종이군요. 실시간 대화 검색이 가능하다면 소행성 충돌에 대해 물어 봤습니까?"

외통부장관이 대답했다.

"예, 의외의 대답이 나왔습니다. 그날 후에도 살아남은 사람들은 있을 것이라고 했습니다. 그러나 생존자 수가 100만 명 이하라면 인류는 100만 년 이상 유지될 것이라고 합니다. 그러나 100만 명 이상 생존자가 많으면 많을수록 짧게는 1세기도 넘기지 못할 것이라고 합니다."

갑자기 주위가 웅성거리는 소리로 소란스러워졌다.

"이유가 있습니까?"

외교부장관이 대답했다.

"인간의 이기심으로 스스로 망하게 된다고 합니다."

주위가 또다시 조용해졌다.

"사람은 기계와 다릅니다. 사람에게는 운명이라는 의외의 변수가 있어요. 운명은 계산으로 산출될 수 없습니다."

한쪽에서 박수를 치자 전체가 따라하듯 박수를 쳤다.

외통부장관은 우리나라 10대 부호 중 한 사람이다.

그는 하루 전 대통령실을 방문했다.

대통령과 마주한 그는 천천히 커피를 마시며 어렵게 말을 꺼냈다.

"대통령님, 저에게 황금 3,000Kg과 국보급 문화재 100여 점, 고가의 미술품 여러 점이 있습니다. 이 모두를 기부하겠습니다. 저의 아들 부부와 손자를 대피할 수 있도록 해주십시오."

"아드님의 직업이나 전공은 어떻게 됩니까?"

"하버드에서 경영학을 전공했고, 지금은 세종종합투자금융사 대표입니다."

"대단히 죄송하지만 아드님은 대피 대상자가 될 수 없습니다. 기부를 받지 않겠습니다."

"대통령님, 예외 조항이 있다고 들었습니다."

"예외 조항은 미혼 또는 전과가 있어 대피자격이 될 수 없으나 출중한 능력을 보유한 경우에만 해당됩니다. 장관님의 아드님은 해당되지 않습니다."
그는 힘없이 일어나 어깨를 떨구고 목례하고는 돌아갔다.

대통령은 노트북에서 외통부장관이 가지고 있다는 안드로이드를 검색했다.
그는 5년 전 부인을 잃었다. 부인은 젊은 시절 대단한 미인으로 스카우트하려는 연예기획사가 많았다. 그는 부인을 잊지 못해 혼자 살다가 일 년 전 부인의 젊은 시절의 모습과 성격, 습관까지 닮은 주문형 안드로이드^{인간형 로봇}를 구입했다. 주문형 안드로이드는 최근까지 50기만 제작된 천문학적 금액의 수제 첨단제품이다.
"장관님께서는 걱정하지 않아도 됩니다. 안드로이드는 회수 대상이 아닙니다."
외통부장관이 말했다.
"안드로이드는 왜 회수 대상이 아닙니까?"
"우리가 회수하려는 로봇은 플라스틱과 알루미늄합금, 철로 만들어진 범용 로봇입니다. 그러나 세라믹과 실리콘 등으로 만들어진 안드로이드는 교체하여 사용할 부품이 없습니다."
외통부장관은 간청하듯 말했다.

"저의 안드로이드는 소프트엠 56 AI^인공지능가 탑재되어 있습니다. 나중에 쓰임이 많을 것입니다. 회수해 주십시오."

"허……. 이해가 안 됩니다. 아내와 꼭 같은 안드로이드를 회수해 달라니……."

외통부장관의 간곡한 간청이 이어졌다.

"내 아내와 판박이로 닮았기 때문에 꼭 회수해 달라는 것입니다. 제가 가진 안드로이드는 섹스봇^로봇으로 오해하는데, 섹스기능은 없습니다. 그렇게 접근하면 거부하도록 입력되어있습니다. 저는 아내를 정말 사랑했습니다. 아내와 닮은 안드로이드였기에 저에게는 소울메이트 이었습니다. 학생 교육용으로는 아주 적합할 것입니다. 죽은 아내도 교사였습니다. 꼭 회수해 주십시오. 부탁합니다."

그는 절실해 보였다. 아내를 살리는 것처럼 살리고 싶은 것이다.

"알겠습니다. 회수해서 교육용으로 사용하도록 일러두겠습니다."

그는 고개 숙여 흐느끼고 있었다. 아들 부부와 손자를 살리지도 못하고 겨우 아내와 닮은 안드로이드만 살리게 되었다. 그의 그같은 심정을 다들 공감하는지 사람들의 침묵이 한동안 이어졌다.

과기부 대책

"계속하겠습니다. 과기부장관님, 과학자에게 문의하여 연구에 필요한 장비를 준비하여 표시된 터널에 넣도록 하세요. 슈퍼컴퓨터 2기와 각종 자료와 논문을 저장한 컴퓨터 10~20기를 준비하여 화물 보관 터널에 보관하도록 하세요. 그리고 나중에 식량이 될 축산물과 애완동물 등 각종 동물을 되살릴 정자와 난자를 액체질소에 넣어서 보관하도록 하세요. 그 외 필요한 동물들도 정자와 난자를 최대한 많이 확보해 보관하도록 하세요. 수정된 난자가 착상하여 자랄 수 있는 인공 자궁 개발이 성공한 것으로 알고 있습니다. 인공 자궁을 여러 개 만들어 분산 보관하세요. 이 기술을 가진 연구원은 나이와 상관없이 대피자로 선정하세요."

"수백 번 실패하고 두 번 성공했습니다. 아직 넘어야 할 산이 많습니다."

"두 번 성공이라도 충분합니다. 기다릴 시간이 없습니다. 매뉴얼에는 필요한 장비의 명칭은 없습니다. 전문 장비는 우리가 알 수 없어 기록하지 않았습니다. 전문가와 상의하여 확보하도록 하세요."

문체부 대책

"문체부장관님, 각종 교육자료 리스트를 만들어 컴퓨터 하드에 저장 보관하시고 서책과 고서 등 교육에 필요한 자료를 모두 밀폐 박스에 넣어 대물 보관 터널에 분산하여 보관하세요. 역사 기록물과 영화와 같은 예술기록물 등 각종 기록물을 저장한 외장하드도 여러 개 준비해 분산 보관하고, 국보와 보물 등 각종 문화재들도 포장하여 군 요새에 보관하도록 하세요. 우리민족을 잊지 말자는 것입니다. 개인이 소장하고 있는 고가의 미술품이나 희귀품등도 기부하면 받아들이시고, 각종 악기도 충분히 확보하여 보관하도록 하시오."

경제기획부 대책

"기능인만 있으면 아무리 잘 짜인 매뉴얼이 있어도 오합지졸이 됩니다. 따라서 기획과 통계에 탁월한 사람이 꼭 필요합니다. 인적 물적 운영이 잘못되면 생존에 실패합니다. 경제기획부장관님, 기획에 뛰어난 사람이 필요합니다. 찾아서 천거해 주세요."

"통합된 지도부가 없으면 대혼란이 일어납니다."

"지금 미리 선정한 지도자가 그날 대피소의 붕괴로 유고 시 혼란이 가중됩니다. 그렇다고 두 명 이상 선정하여 모두가 생존하면 분열될 수 있습니다. 생존자들이 지도부를 선출해야 인정하고 따르게 될 것입니다. 그래서 혼란을 우려해 생존 후의 매뉴얼도 작성했습니다. 생존 후에는 각 분야별로 선출된 대표로 집단지도체제를 유지하도록 했습니다. 안건은 만장일치제로 독재자가 나올 수 없도록 했습니다. 회의를 주관하고 안건을 조율할 대표의장은 있지만 감사권 외 다른 권한은 없도록 작성되었습니다. 여기 계신 분 중에서도 대피자로 선정되기를 바랄 수 있겠지만 우리 중에 누구는 선정되고 누구는 빠진다면 빠진 사람이 불만이 생길 수 있습니다. 우리가 먼저 희생하는 모습을 보여야 국민들도 인정하고 따르게 될 것입니다."

대상자의 자격

"법무부장관님, 대상자가 선정되면 범죄기록을 조사해 전과자, 분노조절장애자, 약물중독자, 알코올중독자, 블랙 컨슈

머 등은 대상자에서 제외하세요. 그러나 대상자의 범죄가 단순한 위반이나 절도, 사기 등 일지라도 피해 금액이 미미한 생계형 범법자나 상습범이 아니면 대상자에 포함 시키세요."

매뉴얼 승인

"지금까지 전체에서 간추린 요지만 말씀드렸습니다. 지금부터 각론을 검토할 시간을 2시간 드리겠습니다. 관계되는 분야의 장, 차관님과 실무자는 검토 후 의논해 주시기 바랍니다."
각 부서의 장, 차관과 실무공무원들은 서로 간 협의를 하느라고 소란스럽다. 어느덧 2시간이 흘렀다.
"자, 검토 시간이 지났습니다. 상호간 협의된 사항은 즉시 반영하시고, 시간이 더 필요한 사항들은 추후 다시 의견을 수렴토록 하겠습니다. 더 이상의 이견이 없으시면 승인하도록 하겠습니다. 이의 없습니까?"
참석자 가운데 한 사람이 번쩍 손을 들었다.
"대상자가 50만 명 이상이면, 어떻게 합니까?"
"대피소에 적정 수용인원은 60만 명까지 가능합니다. 대피자 모두 생존할 수 없다고 생각하여 조금 넓게 대피소를 선정했습니다. 따라서 20%까지 초과해도 됩니다. 그러나 여유가 있다고 규정을 바꾸어 더 뽑으려 하지 마세요. 또 다른 불만자가 생기게 됩니다."

"대상자가 미달 되면 어떻게 합니까?"

"미달 되지는 않을 것입니다. 그러나 미달되면 독신자나 배우자만 있고 자녀가 없는 사람도 자격을 주도록 합시다. 매뉴얼의 이견은 개정을 거치도록 하고 승인 절차에 들어가지요."

장관을 필두로 대통령까지 모두 매뉴얼에 승인했다.

"소행성 충돌에 대한 매뉴얼이 승인되었습니다. 충돌까지 6개월도 남지 않았습니다. 여러분의 희생으로 이 땅에 우리 민족은 영원히 존속될 것입니다. 감사합니다. 이것으로 회의를 마칩니다."

대통령은 '땅, 땅, 땅!' 하고 의사봉을 내리쳤다.

계엄 선포

계엄이 즉각 선포되었다. 학교는 무한 휴학을 하게 되었다. 대부분 회사와 공장은 무한 휴무했지만, 생필품과 터널에 들어갈 필수 품목을 생산하는 공장은 주야 가동했다.

발전소와 통신 종사자는 업무 협조에 적극적으로 동참해 다행히 전기와 전화는 끊어지지 않았다. 항공사와 파일럿, 승무원의 협조로 항공기역시 순조롭게 운행되었다. 철도나 대중교통도 정상으로 운행되었다.

한국에 거주하는 외국인과 외국인 근로자는 무려 400만 명이 넘었다. 하루 10만 명이 출국한다고 해도 무려 40일이 걸린다. 그들의 출국과 외국에서 귀국하는 주재원과 교민들로 입, 출국장은 발 디딜 틈이 없었고, 나가는 사람과 들어오는 사람 모두 부둥켜안고 오열하였다.

생필품은 국가에서 통제하여 필요한 물품은 가족 수에 맞게 무료로 배부되었다. 원전은 발전을 멈추고 연료봉을 해체하기 시작했고 방사능폐기물은 방폐장으로 보내졌다. 출근하지 않은 필수근로자는 설득하기도 했고 그래도 거부하면 강제 연행하여 업무에 복귀시켰다. 집회와 시위는 금지되었다.

대상자 선정 기준의 사회적 지지

대피대상자 선정 기준이 발표되면 심각한 반발이 예상되었다. 정부는 여야 국회의원, 종교단체, 사회봉사단체, 언론등과 미리 협의를 해야 했다. 이들을 한꺼번에 모아 설명을 하면 설득이 어려울 수 있어 대통령은 따로따로 만나기로 했다. 대통령은 정치적인 협조를 받기 위해 여야 대표와 대면했다.

"전에도 말씀드렸다시피 일부의 국민이라도 살려 자손만대를 이어 나가기 위해서는, 다양한 능력을 보유한 사람으로 구성했습니다. 그래야 생존할 수 있습니다. 협조해 주십시오."

"취지는 이해합니다. 그러나 대피 자격이 없는 대다수 국민들이 수용하겠습니까? 엄청나게 반발할 것입니다."

"예, 선정되지 못한 국민들의 반발로 공사가 방해 받는다면, 대상자 선정 시기를 놓쳐 돌이킬 수 없는 결과를 맞이하게 됩니다. 반발을 막기 위해서는 여러분들이 직접 언론에 나서서 설득해 주시기를 바랍니다. 도와주십시오."

"알겠습니다. 어떻게든 일부라도 살려야 되겠지요. 적극적으로 국민을 설득하도록 하겠습니다. 음……, 그런데 내게 열두 살짜리 손자가 하나 있습니다. 염치없지만 대피자 명단에 넣을 수 있을까요?"

"알겠습니다. 대상자 중에 한 자녀 가정이나 자녀가 없는 사람에게 입양하게 해서 대피소로 들어갈 수 있도록 조치하겠습니다."

대통령은 종교 지도자들도 만났다.

"목사님, 신부님, 그리고 대사님 지금 엄청나게 큰 소행성이 지구를 향해 날아오고 있습니다. 이 소행성이 지구와 충돌하다면 인류는 종말을 고합니다. 여러분 저는 살아남지 못해도 생존에 유리하고 재건에 꼭 필요한 사람들을 살려 그들이 인류의 대를 이어 나가게 하는 것이 종말을 맞이하는 인간의 도리라고 생각합니다. 국민 모두를 살리면 좋겠지만 불행히도 그렇게는 안 됩니다. 도와주십시오, 대피대상자의 기준은 정했습니다. 이들은 한 가지 이상의 기능을 보유한 기능인과 과학자 그리고 그들을 지원과 보호할 사람들과 가족들입니다. 재건에 꼭 필요한 사람들이지요. 앞에 있는 서류는 대상자들의 기준에 대한 것입니다. 대한민국이 존속되려면 이들이 꼭 필요합니다. 도와주십시오."

"신은 노아로 하여금 방주를 만들게 하여 노아의 가족과 여러 동물 한 쌍씩 방주에 태워 살리시고, 죄 많은 세상을 물로서 심판했습니다. 성적 문란과 퇴폐가 만연했던 소돔과 고모라를 불로서 심판했습니다. 지금 소행성이 부정부패, 문란하고 퇴폐적인 성적 행위, 폭력과 살인으로 혼탁한 지구를 심판한다고 생각됩니다. 노아와 자손들을 시작으로 오늘날의 번영을 이루었듯이, 당연히 생존 가능성이 높은 사람이 대상자로 선정 되어야 한다는 것에 동의합니다."

"인간을 구제하는 것이 석가의 가르침입니다. 다 살릴수 없다면 당연히 생존 가능성이 높은 사람이 선정되어야

겠지요."

"감사합니다. 대상자는 종교에 대한 편견 없이 선정될 것입니다."

또 한편으로는 각 사회봉사 단체장들과 방송사 사장과 국장, 언론사 사장과 국장, 기자들을 같은 자리에 불러 대상자 선정 기준에 대한 설명회를 가졌다.

"여러분들과 지금의 현실을 직시하고 이를 타개하고자 이 자리를 마련하게 된 것에 대하여 대통령으로서 가슴이 아픕니다. 우주에서 소행성이 지구를 향해 오고 있다는 것을 여러분들은 잘 알고 있을 것입니다. 지구를 비켜 가리라고 믿지만, 만의 하나 지구와 충돌할 때를 대비해 매뉴얼을 작성했습니다. 대피소를 지을 시간이 없는 관계로 터널 800개소에 지진에 견딜 수 있는 보강공사를 실시하려고 합니다. 보강공사를 했다고 지진에 견딜 수 있다는 보장은 없습니다. 건설 당시 최대 진도 7로 지어졌고 햇수도 오래되어 대피대상자가 지진으로 압사당하거나 쓰나미에 침수되어 수장 될 수 있습니다. 대피자의 25%만 생존해도 성공적입니다. 그날 후에도 십 수 년을 엄청난 추위와 싸워야 하고 물자 부족으로 굶주리게 될 것입니다. 그리고 모든 건축물들은 파괴되어 터널 속에서 하염없이 견뎌야 합니다. 십 수 년 후에 지구의 온도가 회복된다 하더라도 이미 숲이 사라져 사막과 같은 가뭄이 수천만 년이 지속될 것입니다. 폐허와 가뭄 속에서 생존을 위해 재건을 해야 합니다. 그래서 재건에 필요한 기능인을 대피 대상자로 선정했습니다. 그런데 선정되지 못한 국민 일부가 방해 한다면 대상 기능인은 모집에 기피하게 되고 대한민국은 그날로 사라지게 됩니다. 여러분이 언론을 통해 대상자에게 힘을 실어 준다면 이 나라는 영원할 것입니다."

"우리가 어떻게 해야 합니까?"

"여러분이 대피 대상자를 미래의 희생자로 홍보해 주기를 부탁드립니다. 그렇게 해야 대피 대상자가 되지 못한 대다수 국민들은 상대적 박탈감이 줄어 들 것입니다. 그리고 국민들은 터널 보강공사에 협조하도록 홍보해 주십시오. 빨리 대피소가 지어지도록 독려해 주시고, 대담이나 거리 인터뷰를 통해서 대피대상자의 지지를 여론으로 이끌어 주십시오. 기득권을 가진 정치인이나 사회 저명 인사들도 재건 대상자를 개척자나 모험가로 찬양하기로 했습니다."

이 말은 대피 대상자를 희생자로 만들어 대피 대상자가 되지 못하는 대다수 국민의 감정을 반전 시키려는 의도가 들어있었다.

"알겠습니다. 여기 대피 대상자의 선정 기준으로는 정말 한 명의 기득권도 해당 될 수 없도록 되어 있는데 믿을 수 있습니까?"

"네, 믿어도 됩니다."

"좋습니다. 여기에 다른 의견이 있으신 분 있습니까?"

"없습니다."

"없어요."

다들 이견이 없음을 확인하고 박수로 화답했다.

제5장

대통령 박현인

대통령 탄핵 표결

정치인과 사회 저명 인사와 종교 지도자의 지지 성명과 언론의 긍정적인 유도에도 국민의 상당수가 대피대상자 선정에 불만을 표출했다.
세종시 대통령관저 앞에는 엄청난 군중이 모여 대통령을 성토했다.
국회의원 상당수도 정부 정책을 반대했다. 국민 모두에게 영향이 미치는 정책을 정부의 일방적인 결정은 위법하다고 했다. 국회 비준을 받아야 한다고 주장하는 사람이 많았으며 헌법재판소에 재소했고 헌법재판소도 긴급하게 소집되었고 신속하게 국회 비준이 필요하다고 판결했다. 국회에서는 대통령을 탄핵해야 한다는 주장과 함께 탄핵 절차가 신속하게 이루어졌다.

세종시 국회 의사당

"나는 서울 서초구 국회의원 박수로입니다. 지금 정부에서는 혼란을 잠재우고 질서를 잡겠다는 구실로 계엄을 선포하고, 뒤에서는 소행성 충돌에 대한 재난 매뉴얼을 작성하여 국회 동의도 없는 매뉴얼을 시행하려 합니다. 이 위법한 행위를 하려는 대통령은 마땅히 탄핵 되어야 하고 국무위원 모두는 사퇴 되어야 합니다. 동의하십니까?"
여기저기서 웅성거리며 대답을 했다.
개중에는 찬성 의사를 밝혔다.
"동의합니다."
그러나 못마땅하다는 항의도 들렸다.
"우린 반대합니다."
한동안 장내는 시끄러웠고 진정하는데 한참 걸렸다.
"나는 대구 서구 국회의원 박갑수입니다. 저는 야당 국회의원이지만 대통령의 침착하고도 현명한 결정에 대단한 존경을 표합니다. 종말이 오고 있는데 손 놓고 자신만 살 궁리를 하는 외국의 대부분 나라 국가 정상과 달리 오직 민족의 존속에 초점을 맞춘 이 매뉴얼은 대단히 훌륭합니다. 어떻게 이런 위기 속에서 이렇게 빨리 이다지도 촘촘한 매뉴얼을 만들 수 있는지 정말 존경합니다. 탄핵해야 한다고요. 이 무슨 무식한 소리입니까. 하루하루 종말이 다가오는데 어쩌자는 것입니까? 정신 차리세요."
한동안 시끄러운 분위기가 가라앉고 조용해졌다.

국회의장이 회의를 계속 진행했다.

"내일 종말이 와도 절차는 지킵시다. 시간 관계상 표결에 들어가겠습니다. 대통령 탄핵에 대한 표결을 진행하겠습니다."

대통령 탄핵에 대한 표결은 찬성이 20%로 부결되었다.

국회의장이 장내 인사들을 하나하나 둘러보고는 비장한 표정으로 말을 이어갔다.

"대통령 탄핵은 찬성 40표, 반대 150표, 기권 10표로 부결되었습니다. 그러면 매뉴얼에 대한 국회 비준 절차를 진행하겠습니다. 찬성하는 사람은 손들어 주십시오."

참석자 절반 이상인 140명이 손을 들었다. 국회의원 수는 200명이다.

국회의장이 표결 결과를 선포를 했다.

"재난 매뉴얼이 비준되었음을 선포합니다."

그는 의사봉을 내려쳤다.

반대 집회

국회 비준으로 절차적인 확인을 거쳐 법적 효력을 가지게 되었지만, 대통령궁 앞 광장에서는 연일 대피대상자에서 제외된 사람들로 넘쳐났다. 무대가 세워지고 각종 플래카드가 나부끼고 분노에 찬 군중들은 외쳐댔다.

"대통령은 물러가라"

"우리들도 국민이다. 우리에게도 기회를 달라"

군중들이 외쳐대는 구호가 대통령 집무실에서도 크게 들렸다.

한 젊은 부인이 어린아이를 안고 무대 위로 올라섰다.

"여기 보세요. 나의 딸입니다. 이제 겨우 다섯 살입니다. 불쌍하지 않으세요. 저는 죽어도 좋아요. 하지만, 이 아이만은 살리고 싶어요. 제발 우리 아이를 살려주세요. 아이만이라도 대피소에 들어가게 해주세요. 대통령님 부탁드립니다."

그녀는 두 눈에 눈물을 그렁그렁 담은 채 두 어깨를 거칠게 흔들며 오열했다.

"저는 국가를 위해 봉사했다고 자부합니다. 사업으로 큰돈을 벌어 꼬박꼬박 많은 세금을 내었습니다. 그리고 그 누구보다도 기부를 많이 했습니다. 그런데 왜, 저에게는 대피대상자 자격마저 주어지지 않습니까? 국민이라면 누구에게나 동등한 기회가 주어져야 한다고 생각합니다. 따라서 저와 우리 가족에게도 대피할 수 있는 기회를 주십시오. 우리가 기능인이 아니라서 재건에 걸림돌이 된다고요? 기회를 주면 얼마든지 기능인이 될 수 있습니다."

"지금은 AI로봇 시대입니다. 이미 많은 노동력은 로봇이 하고 있습니다. 지금이 무슨 1900년도도 아니고 도대체 농사꾼이 왜 필요하고, 노가다가 왜 필요합니까? 로봇시대에 무슨 기능인입니까?"

반대 집회에 힘입어 대통령과 정부에 호의적이었던 언론들도 돌아서기 시작했다.

처음에는 언론들도 소행성 충돌에 대한 매뉴얼을 비교적 상세하게 분석 기사까지 달아서 보도하였다. 언론에서는 외국과 비교하여 우리나라 정부의 노력을 호의적으로 보도하였다. 외국에서는 컨트롤 타워가 작동하지 않아 보였다. 대부분의 나라는 국가의 정상이 어디에 있는지조차 알 수 없었고, 정부와 방송마저 제 기능을 하지 못해 개인 인터넷방송으로 자국의 현 사태를 알려 주고 있었다. 그러한 나라들은 전기와 통신마저 두절되고, 철도 운행도 멈추었다.

공항도 폐쇄된 곳이 많았다. 그렇다 보니 살인, 폭행, 방화, 강간, 절도 등 강력범죄가 만연한 무법천지라는 것이다. 그러나 우리의 대통령은 계엄령 1호로 국방병력을 제외한 모든 군 병력과 경찰들을 총동원해 질서유지에 총력을 다했다. 특히 사회 필수산업인 전기, 통신, 철도, 공항, 항만, 가스, 병원 등은 멈추지 않도록 비상조치까지 대비하였고 테러를 대비한 철저한 경비태세도 강구하였다. 그리고 비축 곡물 및 농·축산물의 저장 창고에도 경비를 강화하였다. 굶주리는 사람이 없도록 식량과 생필품을 배급하였다. 컨트롤 타워인 대통령 집무실과 정부청사는 24시간 불이 꺼지지 않았다.

그러한 노력으로 정국은 안정을 찾는 듯 보였다. 그러나 대피자 자격이 되지 못하는 사람들이 대통령 집무실 앞 광장에 몰려들기 시작했다. 이들이 대통령을 성토하자 언론도 대피대상자 자격에 대해 비판적인 기사를 쓰기 시작했다.

인터넷에서는 대통령과 가족들이 수영장까지 갖춘 호화 대피소에 함께 있는 영상까지 방영되었다. 일부 언론에서 팩트 체크 없이 그대로 받아서 보도했고 추가로 대통령은 자신의 지지층인 농민, 노동자들을 대거 대피자로 만들기 위해 매뉴얼을 작성했다고 보도했다. 보도가 나간 지 불과 이틀 만에 10만여 명이 집결했다.

죽음의 명분

대통령은 반대 집회를 두고 볼 수만 없었다. 이들의 세력이 커지면 대피소 보강공사와 대상자 모집에 차질이 생겨 모두 공멸 된다. 지금 외국에서는 연일 살인과 방화, 절도 등 아비규환이다. 정부는 사라지고 거리에는 총과 칼 등의 무기를 든 사람으로 넘쳐났으며 경찰과 군인들도 폭도와 다름없이 변해 있었다.
한번 무너진 질서는 다시 잡을 수 없다. 그들에게 종말이 오고 있는 이상 폭도들을 막을 어떠한 방법이 없었다.
대통령은 이 집회가 폭도로 변하는 일은 없어야 했다.
대통령은 가족들을 불러 모았다.
아내와 아들 내외와 손자, 딸과 손녀 이렇게 모아놓고
 "지금 광장에서는 대피 대상자 선정에 불만이 있는 사람들의 반대 집회로 나라가 위태롭다. 여기에서 더 나아가 이들이 폭도로 변한다면 수습할 수 없게 된다."
 "아버지, 종말이 오면 우리 모두 살 수가 없는데 왜 포기하지 못하세요?"
 "나는 대통령이다. 나에게 주어진 의무이자 숙명이다. 죽을 때는 마음의 부담 없이 죽고 싶다. 이대로 물러난다면 죽을 때 후회스러울 것이다. 제발 부탁이니 도와다오"
 "어떻게 하면 됩니까?"
 "단상에 올라갔을 때, 내 옆에 나란히 서 있으면 된다."
 "위험하지 않을까요?"
영부인이 물었다.
 "경호원들이 지켜 줄 것이요."
 "아빠, 나가지 말아요."

"애야, 저들을 설득하지 못하면 더 위험하게 된다. 저들은 자신들의 죽음을 받아들이지 못하고 있다. 생에 절실하고 죽음에 억울하여 군중들이 집단적 히스테리가 발작되면 막을 수 없다. 분풀이성 폭력이 시작되면 유행병처럼 퍼져 걷잡을 수 없게 된다. 중세 유럽에서 페스트가 유행할 때 하루에도 수백 명이 죽어 나갔다. 이때 누군가의 입에서 마녀가 페스트를 퍼트린다는 말이 나왔다. 교황청은 그대로 받아드려 이성적으로 상상할 수 없는 마녀재판을 공식화했다. 남편도 자식도 없는 가장 불쌍한 여자들을 마녀라 하여 상상조차 할 수 없는 잔혹한 고문을 자행하며 자백을 강요했고, 마녀가 아니라고 외쳐도 산 체로 불에 태워 죽였다. 페스트로 죽음의 공포에 사로잡힌 사람들은 고문과 화형을 보며 타인의 잔혹한 죽음에서 희열과 위안을 느껴 더 많은 불쌍한 여자를 마녀라며 사냥하였다. 저 성난 군중에게 산 사람을 재물로 바치면 소행성이 비껴가게 된다고 누군가가 부추긴다면 이성을 잃은 사람들은 실천하게 된다. 그 옛날처럼 힘없고 불쌍한 사람들이 가장 먼저 잔인한 방법으로 희생될 거다. 나는 그런 일이 생기지 않도록 막아야 한다."

"아빠, 무슨 수로 막아요."

"저들에게 죽음에 명분을 주는 거다. 자신의 죽음이 인류를 구할 수 있는 숭고한 희생이라고 느낄 때 그들은 죽음을 받아드릴 것이다."

현인의 기적

대통령은 가족을 데리고 무대 위에 올랐다.

군중들은 대통령이 무대 위에 오르자 모두 숨죽여 지켜보았다.

대통령은 경호원들이 무대 앞에 도열 하자 뒤로 물러서게 하고 마이크를 잡았다.

"여기 모이신 시민 여러분, 그리고 국민 여러분 종말이 온다는 두려운 마음과 살고 싶다는 절박한 마음을 충분히 이해합니다. 국가에서 대피소를 만들면서 대피자 자격을 규정한 것에 대해 그 조건에 부합되지 못한 국민들의 절망적인 마음과 분노를 저는 이해합니다. 그러나 국민 여러분 조금만 깊이 생각을 해보십시오. 2,500만 명 모두 대피할 수 있는 대피소를 짓는다는 것은 현실적으로 불가능합니다. 그나마 800곳의 터널을 보강하는 것도 3개월을 쉬지 않고 밤낮 3교대로 작업해야 겨우 가능합니다. 대피자 수는 한 터널당 평균 1,200명으로 60만 명이 최대치입니다. 그런데 대피자를 2,500만 명의 국민 중에 무작위로 추첨하여 뽑을 수는 없습니다. 뽑힌 사람 중에 분노유발자, 분노조절장애자, 약물중독자, 알코올

중독자, 블랙컨슈머, 폭력범과 성폭행범 등 위험한 사람들과 십 수 년을 터널이라는 열악한 환경에서 같이 생활한다면 과연 안전하고 순조로운 생존이 가능할까요. 그렇다고 2,500만 명 중에서 부적격자를 가려내려면 수년이 걸릴 것입니다. 더구나 병약한 자라면 터널 내에서 생활은 치명적입니다. 돌봐 줄 사람도 없고 의료시설도 부족하고 무작위로 뽑다 보면 전문의가 부족할 수도 있고 생존 후에 재건전문가가 부족하면 모두 공멸될 것입니다. 대피소의 생활을 말씀드리면 선택하여 먹을 수 없고 인간이 생존할 수 있는 최소량의 식량이 공급됩니다. 식량도 10년 치만 저장할 수 있어 10년 후에는 스스로 먹을 것을 취득해야 합니다. 농사를 지어본 적도 없는 사람만 뽑힌다면 그 후에는 굶어 죽게 됩니다. 따라서 추첨으로 대피자를 정할 수도 없고 2,500만 명을 대상으로 적격자를 가려낼 수 없으니 생존 후 재건에 도움이 되는 사람으로 한정해 심사를 해도 4개월은 족히 걸립니다. 2개월 동안은 터널과 같은 어둡고 밀폐된 공간에서 최소의 음식물로 생활하는 훈련을 해야 합니다. 훈련 과정에서 부적응자는 퇴소시키고 예비 인원을 충당해 다시 훈련을 해야 하기에 시간이 매우 촉박합니다. 여러분의 무한한 이해와 협조를 부탁드립니다. 그리고 항간에 대통령이 대피할 호화 대피소가 있다는 거짓 영상이 돌고 있는 것을 보았습니다. 그 영상은 70여 년 전에 한 방송국에서 미국 사설 방공호를 취재한 영상으로 이 영상이 원본입니다."

대형 스크린에 원본영상이 방영되었다. 한국인 방송 리포터와 취재에 응한 사람은 미국인이다.

언론에서는 사실을 알고 있었음에도 숨기고 보도를 안 한 것이다.

"여기 저희 가족 모두 나와 있습니다. 단언하건대 우리 가족은 대피소에 들어가지 않습니다. 솔아, 이리 온!"

대통령은 손녀를 불렀다. 손녀는 엄마의 눈치를 보며 대통령께 다가갔다.

대통령은 팔에 안고 올렸다.

"어제 자신의 어린 딸을 안고 이 자리에서 아이만이라도 살려달라고 절규하는 여성을 보았습니다. 내게도 눈에 넣어도 아프지 않을 사랑하는 손녀가 있습니다. 이 아이는 대피소에 들어갈 수 없습니다. 너무 어리기 때문입니다. 6세 이하의 어린이는 밀폐된 터널에서 생존이 어렵기 때문입니다."

그때, 아이는 죽는다는 의미는 몰라도 분위기가 무서워 울음을 터트렸다.

"엄마!"

아이가 엄마를 부르며 울부짖자 엄마인 대통령 딸이 달려가 아이를 낚아챘다.

"정말 너무하세요."

그녀는 원망의 눈으로 대통령을 바라보며 돌아섰다.

"AI로봇 시대에 기능인이 왜 필요하냐고 하는 사람도 보았습니다. 로봇은 전기로 가동됩니다. 그날 후에는 발전소는 파괴될 것이고 전기는 소형 경유 발전기나 풍력발전기에 의존하게 됩니다. 물론 소형 원자력발전기도 준비될 것입니다. 그러나 적은 발전량으로 대피소 내 공기를 정화하고 생활 전기로도 부족 할 수 있습니다. 따라서 로봇에 들어가는 전기는 부족하게 됩니다. 그리고 농사도, 건축도 그 분야에 전문 기술인이 해당 로봇을 가동했습니다. 그날 후 로봇이 고장 나면 교체할 부품을 공급하는 생산설비는 사라질 것입니다. 생존 후도 30년이 지나면 인간의 노동력으로 살아야 합니다. 생존 가능성도 낮지만, 생존 후 고난도 험난합니다. 여러분 이순신 장군과 같이 나라를 위해 전장에서 장렬히 전사하는 것만 숭고한 희생이 아닙니다. 국가를 위해, 민족을 위해, 인류를 위해 나보다도 생존 가능성이 높은 사람에게 양보하는 것도 숭고한 희생입니다."

대통령은 혼신을 다해 국민들에게 호소하였다.

그때였다. 잔뜩 검은 구름으로 덥힌 하늘이 작게 열리며 한 줄기 빛이 무대를 향해 비추었다.

그 모습을 보며 사람들은 '아!' 하고 탄성을 질렀다.

잠시 후. 무대 위 대형화면과 곳곳에 설치되어 있는 중간 크기의 화면에서 어메이징 그레이스가 배경 화면과 함께 울려 퍼졌다. 그리고 잠시 후 거짓말처럼 구름이 빠르게 물러나고 하늘은 맑게 개였다.

"신이여! 죽음의 골짜기를 벗어나 신에게 나아갈 용기를 주십시오."

이 모든 것이 전국에 생중계되었다. 군중과 시청자들 중에는 눈물을 흘리는 사람이 많았다. 결국 대통령 가족들이 오열했고 대통령도 눈물을 흘렸다.

갑자기 군중 속에서 누군가가 외쳤다.

"대통령 만세"

그러자 여기저기서 합창하듯 외쳐댔다.

"대통령 만세"

만세 소리가 군중 사이로 퍼져나갔다. 군중 전체가 하나가 되어 대통령을 찬양했다. 후세 사람들은 이날을 대통령 이름을 따서 '현인의 기적'이라고 하였다.

전날, 대통령은 무대에 오르는 시간을 잡기 위해 대통령궁에서 기상 관측 슈퍼컴퓨터의 일기예보를 확인하고 시간에 맞추어 무대에 올랐다.

'세상이 무대면 인생은 연극이다. 극적 효과를 보려면 연

출도 필요하다.'

연설이 끝날 때 맑아지기를 기대했지만, 무대로 한 줄기 빛이 먼저 비치는 극적 효과는 기대조차 하지 않았다. 종교가 없는 대통령이지만 신에게 감사했다.

그날 후로 반대집회는 사라지고 대피대상자들은 적극적으로 모집에 응했다. 그러나 보강공사를 방해하는 사람도 많았다. 방해하는 사람은 모조건 연행되고 감금되었다. 공사는 계엄군 보호 하에 순조롭게 진행되었다.

대통령 '박현인'

대통령의 이름은 '박현인'이다. 변호사였다가 정계에 입문했다. 그는 1심 재판을 AI인공지능로 심판 할 수 있도록 정책을 입안한 사람이었다. AI재판에 가장 반대가 심했던 사람들은 기존 정치인과 법조계의 판·검사, 그리고 변호사들이었다. 그러나 그는 현재의 사법제도의 불합리함을 역설하고 시민단체와 함께 개혁을 주장했다. 사법개혁이 필요한 이유로는

 첫 번째는 죄가 없어도 고발당하면 무죄를 입증하기 위해 엄청난 시간과 돈이 들어갔다. 생활은 무너지고 주변의 따가운

눈총을 받아야 했으며, 무죄를 입증하지 못하면 억울하게 죄를 덮어쓰고 수감되기도 했다. 설사 나중에 무죄가 밝혀져도 이미 많은 비난을 받고 낙인이 찍힌 후가 되어 명예회복이 어려웠다. 심지어 막대한 재산을 잃고 지인들의 외면으로 폐인이 되거나 자살하기도 했다.

두 번째는 유전무죄 무전유죄다. 돈이 많으면 수사 때부터 온갖 편의가 제공되고 전관 변호사를 선임하여 기소 없이 끝나거나 재판해도 형량이 비교적 가볍게 내려지곤 했다. 돈이 없는 사람은 수사 때부터 부실하게 진행되는 경우가 많고 재판에서도 불리하게 진행되기도 했으며 수사관은 실적을 위해 의지할 곳이 없는 사람에게 죄를 덮어씌우는 경우도 있었다. 변호사 박현인은 재심을 청구하여 수형자나 출소자의 무죄를 확정 받아 그들의 억울함을 풀어주었다.

세 번째는 검사와 판사가 선호하는 정파에 따라 재판이 달라졌다. 민주주의의 가장 성공적인 부분은 3권 분립이다. 그러나 입법부의 당파는 대통령의 소속 당파에 따라 행정부를 지지 할 수 있다. 그러나 사법부의 판사는 자신이 지지하는 당파에 따라 양심수나 시국사범을 자신의 정치노선에 따라 판결하는 경향이 있었다. 재판은 범법자가 그 행위로 법에 저촉되는지를 법리로 판결해야 한다. 재판은 사상을 검증하는 자리는 아니다. 따라서 정치노선이 자신^{판판}과 맞지 않거나 사회

통념상 괴리가 있다고 해서 사심이 재판에 영향을 주어서는 안 된다. 판관은 자신이 선호하는 정파와 상관없이 오로지 정의로운 판결을 해야 하나 권력자에 따라 판결이 정의롭지 못한 경우가 많았다.

네 번째는 긴 공판 기일이다. 1심 판결만 몇 년이 걸리기도 했다. 돈과 체력에 지친 피의자가 없는 죄를 인정하고 서둘러 끝내는 경우도 있었다.

다섯 번째는 증인의 증언 거부다. 공판에 나서서 증언을 꺼려하는 증인이 많았다. 이 경우에는 피고 원고 할 것 없이 다같이 손해다. 보복이 두려워 증언을 거부하면, 죄를 짓고도 방면될 수 있고, 죄 없는 사람을 억울하게 죄인으로 만들기도 했다.

박현인은 사법의 정의가 사회의 정의라고 믿고 개혁하기로 했다.

반대자의 설득

AI 재판은 혈연, 학연, 지연도 없고 정파도 금전의 유무도 관계없이 공평하고 신속하게 판결을 내릴 수 있다. 하지만 AI가 재판하면 법조계는 엄청나게 감원되고 변호사는 수임 절벽이 된다고 알려져 반대가 극심했다. 먼저 자신이 속해있는 변호사협회부터 설득해야 했다.

회의실 분위기는 냉랭했다.

"박 의원, 당신의 쓸데없는 소리가 얼마나 많은 변호사를 궁지로 몰아가는 줄 아십니까? AI 재판으로 수임을 받지 못하는 변호사의 생계를 어떻게 책임지려 하십니까?"

"AI가 재판한다고 수임이 준다는 것은 낭설입니다. AI 재판은 공판 없이 재판하는 것이지 변호사 수임은 변함이 없습니다. 민사재판에서는 원고와 피고는 변호사를 통해 자료를 수집하여 AI에 입력해야 됩니다. 입력된 내용으로 판결하기 때문에 변호사의 조력이 절대 필요하죠. AI의 형사재판도 검사와 피고, 변호사와 판사가 배석한 재판입니다. 피의자가 무죄를 주장하거나 형량을 줄이려면 변호사의 조력이 필요합니다."

"지금과 동일하다면 굳이 AI 재판으로 바꿀 필요가 있습니까?"

"많은 판례를 근거로 어떤 쪽으로도 기울어지지 않는 합리적인 판결로 누구나 인정받을 수 있는 재판이 되도록 하자는 것입니다. 그래도 AI 판결을 수용하지 못하면 2심, 3심 재판을 청구할 수 있도록 하는 것입니다. 2심과 3심은 판·검사, 변호사로 지금과 같은 재판이 되도록 하는 것입니다. 1심 AI

판결에 승자와 패자가 수용한다면 시간과 비용을 줄일 수 있습니다."

검사들은 논의 자체를 거부했다. 그러나 시민단체의 강력한 요구와 국민들의 지지로 판사와의 논의가 이루어졌다.

"박 의원, 우리의 판결이 문제가 있다고 생각합니까?"

"문제가 없다고는 할 수 없지 않습니까? 저는 3번의 재심 재판에서 무죄를 밝혀냈습니다."

"그 판결은 기소 과정에서부터 잘못된 증거와 증인으로 빚어진 판결이었소."

"예, 인정합니다. 그래서 수사 때부터 변호사의 조력을 받도록 해야 합니다. 그런데 대부분은 수사가 끝나고 기소 과정에서 변호사의 조력을 받습니다. 법에 무지해서 생긴 일이지만, 변호사들은 기소 단계에서 수사 내용을 볼 수 있기 때문에 사건의 실체를 확인하기가 어렵습니다. 피의자로 특정되어 수사 받을 때, 변호사를 대동하여 수사를 받을 수는 있습니다. 그러나 수사할 때부터 공판까지 변호사의 조력을 받으려면 엄청난 수임료를 지불해야 합니다. 공판 기간을 감안한다면, 지금 같은 변호사의 수임료는 결코 과하다고 할 수는 없을 것입니다. 그러나 AI 재판으로 공판이 없다면 수사 때부터 변호사 조력을 받아도 피의자가 지불해야 할 수임료는 지금보다 크게 늘지는 않을 것입니다. 수사 과정에 변호사의 조력으로 무죄가 된다면 억울한 피해자가 없을 것입니다."

"수사 때부터 변호사가 간섭한다면 수사관들이 좋아하겠소?"

"변호사가 어떻게 수사에 간섭하겠습니까? 강압적인 수사로 인권유린이 없도록 하자는 것입니다. 대부분 수사관은 '열 사람의 범인을 놓치더라도 한 사람의 무고한 사람이 처벌되면 안 된다'는 법언을 실천하고자 합니다. 일부 수사관이 의욕이 지나쳐 때로 과한 경우가 있어 억울한 사람이 발생 되는 것입니다."

"그래서 3심제로 억울한 사람을 걸러내고자 하는 것이 아닙니까?"

"경기에선 오심으로 결과가 뒤집어져도 바로잡지 않습니다. 한번 결정된 결과를 되돌리는 것은 심판의 권위가 손상된다고 생각하기 때문입니다. 법관도 마찬가지입니다. 제가 재심 재판을 해봐서 얼마나 어려운지 잘 알고 있습니다."

"AI의 재판에서 억울한 피해자가 없으리라고 어떻게 확신합니까?"

"정의의 여신 '디케'는 저울과 칼을 들고 눈을 가리고 있습니다. 보면서 느끼는 편견 없이 공명정대하게 판결하겠다는 것입니다. 판사도 사심이 전혀 없다고 할 수 없을 것입니다. 공판주의인 미국도 흑인보다 백인이, 평범한 사람보다 미모를 가진 사람이, 가난한 사람보다도 부자가 상대적으로 많은 혜택이 있었다고 합니다. '의심스러울 때는 피고에게 유리하게 판결하라'는 원칙이 있어도 지켜지지 않는 경우가 적잖게 있었습니다. AI는 편견이 없습니다. AI는 법률과 판례 등 엄청난 자료를 저장하고 있습니다. AI가 재판에 적용된다면 심판의 공정성과 시간과 비용을 줄일 수 있습니다."

"인간의 재판을 기계에게 맡기다니 있을 수 있는 일입니까?"

"기계가 재판하는 것이 아닙니다. 재판 자료는 사람이 입력하여 결과를 얻고자 하는 것입니다. 피고에게 AI 재판의 선택권을 주고 AI 판결에 원고와 피고가 수용하면 판사가 확정하는 것입니다. 그러나 원고와 기소검사, 피고 중 AI 판결을 불용하면 항고하여 판사와 함께하는 정식재판을 하도록 하는 것입니다. 상고도 지금과 같이 정식재판을 하는 것입니다."

AI 재판

박현인의 노력으로 재판에 AI 적용이 가능한 지를 테스트하기로 했다. 실제 소송 건을 재판하는 것이었다. 재판 어플을 개발한 회사로부터 AI 로봇 판사를 제공받았다. 결과에 따라 회사는 자사의 위상을 높이는 동시에 전 세계를 상대로 영업을 확대할 수 있는 기회였다.

조건은 있었다. 법무부와 행정안전부 데이터베이스에 접속할 수 있는 권리를 달라는 것이었다. 법무부는 판례가 저장되어 있어 유사한 사건을 참고하기 위해 접속할 필요가 있다고 허락했지만, 행안부에서는 접속을 반대했다. 행안부 데이터베이스에는 국민 개개인의 신상 데이터와 경찰청 수사자료와 기소청 자료까지 볼 수 있었다.

박현인은 공정한 재판을 위해 필요하다고 이해했다. 그래서 대통령과 여야 대표와 행안부를 쫓아다니며 설득했다. 국민의 공정한 권리를 위해 사법권의 혁신이 필요하다고 강조했다.

박현인은 집념이 대단한 사람이다. 그는 무조건 매달리는 사람이 아니었다. 영리하게 작전을 전개해 상대를 기분 좋게 유도했다. 선거 지원 등 거절할 수 없는 조건으로 협의를 이끌어 내었다. 정치인은 법안을 국회에서 인준 받으려면 박현인과 같은 타협에 달인이 필요했다.

AI의 민사재판은 엄청나게 많은 판례가 저장 되어있는 데이터베이스를 단, 몇 초 만에 검색했을 뿐만 아니고 민법, 상법 등 방대한 자료도 몇 초 만에 검색해서 판결에 적용했다. 그리고 원고와 피고의 학적부, 지능, 성장 과정, 가족관계, 부양가족, 재산 정도, 범죄와 병력까지 행안부의 데이터베이스를 검색했고 합리적인 판결이 되도록 외국의 판례까지 예를 들어가며 판결했다. 재판 어플을 개발한 사람도 상상하지 못했다. AI인공지능는 엄청나게 많은 내, 외국의 판례를 학습하는 동안 스스로 발전했다. 모두가 걱정했든 차가운 기계적 판결이 되리라 생각했지만, 인간보다도 더 휴머니즘 한 판결에 두려움마저 들었다.

AI의 형사재판에서는 증인이 위증하고 있다는 것을 감지했다. AI 카메라에 잡힌 증인의 미세한 눈의 흔들림과 적외선 탐지기로 체온과 맥박수의 변화 등, 기타 여러 가지를 토대로 위증일 수 있다고 판단해 수사데이터베이스에서 수사 자료를 검색했고 AI는 독자적으로 시중에 깔려있는 CCTV에서 증인의 동선을 추적했다. 그리고 사용한 신용카드까지 검색해 같은 지역에 있었어도, 시간상 피의자의 살인을 목격할 수 없다는 것을 산출했다. 위증이 AI에 의해 드러나자, 피의자는 살인 누명을 벗게 되었다. CCTV에서 증인과 자주 접촉한 사람을 수사하여 진범을 검거할 수 있었다.

이와 같이 탁월한 판결에도 오히려 법원은 강력하게 AI 재판을 반대했다. 기계적 오류가 있을 수 있다는 것이다. 그러나 법관들은 실직을 더 염두에 두고 있었다. 박현인과 시민단체들의 노력으로 AI 재판이 국회에 상정되었다. 엄청난 격론 속에 표결에 붙여져 가까스로 통과되었다. 그 결과 세계 최초로

AI 재판을 시행하는 나라가 되었다. 여기에는 우리 국민들이 세계에서도 AI인공지능 프로그램을 가장 많이 사용한 것도 한몫을 했다. AI 재판 어플로 공판 전에 사이버 재판으로 결과를 확인하고 재판에 임하는 경우가 많았다. 재판 결과가 사이버에서 확인한 결과보다 유리하게 나오면 항소를 포기하는 등 이미 어느 정도 AI 재판에 긍정적이었다. AI 재판 입안으로 박현인은 국제적으로 널리 알려지게 되었고, 그 후 경기지사 선거에서 당선되었다. 한국이 세계 최초 AI 재판을 도입하자 세계는 한국을 주시했다. 특히 미국 상원의원인 에릭훗날 대통령은 박현인과 직접 교류하며 미국에도 AI 재판을 적극 검토하면서 박현인과 사적 친구로 발전하였다.

 박현인의 인성

박현인은 대학재학 중 아내를 만나 일찍 결혼하여 아들과 딸을 한 명씩 두었다. 나중에는 자식들도 일찍 결혼시켜 손자와 손녀를 두었다. 당시로서는 획기적이었다. 그러나 인구소멸 국가에서 벗어나려면 자신이 모범을 보여야 한다고 생각했다.

박현인은 변호사 시절 수익의 상당한 금액을 사회단체에 기부

했다. 두 아이를 키우는 아내는 생활이 빠듯했으나 불만을 나타내지는 않았다. 국회의원이 되고 지사가 되니 주변에서 청탁과 뇌물이 많이 들어왔다. 그러나 모두 되돌려 주었다. 자신의 그러한 행위는 칭찬받아야 하겠지만, 거절당한 사람들의 모략이 있었다.

아내는 빠듯한 생활에 불만이 많았고 어쩌다 자신에게 들어온 사적인 청탁도 남편은 단호하게 거절했다. 아내는 남편의 권력에 편승하고 싶은 것은 아니다. 그러나 남편의 독선으로 다툼이 잦았다.

박현인은 공직에 진출하면서 잦아진 술과 여흥 자리를 애써 피했고 사적 만남도 자제했다. 늘 공적인 자리에만 참석하니 사적인 인맥을 쌓을 수 없었다.

대통령이 되기까지 위기도 많았다. 지사 시절 도민을 위한 정책이 중앙정부와 마찰을 일으켜 여러 번의 감사를 받아야 했었다. 자당 조차도 밀어내려는 세력이 은근히 도움을 주는 척하며, 한편으로는 의혹을 퍼트리기도 했다.

정치인은 여론의 지지를 받아야 성공할 수 있다. 여론을 선도하는 것이 언론이다. 박현인은 정치에 입문하고 언론사와 기자들과 인맥도 없었고 가까워지려는 노력도 없었다.

깨끗한 정치인은 주변 사람들, 특히 기자들의 주요한 먹잇감이 되었다. 정치가가 되고나서 부터는 정책과 성품으로 사회

평판을 얻었다. 그러나 언론은 항상 비판적이었다. 작은 논란도 침소봉대가 되었고, 의혹은 부풀어져 소설로 쓰였고 가짜 뉴스도 많았다. 그래서 자신의 직계존비속은 물론 친인척까지 비리가 없도록 하려니 친인척과도 관계가 멀어졌다.

인맥 관리를 잘하는 정치인은 불법과 비리가 있어도 기자들이 기사로 쓰지 않아 여론화 되지 못하고 덮였으며 정책과 성품은 크게 부풀려 보도되었고, 작은 선행은 소설이 되었다.

소위 빨아주는(긍정적인) 기사로, 정치가가 성공하면 기자는 그 정치가에게 채권 의식을 가지게 되어 든든한 뒷배가 있는 것처럼 성취감을 느꼈다. 따라서 권한을 권력으로 휘두르는 정치인일수록 긍정적인 기사로 찬양했다.

대통령은 특히 여자 문제에 매우 민감했다. 정치인의 여자관계 가십 기사는 조회 수를 크게 높였고, 소설로 각색해 써도 잘 먹혔다. 또 해명하려 하면 할수록 더 큰 논란이 되었다.

대통령은 공직을 시작하면서 하루, 하루를 기록으로 남겼다. 누군가 자신을 모함해도 일지의 기록은 훌륭한 증거가 되었다.

곧은 성품, 탁월한 정치 능력, 따뜻한 인성으로 지지하는 많은 국민들과 비록 소수지만 정직한 언론의 공정한 보도로 대통령에 당선될 수 있었다.

계엄군

남북한 경제협력으로 긴장은 완화되었으나 북한의 기득권은 공산주의를 포기하지 않았다. 물론 남한 국민들도 통일에 대해 부담감이 커서 어느덧 분단 110년이 흘러갔다. 휴전이 정전으로 협정을 맺어 휴전선이 국경선으로 변했다. 전쟁으로 모든 것을 잃기보다 시간이 걸리더라도 북한이 변하기를 기다리는 것이 더 낫다는 차선책을 선택했다.

북한은 완전한 개혁 개방을 하지는 않았다. 그러나 핵개발을 동결하고 점차 줄인다는 조건으로 미국과 한국, 일본으로부터 원조를 받아 국가 경제발전에 온 힘을 다해 북한 주민들의 생활이 날로 개선되자 기득권은 더욱 공고해졌다. 전쟁으로 공포심을 유발해 권력을 유지하는 정치보다 경제발전으로 생활을 윤택하게 함으로 국민의 지지를 받는 것이 더 효율적이라는 것을 북한 기득권들은 깨달았다. 그러나 남북 주민들의 자유로운 왕래는 여전히 차단되었다. 크게 벌어진 남북한의 소득 차이와 남한의 자유로운 생활을 북한 주민들이 알게 될까봐 북한의 권력층들은 늘 긴장이었다. 유·무상 원조의 감사와 엔지니어 파견 외는 입북이 허락되지 않았다. 남북한

긴장이 완화되어도 여전히 대치 상태다. 그리고 통일이 된다고 해도 나라를 지킬 군은 필요하다.

인구의 급속한 감소로 징집 대상자가 한 해 10만 명으로 줄었다. 그래서 징집병 20만 명에 직업군인 5만 명을 더해 병사 25만 명이 나라를 지켜야 했다. 그래서 정부는 부족한 전투 전문 병사를 10만 명을 양성하게 되었다.

25세에서 45세까지 8만 명을 모집했다. 부족한 2만 명은 외국 지원병으로 운영했다. 이들에게는 9급 공무원 수준의 연봉을 지급했고 근무 연수에 따라 호봉도 지급했다. 그리고 부양가족에 따른 수당도 지급했다. 이들은 제대 후 소집되는 예비군이 아니다. 한 달에 3박4일을 집체훈련集體訓鍊을 한다. 침투, 사격, 낙하, 격투, 폭파, 잠수, 구명, 소방, 등 다양한 훈련을 빡세게 받는다. 겸직이 허용되어 다른 일을 할 수도 있었다. 단, 훈련에 지장을 초래하면 불이익이 주어졌다.

이들은 피트니스, 골프, 테니스, 격투기 트레이너에 종사하기도 했고 공무원, 회사원, 셰프, 경비, 강사, 연기자, 가수 등 다양한 직업과 술장사와 식당, 상점, 제조업 등 사업도 했다. 이들을 정예병, 예비군 등 국방 의무를 지닌 군인과 달라 공식 명칭은 전문 특수 전투군이다.

이들에게 '병사'라 하지 않고 '전사'라는 별칭으로 부르자 자부심이 대단히 높아졌다. 나중에는 계급도 군에서 사용하는 호칭이 아닌 최고전사, 고위전사, 상위전사, 중위전사, 소위 전사로 불러다. 이들의 진급은 나이나 근무 연수로 진급하는 것이 아니라 전투 능력과 인성, 지휘 능력 등을 심사하여 투표를 통해 직위가 주어졌다. 이들에게는 특별히 화재나 재난, 물에 빠진 인명을 구조할 수 있도록 필요한 면허를 주었고, 폭력자를 제압하거나 노약자를 보호 또는 구조 중에 발생되는 각종 소송은 국가가 대신 책임져 보호했다.

따라서 이들을 '백기사'라고 부르며 칭송했다.

이들 전사는 선임이 후임을 갈구는 일이 없도록 했고, 대화할 때는 서로 존칭을 쓰도록 했으며 사적 지시는 지위와 관계없이 못하게 했다. 이들의 자격은 군필자로서 다시 전투병으로 엄격한 삼사를 거친 자로서 남자 중에 남자라고 하여 여성에게도 인기가 많았다.

이들의 훈련 프로그램 중에 가장 인기 있는 훈련은 100명으로 짜여 진 두 팀이 상대방 산의 꼭대기에 있는 깃대를 빼앗은 훈련이다.

이들은 헤드기어를 쓰고 격투기 장갑을 끼고 격투로서 상대를 제압하여 깃대를 빼앗는 것이다. 이 훈련은 인기가 많아서 방송 카메라와 드론을 동원해 생중계되었고 시청률도 높아 광고수익도 높았다. 이 훈련에 참가한 전사는 중계사로부터 상당한 금액의 수당을 받았고 승리한 팀은 패한 팀보다 50% 더 많은 수당을 받았다. 과도한 승부 경쟁으로 사고와 승부조작을 막기 위해 시합 당일에 뽑기로 팀을 정했고 전사가 아니어도 양 팀에 5명씩 외부인도 허락 되었다.

전사는 지역 사령관의 지시를 받는 계엄군이 되었다. 그리고 이들 중 상당수는 군경 대피자로 선정되었다. 이들에게는 경우에 따라 발포할 수 있는 권한도 주었다.

대통령의 명령

대통령은 전국을 순회하며 군경대피 대상자 2,000명씩 교육을 실시했다.

"여러분들은 군경 대피자로 선정된 사람입니다. 여러분은 파일럿과 기계화, 사이버 등 특수 부대원을 제외하면 전투병으로는 유일하게 여러분만 선정된 것입니다. 여러분은 뛰어난 전사이면서 소방과 구조 전문가이며, 여러 가지 자격증을 보유한 기능인입니다. 여러분이 생존하게 된다면 한 사람 한 사람이 민족의 새로운 시조가 되는 것입니다. 생존과 번영이 여러분 손에 달렸습니다. 그리고 여러분은 힘을 가지고 있습니다. 그 힘을 잘못 사용하면 독재가 되어 공동체는 분열되어 성공적인 번영을 할 수 없고 도태될 것입니다. 지금 여러 나라에서 시행하는 정치체제는 국가의 수장이 너무 많은 권한을 가지고 있습니다. 따라서 그들의 주류는 많은 혜택을 누렸습니다. 그날 이후, 생존자들은 분야별 대표를 뽑아 운영되는, 집단 지도체재가 되어야 한다고 나는 믿습니다. 물론 여러분들도 방위, 안전 분야에 대표가 될 수 있을 것입니다. 생존자 중에는 말을 잘해 지지자들을 모아 선동하여 권력을 독점하려는 사람이 있다면, 기회를 보아 그를 가차 없이 제거하십시오. 그자와 아무리 돈독해도 공동체를 위해, 공동체 미래를 위해, 공동체의 성공적인 번영을 위해 여러분의 용기가 필요합니다. 이 말은 여러분에게 내리는 나의 명령입니다. 1대로 끝나는 명령이 아니라 2대, 3대로 영원히 이어지는 명령입니다. 여러분은 죽음을 두려워하지 않는 전사들입니다. 아무리 친해도 가까워도 시행하여야 합니다. 독재자를 제거한 사람이 생긴다면, 여러분들은 그 용기를 찬양해야 합니다."

이 말은 무서운 말이다. 만약 누군가가 권력을 가지려 획책한다면, 모르는 아니, 가장 가까운 친구조차 믿을 수 없게 되는 것이다. 대통령의 말은 그날로 독재자를 살해할 정당성과 명분이 되었다.

"여러분에게 말합니다. 여러분께서는 총탄은 지급 받았을 것입니다. 내가 독재자라고 생각되는 사람은 그 총탄으로 나를 쏘아도 좋습니다."

한 사람이 벌떡 일어섰다. 그는 재빨리 총탄을 장전했다. 그리고 대통령을 향해 총을 겨누었다. 갑자기 긴장감이 흐르고 조용히 그를 바라봤다.

대통령은 기꺼이 가슴을 넓게 폈다. 옆의 경호원도 같이 가슴을 넓게 폈다. 같이 죽겠다는 것이다.

그는 총을 내렸다. 그리고 외쳤다.

"대통령님, 만세"

그는 크게 소리치며 두 손을 번쩍 들었다. 모두 그처럼 자리를 박차고 일어섰다.

"대통령님, 만세……! 만세, 만세……! 만세! 와……, 와, 와……!"

모두 두 손을 번쩍 들고 목청껏 외쳐댔다.

범죄자

종말이 온다고 믿기 시작하자 보복 범죄와 화풀이성 묻지 마 범죄가 많았다. 이들 중에는 살해 방법이 너무나 끔찍했다. 산 사람을 묶어놓고 불에 태워 죽이거나 산 사람의 사지를 절단하는 등 범죄의 잔혹성이 도를 넘었다. 지금 경찰이 수사하고 기소하여 재판하는 정식 절차를 지키기에는 너무 혼란하다. 출근하지 않는 경찰이 많았고 검사와 판사도 상당수가 출근하지 않았다. 그들의 의무를 저버린 것을 방지할 마땅한 수단이 없었다.

지역 계엄사령관은 특단의 조치로 범법자들을 광장에서 두 팔을 벌려 높이 쳐든 상태로 기둥에 묶어놓고 피의자 15M 앞에 돌 100개와 야구공 100개를 두었다. 그리고 살해된 시신 사진을 앞에 붙여놓고 '이자는 무고한 사람 5명을 고문으로 죽이고 10명에게 중, 경상을 입힌 범죄자입니다. 이자에게 시민들이 직접 처벌하시기를 부탁합니다. 이자가 죽기를 원하면 돌을 던지십시오. 그러나 죽일 정도는 아니고 살려주기를 바라면 공을 던지시기를 바랍니다.'라고 적었다.

일 인당 돌이든 공이든 한 번 던질 수 있었다. 공이 먼저 소진되면 돌은 더 던질 수 없고 방면된다. 그 범죄자는 용서를 빌었다. 그러나 수십 개의 돌을 맞고 숨졌다. 아내를 죽인 사람과 성폭행 살인자 등 총 8명이 투석 형으로 죽었다.

성폭행이 또한 많았다. 이자들 역시 묶어놓고 앞에는 야구공을 100개 놓고 던지게 했다. 성폭행으로는 죽일 수는 없었다. 던지는 사람은 여성들만 허용했다. 따라서 죽거나 상처가 심하지는 않았다. 그러나 100개의 야구공은 충분히 고통을 줄 수 있었다. 이들은 재범을 우려해 수감 되었다.

소문은 삽시간 동영상과 함께 전국에 퍼졌고 더 이상 강력범죄가 일어나지 않았다.

지역 사령관의 독단적인 행동인지 대통령의 허락이 있었는지는 알 수 없었다. 교도소에 수감 된 미결수 기결수 상관없이 경제사범이나 절도범 등은 훈방되었다.

그리고 무기수 중에서도 25년 이상 형량을 채운 사람들은 심사하여 훈방했다.

무기수와 성폭행범, 강도범 중에 재범이 우려되는 수형자는 한 교도소에 모두 수감 해 계엄군이 지키게 했고, 교도관들은 귀가시켰다.

언론에서는 논평 없이 사실만을 보도했다. 기자도 비판적인 기사를 쓰지 않았다.

제6장

종말의 사회현상

터널 보강공사

도로들은 터널 보강에 필요한 차량 외 전면 통제되었다. 500개의 대인 대피터널과 300개의 재건 물품보관 터널의 통제는 우리나라 교통의 70%를 마비시켰다.

보강공사가 완료되면 터널에 식량과 재건 물품을 넣고 입구 10m를 콘크리트로 막을 것이다. 그래도 가운데 직경 1.8m의 관을 심어 사람이 다닐 수 있게 했다.

쓰나미로 산이 무너져 입구가 막히는 경우를 대비해 입구를 길게 만들었다. 관의 바깥으로 문이 있지만 터널 안쪽으로도 문이 있는 2중문 구조다. 문에는 바깥을 확인 할 수 있는 방탄 유리창이 설치된다. 쓰나미가 덮칠 때를 대비한 것이다. 누수가 우려되는 곳은 모두 찾아 밀폐했다.

그리고 지진으로 터널에 균열이 발생할 경우 신속하게 보수할 접착제와 내부에서 질식을 방지할 액체와 기체 산소통 수십 개를 비치했다. 조명등에 필요한 배터리, 간이화장실과 화장지 등도 넣어 두기로 했다.

화장실의 악취를 제거할 활성탄 탈취 설비, 활성탄도 여유분으로 보유했다. 산사태로 입구가 막힐 때를 대비해 삽과 곡괭이 등 연장과 농기구도 넣어두었다. 비축 곡물은 도정 후 진공 포장해 바닥에 깔아두고 음료수와 비상식량도 챙겼다.
또한 침상과 칸막이를 만들 목재와 합판, 공구, 취사도구도 챙겼다. 그날의 생존 계획은 순조롭게 진행되었다.

대피대상자 모집 현황

대피자 모집은 순조롭게 진행되었다. 모집에 응한 기능인과 배우자와 자녀의 건강검진과 유전병 등 병적기록과 범죄기록 등 세심하게 조사했다. 그러나 규정에 맞는 농업기술자와 건축기능자는 상당히 부족했다.
인구가 줄자 육체노동은 로봇과 외국인노동자에게 의존했다. 상당한 농·축산물이 공장에서 자동화로 생산되었다. 그러나 직접 씨를 뿌려서 수확물을 거두는 농업기술자가 필요했다. 그날 이후, 모든 것이 사라지면 인간의 노동력으로 원점에서 시작해야 한다.
건축물도 기계화 율이 높고 대부분 건물도 기계로 찍어내듯 지어졌다. 그러나 부유층은 개성 있는 디자인으로 수제 건축물을 선호했다. 그래서 건축기능자가 많았으나 필요한 기능자 수에는 크게 미치지 못했다.

규정을 바꾸자는 의견이 있었으나 대통령은 거부했다.

"모내기나 땅을 파는 등 부족한 인력은 타 분야 기능인에게 협조 받을 수는 있을 것입니다. 그러나 병충해나 축대를 쌓는 등 경험이 필요한 일이 생기면 타 분야 기능인들은 뒤로 물러설 것입니다. 그때에는 그 분야에 전문기능인이라고 뽑힌 대피자는 어떻게든 해결하려고 할 것입니다. 농사와 건설에 경력이 적어도 배분율을 맞추도록 하세요. 건설에는 연관 있는 기능을 가진 사람으로 뽑도록 해야 합니다."

그러나 매뉴얼 개정으로 50세로 상향되었고 농업, 임업 분야의 20%를 15%로 낮추고 축산과 어류양식 경험자 5%를 뽑기로 하였다. 가축도 양식장도 사라지겠지만, 언젠가는 과학으로 되살릴 때를 대비하기로 했다.

토목, 건설 분야의 부족한 기능인을 인테리어 기능자와 건설 중기기사들로 뽑았다. 대통령은 귀국하는 외국 국적자 중에 한국인이고 기능자라면 대피 자격을 주었다.

그리고 외국인 부부라도 한국 국적을 취득한 기능인은 대피 자격을 주었다. 그러자 많은 기능자가 귀국해 적합 심사를 받고 대피자로 선정되었다.

종말을 맞이하는 사회 현상

종말의 시간이 120일 남았다. 소행성이 지구를 빗겨 갈 것을 믿는 사람은 없다. 모두 종말을 받아들이고 있었다. 절망으로 폭동이 많이 일어날 것으로 판단하고 계엄군과 경찰 인력을 배치했는데 오히려 폭력과 시위는 우려했던 것보다 많지 않았다.

종말에 대한 불안감에 자살자가 너무 많이 늘어났다. 화장하지 못하고 관도 부족해 산에 땅을 파서 시신을 입은 옷 그대로 매장했다. 땅을 파기 위해 포클레인을 아예 산에 배치했다.

가장 심한 사회 현상은 섹스가 난무했다. 공원이나 바닷가, 경기장 등 에서 밤낮 없이 남녀가 어울려 섹스를 했다.

공연장의 무대에 올라가 공개적으로 섹스하기도 했으며, 나이를 가늠할 수 없이 어려 보이는 여자가 어울리지 않는 진한 화장을 하고 나다니고 많은 남녀들도 기회를 잡아 섹스를 하려고 기웃거렸다.

상대를 가리지 않고 여러 명과 동시에 어울리는 그룹섹스, 퇴폐적인 난교도 성행했다.

부끄러움도 없고 심지어 옷을 완전히 탈의하고 나체로 돌아다니는 사람도 많았다.

심지어 강제로 성폭행하려고 하는 사람들도 꽤 많았는데, 그들은 발각되는 대로 계엄군들에 연행되어 태형을 당했다.

서로 좋아서 하는 섹스는 계엄군도 사람들도 구경은 해도 막지 않았다.

사람이 모인 곳은 먹을 것이 넘쳐났다.

정부는 냉동창고를 열어 비축된 축산물을 무제한 방출했다. 곡식과 술도 제한 없이 무료로 나누어 주었다.

고기를 굽고 술을 마시고 노래하고 고함치고 벌거벗고 달리다 물에 뛰어들고 물에 빠져 죽어도 바라보는 경우도 많았다.

어디서 나왔는지 출처 불명한 마약도 대중들에게 광범위하게 퍼져있었다.

다툼이나 폭행이 없다면 어떤 행위를 하든지 막지 않았다.

윤리와 도덕을 내세우며 재제하기엔 그들에게는 미래는 없었다.

이미 눈에는 초점도 없고, 죽음에 대한 두려움과 절망을 섹스나 먹고 마시고 마약에 취해서 잊으려 했다.

무기를 들고 타인을 해하려는 사람은 계엄군은 그 자리에서 사살했다.

종교인들은 대개 교회나 성당, 그리고 사찰들을 찾았다.

기도로 자신의 흐트러진 심신을 달래고 마음의 안식을 얻으려 했다.

정교와 사이비 종교집단은 모두 휴거^{구원 받는 사람을 공중으로 올라가서 영생을 얻을 수 있다고 믿는다.}의 기적을 바라며 사람들이 모여 기도하거나 축제를 즐겼다.

사이비종교는 사회분위기가 혼란할 수록 그 행태가 극에 달했다. 새로운 UFO^{미확인비행물체} 강림을 바라는 신흥종교들도 잇따라 생겼다. 다행인 것은 살인과 방화 등 강력범죄가 다소 줄어들었다는 것이다.

연예인들과 연주자들은 무료공연을 하며 사람들의 상실감과 허망함을 조금이라도 달래주려 했다.

상임이사국의 현황

상임이사국에서는 대피소를 서둘러 준공했다. 미 정부는 국민들의 방해를 받기 전에 서둘러 필요한 물품을 넣고 대피소를 경계했다. 규정대로 대피 대상자에게 연락하여 입소를 진행했다. 그런데 입소하려니 명단에 없다고 돌아가라는 경우가 많았다.

소행성 충돌이 실제로 일어나니 권력층들은 대피 대상자에 자신과 가족으로 바꾸었다. 입소를 거절당한 대상자들은 달리

항의할 수단이 없었다.

국가의 필수산업인 교통, 통신, 발전, 방송 등은 군의 보호를 받으며 유지되었으나 유통질서가 무너져 생필품 공급이 끊어졌다. 생필품을 구하기 위하여 나온 사람들과 패닉에 빠진 사람들로 약탈, 폭행, 방화, 살인 등 극심한 혼란을 통제할 정부의 기능이 상실되었다. 경찰과 군도 패닉에 빠져 명령체계가 완전히 무너졌다.

무정부 상태가 계속되자 계층 간, 인종 간 갈등이 극에 달했다. 이들은 정부청사와 대피소로 몰려가 성토했다. 그런데 대피소 입구와 1Km 떨어진 1차 저지선은 철조망으로 막혀있었다.

날이 갈수록 시위자는 늘어갔다. 수만 명에 이르자 지키려는 사람도 불안하기 시작했다. 처음에는 접근하는 사람에게는 물대포와 최루탄으로 맞섰다. 그래도 해산하지 않자 공포탄을 쏘았다.

시위자도 투석과 화염병을 던지고 저항했다. 시위자들도 자신들은 대피소에 못 들어간다는 것을 잘 알고 있었다. 그러나 생필품 부족과 죽음의 불안감이 응어리가 되어 시위라도 해야 했다.

철조망에 매달리는 시위자에게 총을 쏘았다. 순식간에 살해당했다는 말이 시위자 전체에 퍼져 흥분한 시위자들 수백 명이 철책을 밧줄로 걸어 당겨서 넘어뜨리고 상의를 벗어 철조망을 덮고 철책을 넘어섰다. 한쪽 철책이 뚫리자 수천 명이 뚫린 철책으로 몰려 들어가 방어군과 부딪쳤다.

방어군은 고무탄과 물대포로 막았으나, 수천 명의 시위자들로 인해 1차 저지선이 무너졌다. 철책과 500m 떨어진 2차 저지선의 장갑차에서 무차별 발포가 시작되었다. 1,000여 명의 사상자가 나오자 시위자들은 철책 밖으로 물러섰다.

이 유혈사태로 시위는 끝나는 듯이 보였다. 그러나 총으로 무장하고 다시 모여들었다. 이들 중에는 과거 군 지휘경험이 있는 사람을 필두로 건설중장비와 방탄 철판을 설치한 차량을 앞세워 대피소로 진격했다.

단순한 시위가 전투로 이어졌다. 폭탄으로 철책을 깨부수고 차로 밀고 들어갔다. 치열한 전투로 엄청난 사상자가 발생 되었다. 전투는 장갑차에서 로켓탄을 발사하는 등 우수한 화력으로 방어군이 승리했다.

이날 죽은 사망자는 시위자들만 7,400여 명이 되었다. 이날 전투는 방송사에서 취재를 나와 전국에 방영되어 내전의 시작을 알렸다. 이 비극에 분노하여 전국에서 차를 타고 개인 총기로 무장하고 자원에 나섰다.

이미 군에서 보유 중인 탱크와 장갑차, 미사일 등 대량살상무기는 전자 기판을 제거해 기능 불능이었다.

시위대는 소총으로 장갑차를 맞설 수는 없었다. 그런데 군용 트럭에 박격포와 대전차 로켓, 기관총 등 개인 중화기를 싣고 다수의 군인들이 반군을 지원하기 위해 왔다.

이들은 대피 자격이 없는 군인들로 시민들에게 무차별 포탄을 쏘는 방어군에게 분노하여 반군을 지원하고자 왔다. 자신의 부대에서도 순순히 무기를 내어 주었다. 그만큼 군대의 지휘체계도 무너졌다.

불법 작전

전투를 생중계하기 위해 방송국에서 나왔다. 기자는 반군 대장과 인터뷰를 진행했다.

"시청자 여러분 프레드릭 반군 대장에게서 한 말씀 듣겠습니다. 대장님, 이 전쟁을 하는 목적을 알고 싶습니다. 승리하여 대피소로 들어가기 위함입니까?"

"우리는 대피소에 들어가려는 것이 아닙니다. 우리는 정의를 원합니다. 대피자 중에는 들어갈 자격 없는 기득권이 많다고 합니다. 소행성 충돌시 매뉴얼의 규정을 따라야 합니다. 어제 협상팀을 보내 우리의 의사를 전달했어요. 첫째, 시위자에게 발포한 발포자와 책임자 처벌, 둘째, 대피 자격이 없는 기득권은 대피소를 퇴소, 셋째, 매뉴얼에 따른 대피자격자 입소, 넷째, 시민에게 생필품 무한 공급, 오늘 오후 5시까지 답이 없으면 공격할 것입니다."
그런데 인터뷰 방송이 갑자기 중단되고 화면이 사라졌다.

중계차가 로켓 공격으로 폭발된 것이다.
반군 대장은 급하게 전투준비를 했다. 박격포 공격이 시작되었다. 연막탄 폭발로 전장은 짙은 연기로 자욱했다.
"와!"
반군들이 함성을 질러대며 진격을 시작했다. 여기저기서 장갑차의 기관총탄에 쓰러지는 사람들도 많았다. 그러나 반군은 장갑차 200m까지 접근하여 대전차 로켓 공격으로 장갑차를 파괴했다.
수십 대의 장갑차가 파괴되자 반군들이 2차 저지선인 장갑차를 넘어 대피소로 달려갔다. 대피소 입구 200m 근방까지 접근했다.
그때였다. 참호 속에서 누군가가 상체를 드러내며 반군을 향해 총탄을 쏘았다. 일발필살로 저격하듯 총탄 한 발, 한 발에 반군은 쓰러졌다. 상체를 드러낸 그들은 반군이 쏘는 총탄을 맞아도 쓰러지지 않았다.
"후퇴하라!"

"후퇴!"

후퇴하라는 외침 소리와 함께 반군은 후퇴하기 시작했다. 그러자 그들이 참호를 나왔다. 멀리서 망원경으로 보던 반군 대장은 경악을 금치 못했다.

"저……, 저, 저것은 인간이 아니라 로봇이다."

로봇은 후퇴하는 반군 뒤를 쫓아오며 총탄을 마구 쏘았다.

2족 로봇의 키와 체격은 성인 남성의 평균이다. 외피는 철판으로 만들어져 무게가 90Kg 넘었다. 그러나 힘은 성인 남성의 2배가 넘고 100m를 10초에 달릴 수 있었다.

인간과 로봇의 서바이벌 게임에서 인간이 전패했다. 그것도 특수부대 최고 대원 10명과 로봇 5대의 게임에서 로봇 2대가 생존했다. 다시 인간 20명과 로봇 5대의 게임에서 AI로봇은 모두 생존했다.

AI로봇은 메인서버와 교신으로 게임을 할 때마다 스스로 발전하였다. 그 후 국제 협약으로 AI로봇을 대인 살상용으로 사용하는 것은 금지했다. 로봇을 대인 살상용으로 개조만 하여도 최고 종신형에 준하는 강력한 처벌을 받는다. 따라서 경호, 경비용으로도 금지했다.

이렇게까지 중범죄로 다루게 된 것은 인간이 기계의 지배를 받게 될 것이라는 공감대가 널리 형성되었다. 그런데 대피소를 지키기 위해 하지 말아야 할 작전을 한 것이다.

"당신들은 최대한 빨리 달아나시오. 여기 있으면 죽게 됩니다."
반군 대장은 카메라를 들고 따라다니던 기자들에게 소리치고 미니 건을 들고 전장으로 뛰어들었다.
그날 반군 27,500여 명이 전멸했고, 기자들을 포함하여 구경하던 민간인 이천여 명도 모두 사살되었다. 전투로봇은 대피소에서 반경 3Km 내 살아있는 것은 모두 죽였다.
그 후 대피소에서 반경 5Km까지 접근금지 구역으로 만들어 접근하는 사람을 모두 저격했다. 로봇이 사람을 살해한 사건은 조용히 묻혔다. 대피소 근처에는 더 이상 시위대가 모이지 않았다.
사설 대피소도 뺏으려는 사람과 지키려는 사람들 간에 무력 충돌로 사상자가 많이 발생했다.

대피소가 있는 나라들은 규모의 차이만 있을 뿐 거의 같은 과정을 겪었다.
대피소가 없는 나라는 한국과 같이 터널을 대피소로 만들려 했다. 사람들은 소문을 듣고 터널에 자리를 차지해 나가려 하지 않았다. 물리력을 동원해도 사람들은 죽기를 각오하고 맞섰다.
터널 보강공사는 고사하고 자리를 뺏기지 않으려 사람들은 터널 내에서 모든 생리현상을 해결해 위생 상태가 엉망이 되었고, 전기가 단전되어 촛불로 인한 화재로 사상자가 발생했다. 정부가 사라진 무정부국가도 많았고, 정부가 존재하고 있는 국가에서조차도 국민을 통제하지 못했고 공권력에 저항하는 사람도 많았다.

대통령과 여자

어느 날, 대통령이 한 통화의 전화를 받았다. 여성이었다. 대통령은 사적으로 여성과 통화하는 경우가 거의 없었다. 그는 전화를 건 여성의 이름을 듣는 순간 아련하게 가슴이 아파왔다.

'한…… 이슬'

그녀는 그가 지사 시절에 채용한 비서실 직원이었다.
인사하는 그녀의 첫인상은 그녀의 이름처럼 영롱하고 반짝였다.
아름다운 작은 얼굴에 서구적이고 날씬한 몸매와 큰 키, 그리고 빛나는 눈동자는 많은 남성들이 선망하는 여성의 모습이었다. 이 여성으로 다양한 사건들이 일어날 수 있을 것 같았다. 아름답다고 채용을 하지 않는다면, 그 또한 차별이었다.

그녀는 밝고 명랑한 성격으로 남자들에게 격이 없었고, 같은 여직원과도 원만하게 잘 지냈다.

비서실에는 능력 있는 비슷한 연배의 남자 사원들이 많았고, 그 중엔 그녀와 사귀려는 시도도 많았다. 그녀는 발랄하고 똑똑했다. 영어와 일어도 유창했고 불어도 잘했다. 물론 컴퓨터도 잘 다루었고, 무엇보다 서류작성을 잘했다.

그녀가 오고부터 사무실 분위기가 꽤 밝아졌다.

그녀는 다른 여직원들과는 다른 점이 많았다. 지사라고 어려워하지도 않았고, 마치 동료직원을 대하는 것처럼 항상 미소를 띠고 친근했다. 지사는 처음엔 단지 성격 좋은 여성이라고만 생각했다. 하지만 어느 날부턴가 그녀 때문에 지사의 마음이 흔들리기 시작했다.

결재 받으려고 지사실로 들어오는 직원들 대부분은 책상 앞에 멀뚱히 서서 내용을 설명하고 결재를 받기 마련이다. 그러나 그녀는 지사의 의자에 몸을 붙이듯 옆에 서고 서류 내용 설명시 고개를 지나치게 숙여 자신의 얼굴을 지사 얼굴 가까이 대었고, 컴퓨터 마우스를 쥐고 있는 지사의 손 위에 자신의 손을 얹고 커서를 이동하는 등의 스킨십을 했다.

생각 없이 돌아보면 그녀의 얼굴이 닿을 듯 가까이 있고, 그녀와 눈이 마주치면 짝사랑하는 소년처럼 얼굴을 붉히며 고개를 돌렸고 가슴이 뛰었다.

그녀는 그런 지사의 모습을 재미있어했다.

어느 날 그녀는 갑작스레 지사의 볼에 장난스럽게 살짝 키스를 하고 나갔다.

그녀가 나가고 지사는 한참 동안 가슴이 뛰었다.

때때로 휴일이나 밤에도 보고 싶다거나 사랑한다는 문자 메시지를 보내오곤 했다.

회식 자리에서는 항상 지사 옆자리에 앉았고, 지사가 참석하는 행사는 솔선하여 챙겼다. 따라서 그녀를 마음에 두고 있었던 많은 남자직원들은 지사를 질투 했다.

지사도 눈치 없는 것은 아니다. 그녀에게 악의가 없더라도 괜한 의혹과 구설이 없도록 해야 했다. 그래서 그녀를 진급시켜 타 부서로 발령했다. 그 자리는 지사와 대면할 수 없는 직책이었다.

그녀는 진급은 했지만 서운했다. 지사가 좋았다. 이성으로서가 아니었다. 지사가 자신에게 마음이 흔들리고 있다고 생각하니 재미있었다. 지사와 떨어지니 지사가 그리웠다. 자신이 지사에게 애정이 있었다는 것을 그때서야 깨달았다.

그녀는 남성들이 자신에게 마음이 흔들리는 것에 재미있어했고 내심 즐겼다. 지사는 미래에 대통령으로서 지지율이 높았다. 그런 사람이 자신을 좋아하다니 자존감이 올라갔다. 그런데 타 부서로 보내니 배신감이 들었다.

그래서 그녀는 공무원을 그만두고 자신을 사랑하는 남자와 결혼했다. 남편은 키가 크고 잘 생겼다. 재산도 많다. 그러나 야망도 없고 현실에 만족하며 그럭저럭 사는 사람이었다. 삶이 평범해서인지 권태기가 빨리 찾아왔다.

그녀는 결혼생활이 지겨워지기 시작했다.

비서 시절엔 행사계획을 세우고 명망 있는 정치인을 만나고 일정을 짜고 정책을 짜서 기안해 올리는 바쁜 일들이 일상이었다. 지나고 보니 그때가 좋았다. 지금은 그저 남편 한 사람을 위해 집안일을 하는 여느 평범한 주부와 다를 바 없다고 생각하니 문득 자신의 처지가 한심하게 느껴졌다.

세월이 흘러 지사는 당 대표가 되었다.

어느 날, 대표는 문자 메시지를 받았다. 그녀였다. 보고 싶다는 것이다. 지사는 답신을 보낼 수 없었다. 그러나 신경이 쓰여 결국 그녀를 잘 아는 여비서에게 그녀에게 연락해 보고 안 되면 수소문해서라도 가보라고 했다.

그런데 그녀는 자살을 기도했다. 다행히 빨리 발견해 생명에는 이상이 없다고 했다.

대표는 병원으로 갔다. 대표가 병원에 도착하니 그녀를 돌보던 가족들은 자리를 비켜주었다. 그녀는 대표를 보자 돌아누워 서럽게 울었다. 대표도 그녀가 그리웠다. 그러나 막상 보니 달리 뭐라고 할 말이 없었다.

한참을 말없이 앉아서 그녀의 등을 바라보았다.

"자살은 가장 어리석은 인간의 가장 어리석은 행동이요."

일어나 돌아서 나가려는데 그녀가 갑작스레 그를 향해 속삭이듯 말했다.

"사랑해요."

그는 사랑한다는 말을 듣는 순간 소년처럼 가슴이 뛰었다. 그는 걸음을 멈추었다. 그러나 돌아설 수 없었다. 돌아서는 순간 자신은 모든 것을 잃는다.

그는 돌아보지 않고 그대로 나갔다. 길지 않는 병원 복도를 걸어가는 발이 무척 무겁게 느껴졌다. 차를 타고 가는 내내 사랑한다는 말이 그의 귀에 맴돌았다.

그 후 그녀의 이혼 소식이 들렸다. 그녀는 늘 대통령의 가슴 속에 있었다. 그런데 그녀에게 연락이 온 것이다.

약속 장소인 한강의 한적한 곳으로 갔다. 그곳은 저녁노을로 아름다웠다. 지금은 기자들이 쫓지 않는다. 방송 기자는 종말까지 방송하려는 듯 취재하고 있지만, 언론지 기자들은 이미 접었다. 이제는 가십 기사를 봐주는 사람이 없다. 근접 경호원도 2명으로 줄었다.

경호원은 차에서 기다리고 대통령 혼자서 약속 장소로 걸어갔다.

그녀는 석양빛을 받으며 붉은 원피스를 입고 아름답게 서 있었다.

첫 만남에서 10년이 지나도 그녀는 여전히 예쁘다.

가슴이 뛰었다.

　"잘, 있었어?"

그녀에게 처음으로 해보는 반말이었다.

그녀의 큰 눈이 촉촉히 젖었다. 그는 그녀를 가볍게 안았다. 그녀가 갑자기 그의 목을 끌어안고 키스했다. 긴 입맞춤을 …….

대피대상자

대피대상자들 모집은 75일 만에 56만 명 선정되었다. 매뉴얼 개정을 거쳐 교육 분야에 5%를 추가하였다. 가능한 더 많은 사람을 대피시키자는 의견이 많았으나 '많은 사람이 들어간다고 생존 가능성이 높아지는 것은 아니다'라는 의견이 설득력을 얻어 필요한 사람만 들어가는 것으로 합의 되었다. 대피대상자들의 테러를 우려해 콘도에 집단으로 거주하게 하였고 계엄군이 철저하게 지켰다. 그래도 몰래 숨어 들어오려는 자가 있었다.

외출은 허락되지 않았고 외부인 출입도 철저히 금했다. 면회는 허락되었으나 면회자는 면회실에서만 만나게 했고, 면회

전 철저한 몸수색을 했다.

식자재와 생필품은 충분히 공급되었고, 대피대상자끼리의 교류는 허용되었다. 물론 자의에 의해 대피를 포기하고 나갈 수 있다. 그러나 한번 나가면 돌아올 수 없다는 규정이 있다. 그리고 대피자는 피임하도록 했다. 터널대피소는 환경이 열악해 산모와 신생아에게는 위험했다.

대피대상자들은 종말이 다가오자 나가려는 사람은 아무도 없었다. 그래도 자신들에게는 희망이 있다. 밖의 절망한 사람들이 어떻게 사는지 들어서 잘 알고 있었다.

많은 사람이 살기 위해 보강이 되지 않은 터널에서 진을 치고 거주했고 나름대로 철재 박스나 골조로 지붕을 만들고 먹을 것을 마련하는 등 생존을 위해 필사의 노력을 하고 있었다.

열차와 지하철 운행은 25%로 줄었으나 운행되었다. 열차가 끊어지기를 기다리는 사람도 많았다. 열차가 끊기면 터널에서 대피하려는 것이다.

제7장

그림자 정부

새로운 정보

행성 충돌 65일을 남기고 대통령실에 국정원장이 방문했다.

"대통령님, 믿기 힘든 정보가 입수되었습니다. 베링해에서 명태를 조업하던 어선이 귀국하면서 바다에 표류하던 조난자를 구했답니다. 선장은 그 조난자로부터 믿을 수 없는 이야기를 듣게 되었다고 합니다."

"지금도 베링해에서 조업합니까? 그리고 아직도 돌아오지 않은 원양어선이 있습니까?"

"많습니다. 아직 돌아오지 못한 60여 척 원양어선과 상선이 있습니다. 그날까지 2~30척은 도착하지 못할 것입니다."

"그래요, 알겠습니다. 정보가 무엇입니까?"

"조난자는 알래스카 산악 땅굴 기지건설 공사장에서 실내공사를 책임지고 있었답니다. 그런데 조난자는 전기기능도 보유하고 있어서 기지 내 여러 제한구역도 방문할 수 있었다고 합니다. 조난자는 작업 중에 기지 관계자들의 대화를 엿들을 수 있었다고 합니다. 그들 대화에서 소행성이 8Km라고 했는데 알고 보니 24Km라는 말과 종말이 오는 것이 아닌가, 하는 걱정들을 하고 있었다고 합니다. 그들이 그런 대화를 한 날짜가 우리가 알고 있는 4개월 전이 아니라 15개월 전이라고 합니다. 기지의 관계자는 소행성 크기를 이미 알고 있었다는 것입니다. 그리고 건축 도면과 공사 시방서는 26개월 전에 만들어졌고 공사는 24개월 전부터 시작되었다고 합니다. 제보자는 19개월 전에 이천 오백명의 작업자와 같이 콘크리트 타설 전 투입되었다고 합니다. 땅굴은 5개소에서 공사가 진행되었는데, 그 규모가 엄청나서 5~6개월 만에 팔 수 있는 일이 아니라고 합니다. 오천명 이상이 밤낮으로 작업해도 어려울 것이라고 합니다. 제보자는 2개월 전 야밤에 크레인이 정지되었다고 보수해 달라고 해서 그들이 안내하는 곳으로 갔는데, 그곳은 바위 절벽에 폭 5m, 높이 5m의 굴로, 20m들어가니 엄청나게 두꺼운 철문이 있었고 안으로 들어가니 폭25m, 높이 24m, 깊이 100m, 이상으로 보이는 아주 큰 공간이 있었다고 합니다. 여기에는 미사일 20여 기와 발사대 차량 3대가 있었고 미사일이 적재되어 있었다고 합니다. 그곳 천정 크레인 고장으로 컨테이너를 하역하지 못하고 있었다고 합니다. 전기장치를 고쳐 정상 작동하게 하고 숙소로 돌아가려고 하자 안내자 세 사람이 숲으로 끌고 가서 자신을 포함한 다섯 명을 총으로 쏘았다고 합니다. 그리곤 다시 확인 사살까지 했다고 합니다."

다시 제기된 음모

"확인 사살까지 당했다면서 어떻게 살았답니까?"
"제보자는 독실한 천주교 신자로 늘 가슴에 성경을 품고 있었다고 합니다. 첫발의 총탄과 확인사살 총탄이 가슴에 품고 있던 성경에 박혀 기적적으로 살았다고 합니다. 이 사진 바로 그 성경책 사진입니다."
국정원장은 사진을 보여주었다. 국정원장은 보안을 위해 자신의 휴대폰에 사진을 저장하지는 않았다. 사진에는 두 발의 총탄이 두꺼운 성경책에 박혀있었다.
"제보자가 아침에 정신을 차려 일어나 보니 주변에 시체가 엄청나게 많았다고 합니다. 늑대에 뜯긴 시체도 많았고 늑대가 시체를 끌고 간 흔적도 있었다고 합니다. 공사에 필요 없어진 인부는 기밀 이유로 돌려보내지 않고 사살했던 것으로 판단됩니다."
"이상하군요. 65일이 지나면 종말이 오는데 굳이 사람을 죽여서 은폐하려는 이유가 무엇이라고 판단합니까?"
"저의 판단은 도면이 26개월 전에 만들어졌다면 그들은 27~8개월 전에 소행성이 지구와 충돌 할 것을 알았다는 얘기가 됩니다. 미국인 기득권 일부만 남기고 모든 종족을 말살하려는 기밀을 유지하려고 필요 없어진 인부를 살해했다고 생각됩니다. 한편으로는 기지의 위치와 무기 등을 비밀로 하기 위함이라고도 생각됩니다. 제보자는 어두워 확인하지 못했지만, 그 밤에도 200m 떨어진 곳에서 대형 헬기로 탱크를 내리는 모습도 목격했다고 합니다."

"또, 그 음모론입니까?"

"대통령님, 저도 음모론으로 일축하려고 했습니다. 그러나 불현듯 떠오르는 것이 있어 과거의 기사를 검색해 보았습니다. 27개월 전 뉴욕타임즈 사건 기사에 칼 세이건 우주망원경을 책임 팀장과 기자가 총격으로 사망한 사건이 있었습니다. 당시에는 지갑이 없어져 절도범의 범행으로 의심하고 묻혔지만, 다시 생각해 보면 우주망원경 책임자와 기자가 만날 이유가 무엇이었겠습니까?"

대통령은 고뇌에 잠겼다.

미국은 세계 평화에 지대한 영향력을 행사해 왔었다. 따라서 미국을 의심해 본 적은 단 한 번도 없었다.

"저도 미국을 의심하는 것이 불편합니다. 그러나 미국의 학자들과 저명한 인사들은 세계 인구가 너무 많다고 줄여야 한다고 주장했습니다. 소행성 충돌은 그들의 손에 피를 묻히지 않고 인구를 줄일 수 있는 방법입니다."

"소행성 충돌은 인구를 줄이는 수준이 아니라 멸종이 아닙니까?"

"저도 그들이 종말까지 바라지는 않으리라 봅니다. 그들의 착오가 있었다고 생각됩니다. 그들도 소행성 크기가 8Km 라고 믿었을 것입니다. 그 정도 크기면 생명체가 최대 40% 이상이 사라진다고 해도 종말은 오지 않습니다. 그러나 나중에 소행성 크기가 24Km 이상이라고 알았을 때는 종말이 온다고 판단했고 서둘러 핵미사일로 소행성 궤도를 바꾸거나 크기를 줄이려고 했다고 판단합니다."

대통령은 고개 숙여 깊이 고뇌했다.

'NASA의 지인에게서 확인한 바로는 최신 칼 세이건 우주망원경에 아주 우연히도 소행성이 포착되었다고 합니다. 그런데 추적 중에 놓쳐 다시 포착될 때까지 무려 일 년 이상 걸렸다고 합니다.'

그러고 보니 103일 전 NSC 회의에서 김수성 교수의 말이 생각났다.

'그래, 미국은 최소한 27개월 전에 소행성 충돌이 있을 것이라는 알고 있었다. 이 말을 발설한 나사의 센터장 파브로는 살해되었다. 미국은 충돌을 이미 알고 있었다는 사실을 비밀로 하고 싶었던 것이다. 어쩌면 국정원장 말대로 8Km라면 세계 인구를 일시에 절반은 줄일 수 있다. 그런데 이들이 숨겨서 전 인류와 지상의 모든 생명체는 종말을 맞이하고 있다. 지금부터 2년의 시간이 주어진다면 어떻게든 충돌을 막을 수 있을 것이다. 용서할 수 없다.'

대통령은 분노가 치밀어 올랐다. 그러나 본심만큼은 철저히 숨겨야 했다.

"원장님의 가설은 신빙성은 높아 보입니다. 그러나 기밀로 묻어 두시기 바랍니다."

"알겠습니다. 대통령님!"

"나는 미 정부를 믿습니다. 많은 미국 국민은 세계를 민주화에 앞장서고 희생했습니다."

그림자 정부

"대통령님! 우리 정보부에서는 오래전부터 미국 정부 내 그림자 정부가 존재한다는 음모론이 돌고 있었습니다. 알고 계십니까?"

"프리메이슨이나 일루미나티의 의혹들 말입니까?"

"그들도 관여되어 있다는 설도 있지만, 확인된 바는 없습니다. 그러나 그냥 떠도는 소문이라고 생각하시고 가볍게 들어 주시기 바랍니다."

"말씀하시죠. 종말이 눈앞에 다가왔는데 비밀리에 기지를 만들고, 인부도 사살했다고 하니 관심이 가네요."

"그림자 정부라고 명명한 것은 전면에 나서지 않고 정부의 그림자에 숨어서 자신들에게 필요한 정책을 막후에 조정한다고 해서 붙여진 이름입니다. 우리나라로 말하면 비선 실세라고 할 수 있을 것입니다. 이 그림자 정부는 군수산업끼리 맺은 카르텔일 것이라고 합니다. 이 카르텔은 한국전쟁 때 탄생 되었다고 합니다. 한국동란에서 3천 400억 달러를 쏟아 부었는데 정작 일본이 이익을 가져갔습니다. 미국은 2차 세계대전에서 사용하고 남은 무기를 재고 정리 하는 수준이었습니다. 케네디 대통령은 베트남 참전을 반대하자 그림자 정부에 의해 제거되었을 것이라고 합니다. 케네디 대통령이 죽고 닉슨 정부는 베트남 전쟁에 참전하여 7천 380억 달러를 쏟아 부었습니다. 이 때는 그림자 정부도 엄청난 이익을 남겼다고 합니다. 그 뒤에도, 이라크와 아프가니스탄 전쟁, 우크라이나 전쟁에서도 막후에서 막대한 이익을 챙겼다고 합니다. 그림자 정부는 미 대통령에 당선될 가능성이 높은 정치인에게 정치자금과 선거자금을 음으로 양으로 지원한다고 합니다. 그들의 지원을 받아 대통령에 당선되면 그림자 정부의 요구를 거절하기 힘들 것입니다. 지금 알레스카에 군사기지가 아니라 대피소로 그림자 정부의 관계자들과 가족들이 들어가게 될 것이라고 생각합니다. 제보자의 말로는 무기고와 7Km 떨어진 곳에 7만 명이 거주할 주거용 땅굴이 있고 가까운 곳에 20년은 먹을 수 있는 식량을 저장한 땅굴도 있다고 합니다. 다시 5Km 떨어진 땅굴에 소형 원전발전소도 건설되어 있다고 합니다."

"정확한 위치를 알려 주었습니까?"

"예, 정확한 위치를 알려 주어서 우리의 위성으로 의심되는 지점을 확인했습니다. 무기고로 의심되는 땅굴은 확인했습니다. 5개의 땅굴이 바위산 아래에 있었고 앞에는 활주로로 보이는 긴 도로도 건설되어 있었습니다. 공사를 독려하다 보니 은폐할 시간이 없었던 것 같습니다. 공사용 중장비차량도 보이고 대형 헬기도 보였습니다."

"제보자는 어떻게 정확한 위치를 확인 할 수 있었어요?"

"제보자가 깨어났을 때 주변 시체 중에 경비원 시체가 있었다고 합니다. 왜 사살되었는진 알 수 없었지만, 몸을 뒤져보니 몸의 은밀한 곳에 폴드폰이 있었다고 합니다. 더구나 태양광 충전기까지 있어 방향을 잡고 탈출에 도움이 되었다고 합니다. 자신도 신의 도움이 있었다고 합니다."

제보자

제보자는 2년 전 중남미 한 국가에서 미국에 온 난민으로 가족을 미국에서 정착 조건으로 2년간 알래스카 공사장에서 일하기로 합의했다고 한다. 대통령은 그를 직접 만나 정보의 진위를 확인하고자 했다.
국정원의 안전 가옥에서 제보자와 그를 구한 선장이 있었다.
 "반갑습니다. 대통령입니다."
서로 악수를 나누고 국정원장과 같이 탁자에 앉았다.
 "어떻게 탈출할 수 있었습니까?"
그는 영어가 유창했다.
 "예, 공사장은 알레스카에서도 산악입니다. 그 곳은 사람이 살지 않는 곳입니다. 제가 총탄을 맞고 쓰러져 정신을 잃었습니다. 그때는 6월 19일 여기와 달리 밤엔 엄청나게 춥습니다. 방한복을 입고 있어 동사하지는 않았어요. 다음 날 날이 밝자 정신 들었어요. 일어나 주변을 살펴보니 시체가 엄청나게 많았습니다. 오백여 구의 시체 중에 경비원으로 보이는 시체가 있었어요. 설마 하는 마음에 몸수색했어요. 우리가 공사장에 도착하면 휴대폰은 물론 개인 소지품마저 맡겨야 합니다. 경비원도 예외가 아닌데, 그는 허벅지 안쪽 깊숙이 작은 휴대폰을 숨겨두고 있었어요. 다행인 것은 비밀번호도 해제되어 있고 휴대폰 케이스에 태양광 전지가 있어 충전할 수가 있었어요. 그러나 날이 밝으면 시체를 확인하러 올 것 같아서 마치 늑대에 끌려간 것처럼 방한복을 벗어 돌로 무게를 실어 눈길에 자국을 남기며 뒤로 걸어 발자국을 지우면서 늑대의 발자국이 많은 곳까지 갔어요. 그 곳에서 손바닥을 째서 피를 뿌리고 돌을 밟고 그곳을 벗어났어요."

그가 팔을 펼쳐 손바닥을 보여주었다. 손바닥엔 3센티 가량의 상처가 있었다. 그의 표정은 세심하였다.

"그 곳에서 해변까지 몇 킬로미터나 됩니까?"

"500킬로미터가 넘습니다."

"걸어서 가기에는 너무 먼 거리가 아닙니까?"

"휴대폰으로 확인하니 100킬로미터밖에 마을이 있었습니다. 그곳까지 걸어가도 늑대는 없었습니다. 시체가 산더미처럼 쌓여 굶주린 늑대는 없었을 것입니다. 마을에 들어가니 에스키모인들도 종말이 온다는 것을 알고 있었어요, 내가 공사장에 끌려온 이야기와 총탄에 쓰러졌지만, 성경책이 살렸다는 것을 말해주며 방한복의 총탄 자국과 총알이 박힌 성경책을 보여주었어요. 그들이 놀라며 자기들끼리 에스키모 말로 대화하고는 어떻게 도와주면 좋겠느냐고 묻기에 탈주할 수 있게 오토바이를 달라고 하였어요. 다행히 그곳에는 잡화점이 있어 톱과 쓰레기봉투와 청테이퍼, PVC 호스, 로프, 식량과 식수도 얻을 수 있었어요. 그들은 종말을 받아들였고 늙은 여자 에스키모는 종말이 오더라도 저는 살아남을 것이라고 예언했어요. 오토바이를 타고 해변까지 와서 PVC 호스로 뼈대를 만들고 해변에 벼려진 나무판을 톱으로 둥글게 설어 발판을 만들었어요. 그리고 대형 쓰레기봉투를 감고 청 테이프로 물이 새지 않도록 붙였지요. 그리고 물에 가라앉지 않도록 둘레에는 쓰레기봉투에 공기를 주입해 청테이프로 고정하고 안에는 가져온 식수와 식량을 넣고 바다로 들어가서 썰물 때를 기다려 구명정을 띄우고 안으로 들어가서 기다리다가 해류가 바다로 흘러가서 선장님이 저를 발견하게 된 것입니다."

그를 구한 선장은 말을 이었다.

"조난자는 대단한 재주를 지녔습니다. 저도 이것이 한 사람이 만들 수 있는 것이 아니라고 생각했습니다. 마치 워터볼처럼 만들었는데 바닥에 사람이 앉을 수 있게 판자를 깔았고 판자 가운데에 구멍을 뚫고 물과 식량을 넣고 또 외부 아래에 다시 호스를 감고 로프와 청테이프로 고정시켜 바위에 찢어지거나 파도에도 부서지지 않도록 되어있었어요. 정말 신의 손입니다."

그는 대통령에게 사진을 보여 주었다.

"대단합니다. 그러나 거친 파도에 휩싸여 분해되어 죽을 수 있을 텐데. 정말 신이 도운 것 같습니다."

"구명정이 신축하여 의외로 잘 버텨 주었습니다. 신에게 감사드립니다. 저는 이미 한번 죽은 목숨입니다. 모험을 할 수밖에 없었습니다."

"대단한 용기와 재주입니다. 미국에 가족은 어디에 있습니까?"

"네, 애틀랜타에 아내와 두 아이가 있습니다."

"원장님, 미국에서 귀국 비행기가 남아 있습니까?"

"마지막 비행기가 있습니다. 그러나 뉴욕입니다."

"후안 씨, 아내에게 연락할 수 있습니까?"

"예, 있습니다."

"그럼, 연락해서 뉴욕공항까지 최대한 빨리 오게 하십시오."

"감사합니다."

대통령은 황급히 전화를 걸었다.

"재건에 꼭 필요한 사람이 있습니다. 두 가족입니다. 자리를 만들어 주십시오."

언론 제보

제보자가 가져온 휴대폰에는 제보자가 찍은 살해된 시체와 자신을 도와준 에스키모 사진 그리고 자신이 만든 워터볼 구명정 등 여러 사진이 있었으나, 정작 휴대폰 주인을 가늠해 볼 수 있는 사진은 없었다. 그래서 휴대폰을 양도 받아 포렌식을 해 보기로 했다.

휴대폰 포렌식 결과 놀라운 것이 밝혀졌다.

"나는 미 해군 특수부대원 케이든 중사다. 이 동영상을 본 사람은 언론에 제보하기 바란다. 나는 25개월 전 제대와 동시에 이곳 알레스카 산악기지 공사장에 경비원으로 임용되었다. 나는 이곳에서 일어나고 있는 사건을 제보하려고 한다. 이 기지는 군사용이 아니다. 소행성 충돌에 대피할 대피소다. 그러니까 대피소 건설 관계자는 27개월 전에 소행성 충돌을 이미 알고 있었다. 3개월 전에 소행성 크기가 너무 크다는 것을 알고 핵미사일을 발사했지만, 이미 늦었다는 것을 우리 모두 알고 있다. 여기서 공사했던 필요 없어진 인부 2,000명은 사살되었다. 앞으로도 더 많은 인부들이 사살될 것이다. 나는 막을 힘이 없다. 그들이 27개월 전에 소행성 충돌을 세상에 미리 알렸다면, 지금쯤 충분히 막을 수 있을 것이다. 그러나 그들은 알고도 비밀로 했다 그 이유를 묻고 싶다."

이 말과 함께 많은 사진과 동영상이 있었다. 공사를 진행하는 사진과 살해된 시신 사진 그리고 최근 반입을 시작한 무기까지 첨부되어 있었다. 휴대폰은 어떻게 반입될 수 있었는지, 사진을 어떻게 찍을 수 있었는지는 알 수 없으나 진위는 분명히 확인되었다.

대통령은 구조된 후안의 생생한 증언을 곁들여 인터넷으로 미국, 영국, 러시아, 중국, 일본, 등 세계 각국에 송부하였다. 매일 가짜뉴스가 차고 넘쳐 안 믿는 사람도 많았지만, 믿는 사람이 늘어났다.

중국과 러시아 네티즌들은 위성사진을 해킹해 기지 위치를 확정해 동영상으로 올렸고 미 정부를 비난하는 글도 유포했다. 이미 외교관들이 떠난 빈 대사관과 영사관은 불에 탔으며, 미국 내에서도 시위가 폭발적이다.

백악관과 국방성은 성명서로 무관함을 주장하고 가짜뉴스라고 하였다. 그러나 분노한 국민들은 정부를 믿지 않았다. 일차 저지선, 이차 저지선을 만들어 일차 저지선을 넘어오면 물대포나 방패로 막았으나, 언론방송 후 일차 저지선을 넘어오는 사람을 총탄으로 저지했다.

시위자들도 총을 쏘며 항거했다. 이들은 대피 시설에 들어갈 수 없는 사람들이었다.

 대통령과 국정원장, 국무위원 일부는 회의실에서 외국 뉴스를 시청하고 있다.

 "대통령님, 무고한 생명이 죽어 나가는군요. 우리가 유포했다는 것을 미 정부에서 알게 되면 우리 유학생 200명을 받아주지 않을 것이 아닙니까?"

 "모두 귀국했습니다. 부적격하다고 합니다. 자기 국민들도 다 수용 못하는 판에 남의 나라 국민에게 신경 쓰겠습니까? 그리고 우리가 유포했다는 것은 모를 것입니다. 중국으로 귀국하는 지인에게 부탁했어요. 그리고 에릭^{미국 대통령}과 통화했어요. 에릭은 정말 몰랐다고 합니다. 나도 에릭의 말을 믿어요. 80년 이상 지속되어 온 그림자 정부의 실체를 임기 4년의 대통령이 어떻게 인지하겠어요. 그들이 대를 이어 지켜왔다면 숨어있는 권력을 이길 수 없을 것입니다."

대통령의 손자

충돌 45일 전, 대피 대상자는 대피소 적응을 하기 위해 미리 입장 훈련을 실시했다. 빛도 들어오지 않는 밀폐된 공간에서 최장 12년 이상을 견뎌야 한다. 처음 밀폐된 대피소에 들어가는 사람은 폐소공포증으로 견디기 힘들다. 따라서 미리 적응훈련이 필요했다.

처음에는 한, 두 시간씩 차차 하루 이틀씩 늘려가게 된다. 폐소공포증을 이기기 위해서는 가족들의 유대가 큰 힘이 되었다.

대피소에 들어가기 전 다시 건강검진을 하고 예방접종을 하고 소독도 한다. 반입 물건은 전부 소독을 해야 한다. 특히 개인의 옷이나 이불 등은 반드시 소독해야 반입할 수 있었다.

적응훈련이 시작되면 외부인은 만날 수 없다.

터널에서 전염병이 돌게 되면 모두 위험해 내린 조치다.

대피소에는 대피자에게 할당된 위치가 있다. 아이가 어릴수록 입구와 가까운 곳에 배당된다.

할당된 위치를 찾기 쉽게 야광페인트로 벽면에 표시해 두었다.

새벽에 대통령 관저에 험비가 도착했다. 험비에서 한 부부가 내려 간단한 몸수색을 하고 내실로 들어갔다. 가기 전에 미리 연락하여 대통령 부부와 아들 부부도 기다리고 있었다. 꼭 뵙고 싶다는 요청에 기다리고 있었던 것이다.

이미 국정이 마비되어 대통령도 한가했다.

"대통령님 반갑습니다. 저와 만난 적은 없을 것입니다. 저는 처와 함께 농사를 직접 지으며 품종을 개량해 4개의 특허를 가지고 있습니다. 저희 부부는 결혼 12년이 지났지만, 자식이 없습니다. 저희 부부는 자식을 만들 수 없습니다. 대통령님 손자를 입양하고 싶습니다."

"안 됩니다. 대통령으로서 국민과 약속했습니다. 나와 내 처, 내자식과 손자까지 대피소에 들어가지 않기로 했습니다. 다른 아이를 입양하세요. 많은 사람이 응할 것입니다."

"대통령님, 1년 전 저희 농장에 체험학습하러 온 소년이 있었습니다. 저희 부부는 그 소년이 매우 마음에 들었습니다. 저희는 대상자로 선정되자 입양을 받으라는 관계 당국의 건의를 받아들여 그때의 소년을 백방으로 찾아보았습니다. 그 소년이 바로 대통령님의 손자입니다."

"그래도, 안 됩니다."

듣고 있던 대통령의 아들이

"아니오. 데려가십시오. 제가 허락하겠습니다."

"안 된다."

"아버지, 한 번도 아버지의 말씀을 거역한 적이 없습니다. 하지만, 이번에는 거역하겠습니다. 이 시간부터 아버지와 절연합니다. 죄송합니다. 여보, 수아를 데려와요."

"아버님, 죄송해요. 저희를 용서하세요."

대통령의 며느리는 안으로 뛰어 들어갔다. 그리고 잠시 후 수아를 데리고 나왔다. 수아는 두 사람을 보자 반색을 하며 그들 향해 뛰었다.
"아저씨!"
수아가 반갑게 뛰어가 그들에게 안겼다.
"수아야! 나와 같이 가자"
"예?"
수아는 할아버지와 할머니, 엄마와 아빠를 번갈아 보았다. 수아도 종말이 온다는 것을 잘 알고 있었다. 엄마는 자신을 안고 자주 울었다.
"수아야! 나하고 같이 가자. 나와 같이 가야 살 수 있단다."
하지만 수아는 대답할 수가 없었다. 고개를 돌려 엄마를 봤다.
"수아야! 우리는 괜찮아. 엄마는 수아가 아저씨를 따라가기를 희망해"
엄마는 눈물을 흘리며 수아를 설득했다. 대통령은 말이 없고 영부인은 울고 있었다. 아빠도 울고 있다.
"엄마! 엉 엉 엉"
수아는 엄마 품에 안겨 울었다. 엄마를 두고 가기가 싫은 것이다.
비서관이 안으로 들어가서 수아의 옷과 짐을 챙겼다. 노트북과 휴대폰, 장난감, 이불도 챙겼다. 약 60킬로그램이 넘었다. 그들은 짐들을 모두 험비에 실었다.

아들 부부는 이젠 마지막이 될 수아를 안고 울었다, 영부인도 같이 안고 울었다.

수아와 방문한 부부는 험비에 올라탔다. 출발하자 뒤늦게 대통령이 나왔다. 수아가 뒤를 보고 있다가 대통령을 보았다.

"세워 주세요."

문이 열리고 수아는 대통령에게 달려갔다. 대통령은 손자를 안고 번쩍 들었다.

'흑 흑 흑' 하고 대통령도 오열했다.

험비가 떠나고 한참이 되었지만, 차마 들어가지 못하고 손자가 떠난 곳을 하염없이 바라봤다.

제8장

악마의 돌(데블눕)

운석우 隕石雨

충돌 20일 전, 비밀 지하벙커에서 대통령은 계엄군 부사령관이자 최고 전사인 강일도와 독대했다.

"최고 전사, 지금 바깥 분위기는 어떻습니까? 종말이 코앞에 닥치니 바깥 세상을 이야기 해 주는 사람이 없어요."

"10여 일 전부터 안정되어 가고 있습니다. 그동안 자살자와 약물남용으로 인구가 20% 이상 줄기는 했지만, 지금은 자살자도 많이 줄었고 범죄율도 줄었습니다. 또한 난교나 공개섹스 등 문란한 퇴폐행위도 매우 많이 줄었습니다. 약물중독자들도 많이 사라졌습니다. 앞으로 20여 일이 지나면 종말이라고 하니 사람들은 그동안 먹고 마시며 온갖 타락적인 생활이 부질없다고 느꼈는지 지금은 가족과 친척, 친구 등 지인들과 마지막 인사를 나누며 조용히 죽음을 준비하는 것 같습니다."

"지금이라도 안정되어 가고 있다니 다행입니다."

"지금의 안정도 대통령님의 발 빠른 대처가 없었다면 꿈꿀 수 없는 일이었습니다. 외국에서는 지금도 거리에 사람이 다닐 수조차 없다고 합니다. 정부는 실종 되어 지켜 주는 사람도 없어 걸어 다니다 총에 맞아 죽거나 칼에 찔려 죽게 된다고 합니다. 일반인은 물론 경찰과 군인도 자신과 가족이 살기 위해 식량을 탈취하는 과정에서 폭행과 살인을 저지른다고 합니다. 이런 현상이 광범위하여 나다니지도 못하여 식량을 구하지 못해 굶어 죽기도 한답니다. 이 모든 정보는 국정원과 여러 경로를 통해 확인했습니다. 그런데 우리 정부는 국민을 폭력으로부터 보호하고 비축 식량을 풀어서 굶주리는 사람이 없도록 했으며 전기, 통신, 철도 등 생활 필수산업은 중단 없이 운영되게 했으니 이 모든 것이 대통령님의 솔선수범 자세, 신속한 대처와 지도력 때문이라고 국민들은 감사하게 생각하고 있습니다."

"과찬입니다. 우리 국민은 공동체를 중요하게 생각하는 시민의식이 높은 국민입니다. 특히 위기에 강한 국민들이 정부를 믿고 따라주었기 때문이오. 강일도 최고 전사, 지금부터 하는 말은 귀하가 꼭 수행해야 할 일입니다. 내일 새벽 6시부터 운석우가 내리기 시작할 것이라고 합니다. 특히 동경 170도에서 110도 위도 30도에서 45도에 집중된다고 합니다. 이 지역에 우리나라가 포함되어 있습니다. 따라서 우리나라에는 최소 10개 정도의 운석이 떨어질 것으로 추측하고 있습니다. 운석이 떨어진 곳이 폭발하여 화재가 발생 되거나 건물이 무너질 수 있습니다. 그래서 국민들에게 지하대피소로 대피할 것을 발령할 것입니다. 최고 전사께서는 하부전사들에게 운석이 떨어지면 그 운석을 취득하여 모아서 여기 K-17 터널에 전달해 주십시오. 지금은 차량 운행이 어려우니 헬기로 운반하십시오."

"대통령님, 그 정보는 어디서 입수했습니까?"

"미 대통령이 알려 주었습니다."

"대통령님께서는 미 대통령과 얼마나 돈독한 사이이기에 지금도 정보교환을 유지하고 있습니까?"

"개인적으로 돈독한 사이이기도 하지만, 우리나라와는 맹방이고 정상적으로 정부가 유지되고 있는 몇 안 되는 국가이기 때문이라고 생각합니다. 우리와는 아직은 핫라인^{국가 간에 긴급 통신선}이 살아있습니다."

"그렇습니까. 그러나 지금 미국 상황도 만만치 않아 다른 나라에 신경 쓸 여유가 없는 것으로 알고 있습니다. NASA는 이미 국토안보국에서 접수한 것으로 알고 있습니다. 그런데 운석우 정보를 보내준 것은 의도가 있을 것입니다."

"좋은 뜻으로 받아들입시다. 내가 오늘 전사님을 뵙자고 한 것은 이해되지 않는 부분이 있어 에릭^{미 대통령 이름}에게 물어 봤지만, 시원한 답변은 없었어요. 분명 5개월 전에 핵미사일 10기를 발사한 것으로 알고 있는데 그러자면 최소한 2개월 전부터 소행성에서 핵폭발을 감지해야 하지만, 핵폭발은 없었어요. 더구나 러시아도 5기를 발사한 것으로 알고 있는데, 역시 감지하지 못했어요. 우리가 소행성 추적을 실패한 것인지 김수성 교수님께 문의했는데 절대 아니랍니다. 빛을 흡수하는 물질로 인해 소행성이 희미해도 궤도를 따라 추적하고 있었다고 합니다. 처음 핵폭발 후 지금까지 한 번도 핵폭발은 감지되지 않았다고 합니다. 미국은 소행성을 그대로 지구에 충돌하도록 손을 놓은 것으로 생각됩니다. 핵폭발은 왜 포기하는지 그 해답이 운석에 있을 것이라고 김 교수님은 생각하고 있습니다."

"대통령님께서도 같은 생각입니까?"

"저도 김 교수와 같은 생각이기도 합니다. 하지만, 한편으로 지구의 인구를 최대한 줄이려는 의도가 있을 것으로 의심되기도 합니다. 아무튼 운석우는 500개 이하가 될 것이라고 합니다. 소행성 충돌전 지구로 떨어지는 운석우로서는 매우 적은 수치라고 합니다. 소행성 성분에 그 해답이 있을 것입니다. 운석이 떨어지면 바로 수거해서 분석하려고 합니다."

"뜻은 알겠습니다. 그러나 땅에 떨어지면 폭발하여 운석을 찾지 못할 수 있습니다."

"실험에 사용할 시료니 적은 양이라도 꼭 수거해 달라고 합니다."

"알겠습니다. 꼭 찾아서 전해드리겠습니다."

"아! 운석이 빛을 흡수하여 아주 검다고 합니다. 땅에 구멍이 난 것처럼 보일 수 있으니 잘 보셔야 합니다. 유념해 주십시오."

반중력 물질

하늘에서 운석우가 떨어져 내렸다. 약 350개 정도로 예상보다도 적었다. 우리나라에는 5개가 떨어졌다. 땅에 떨어지면서 크게 화재가 발생해 다행히 쉽게 찾을 수 있었다.

이틀 후, 김수성 교수와 40대 중반으로 보이는 사람이 검은 가방을 들고 강일도와 함께 지하벙커로 들어왔다. 지하벙커에 전사 4명과 경호원 3명이 보이고 사무원은 보이지 않았다. 강일도는 그들을 대통령실로 안내했다.

김수성 교수가 대통령을 향해 인사를 건넸다.

"대통령님 안녕하십니까?"

대통령이 반갑게 손을 뻗어 악수를 건넸다.

"예, 오시는데 불편하지는 않았습니까?"

"예, 꼭 뵙고 말씀드리겠다고 하였지만, 대통령님께서 최고 전사를 보내 호위까지 붙여주시니 감사합니다. 여기 이 분은 운석 분석을 맡았던 화학박사이자 병기학 전문가이기도 합니다. 시료 분석보고 외 대통령님께 꼭 들려드리고 싶은 내용도 있어 같이 오게 되었습니다."

대통령이 손을 내밀자 그가 자신을 소개했다.

"민도준입니다."

대통령은 그의 손을 잡고 허리를 깊숙이 숙였다.

대통령은 그에게 자리를 권하며 말했다.

"시료분석 내용부터 먼저 듣고 싶군요."

그때 문을 열고 나가려는 최고 전사에게 대통령이 그를 향해 말을 했다.

"강 최고도 같이 자리하시죠."

그리고 그가 자리에 앉기를 권했다.

"예, 대통령님"

민도준은 가지고 온 검은 가방을 열었다. 가방은 내부도 검은 색으로 텅 비워 보였다. 박도준은 가방 속에서 아주 검은 둥근 렌즈 같은 것을 끄집어내어 대통령 앞에 내밀었다. 대통령은 자신에게 주는 것으로 생각하고 손을 펴서 내밀었다. 그런데 도준은 그대로 허공에 놓았다. 그러면 당연히 아래로 떨어져야 했다. 그런데 그대로 공중에 떠있었다.

"민 박사, 어떻게 된 일이요?"

놀라운 장면을 목격한 대통령과 최고 전사가 동시에 자리에서 벌떡 일어섰다.

"예, 이것은 운석에서 나온 물질로 만든 것입니다. 절대로 존재할 수 없는 물질입니다."

"추상적으로 말하지 말고 알아듣게 설명해 주시오"

"이 물질은 전자와 양자가 없는 물질로 지구에는 존재하지 않는 물질입니다."

"전자가 없는 물질이 존재할 수 있습니까? 전자가 없다면 입자로 존재하지 못하고 흩어져 사라져야 하지 않습니까?"

"이론적으로는 그렇습니다. 그런데 기체가 아닌 고체로 존재하고 있습니다. 이물질은 반중력 물질입니다. 즉 중력의 영향을 전혀 받지 않습니다."

"반중력 물질이라니 가능합니까?"

"저도 처음 보는 경우라 어떻게 설명을 드려야 할지 모르겠습니다. 그러나 제 생각을 말씀드리자면, 이물질에 전자와 양자가 존재하지 않는 것이 반중력 현상을 보이는 것이 아닌가 생각합니다."

"전자와 양자가 없으면 반중력이 됩니까?"

"어떻게 보면 지구는 강력한 자석은 아니지만 거대한 자석이라고 할 수 있습니다. 지구는 모든 물질을 끌어당깁니다. 모든 물질은 전자를 가지고 있습니다. 전자의 비율이 높고 밀도가 높으면 중력이 많이 작용해 무겁습니다. 그러나 전자수가 적으면 가볍습니다. 지구에서 가장 가벼운 원소인 수소는 원자핵 1개와 전자 1개로 이루어져 있어, 중력의 영향을 덜 받아 아주 가볍습니다. 그래서 지구의 중력을 벗어나 우주로 나가기도 합니다."

반중력 물질의 기계적 성질

대통령은 직경 40mm, 두께 3mm의 크기의 반중력 물질을 잡고 살펴보았다.

'가볍다. 아니 무게가 느끼지 않는다. 그런데 매우 단단하다.'

"수소는 기체지만, 이 물질은 고체인데 당연히 아래로 떨어져야 하는 것이 아니오?"

"이 물질은 고체지만 중력의 영향을 받지 않으니 위, 아래라는 의미는 없습니다. 대통령님, 손을 가볍게 든다는 기분으로 위로 던져 보시죠."

대통령은 손바닥을 가볍게 위로 들어올렸다. 그러자 반중력 물질은 '붕~!' 하고 빠르게 떠서 천정에 붙었다.

"정말 신기하군요."

"이 물질은 흥미로운 점이 아주 많습니다. 이물질에 온도를 높이면 점점 비중이 높아져 용해되면 비중이 0.9까지 됩니다. 열에 의해 정전기가 발생해 중력의 영향을 받는 것 같습니다."

"녹일 수도 있어요."

"예, 섭씨 2,000도에서 녹습니다. 이물질은 금속에 가까운 성질을 지니고 있습니다. 기계적 성질로서는 인장강도와 압축강도는 철의 약 1.5배입니다. 그런데도 열전도율은 나무에 가깝습니다."

"금속에 가까운 성질이라면 기계가공도 가능합니까?"

"예, 공작기계로 가공할 수 있고, 가열하면 연하게 되어 ROLL MILL압연 로라로 판으로 만들 수도 있습니다. 또 플라즈마 용접도 가능합니다."

반중력 물질의 용도

"지금부터 반중력 물질의 명칭을 줄여서 반물질이라고 합시다. 그러면 반물질을 어디에 어떻게 사용하려는 것입니까?" 김수성 교수가 대답했다.

"이물질의 용도는 무궁무진합니다. 지금 우주선을 발사하려면 중력을 이겨낼 수 있는 추진력이 필요합니다. 따라서 강력한 로켓엔진과 연료가 많이 들어있는 매우 큰 발사체가 있어야 합니다. 그러나 반물질로 우주선을 만든다면 아주 작은 추진체로도 엄청난 속도로 우주를 마음대로 나다닐 수 있습니다."

"그 말씀에는 동의할 수 없어요. 우주선에는 사람이 타야하고 식량과 각종 전자장치와 전선 등 많은 부분이 중력의 영향을 받습니다. 따라서 우주로 나가려면 지구의 중력을 이길 발사체가 있어야 할 것입니다."

"그렇게 말씀하실 것 같아 준비한 것이 있습니다. 민 박사 보여 주시죠."

민 박사는 검은 가방에서 원통 모양의 검은 용기를 끄집어냈다. 뚜껑을 열고 안에서 철봉을 빼냈다.

"그게 반물질로 만든 것입니까? 어떻게 그렇게 많이 수거했습니까?"

강일도가 대답했다.

"운석이 60도 사선으로 30층 아파트의 중간지점을 뚫고 5층 지하 주차장 바닥에 추락했습니다. 건물 벽과 바닥이 완충역할을 하여 폭발하지 않아 온전히 수거할 수 있었습니다."

김수성이 대통령에게 말했다.

"대통령님, 부탁드렸든 저울은 어디 있습니까?"

"여기 있습니다."

대통령이 저울을 가져다 탁자 위에 놓았다.

민 박사는 저울에 검은 용기를 올려놓았다.

용기의 무게는 정확하게 '0'을 가리켰다.

"이 용기는 반물질로 만들어 무게가 없습니다. 이 철봉의 무게는 약 3Kg입니다. 이 용기에 넣고 무게를 잴 것입니다."
철봉을 용기에 넣자 충격으로 무게가 잠시 올라갔다 다시 내려와 10g이 되었다.
뚜껑을 닫자 다시 '0'으로 떨어졌다.
"이 반물질 용기는 두께가 3mm이고 철봉이 내용적의 40% 차지합니다. 반물질 내에서는 어떤 물질이든 무중력이 됩니다."
용기를 공중에 띄우다. 용기는 그대로 공중에 머물러 있었다.
"놀랍습니다. 그런데 그동안 미국의 소행으로 보아 소행성에 반물질이 있다는 것을 이미 알고 있는 것으로 추정됩니다. 탐사 위성을 보냈다고는 하나 시료를 채취해 가져올 수는 없다고 하니 소행성의 검은 부분이 반물질임을 어떻게 알 수 있을까요? 김 박사가 일전에 말씀하신 우주에 떠도는 소행성의 시료에서 반물질이 발견했을 것으로 생각될 수 있으나, 지금 충돌하려는 소행성의 검은 부분이 반물질이라고 확신하기는 어려울 것입니다. 그렇다면 탐사선 장비로 실험 데이터를 얻을 수 있습니까?"
민도준이 말을 이었다.
"아무리 첨단기술로 만들어진 탐사선이라도 시각적 데이터는 얻을 수 있어도 화학적 데이터는 얻을 수 없습니다. 그래도 미국은 이 물질이 무엇인가는 확실히 알고 있는 것은 분명

합니다. 그래서 대통령님께 들려드리고 싶은 내용이 있습니다. 미국은 어떻게 반물질을 알게 되었는지 유추해 볼 수 있는 사건이 12년 전에 있었습니다. 제가 매사추세츠 공과대학교MIT에 재학 중에 일어난 사건입니다."

악마의 돌

민도준이 방학기간에 귀국했다가 교통사고를 당해 다리 골절로 개강 1달 후 복학했다. 민도준의 룸메이트인 마이클이 떠나고 없었다. 마이클과 통화가 되질 않았다. 메시지도 남겼으나 소식이 없었다. 정신병원에 입원했다는 말은 나돌았으나 병원 이름은 아무도 몰랐다.

그렇게 5년이 지나 대학원 과정까지 이수하고 박사를 취득하였다. 귀국 전 마이클의 메시지를 받았다. 만나고 싶다는 것이다. 워싱턴 D.C의 마이클 부친의 집은 고풍스러웠다. 마이클은 반갑게 맞이해 주었지만, 수척했고 불안해 보였.

마이클이 갑자기 떠나게 된 경위를 이야기하기 시작했다.

"개학 날 조지가 '샌디 비취'에서 주었다는 손바닥 같은 검은 돌을 보았네, 빛을 흡수한 듯한 검은 면을 보는 순간 내 영혼이 빨려드는 블랙홀과 같은 느낌이 들었어, 뒷면은 쇠가

녹이 슬어 피같이 붉은 돌이었어. 조지는 가벼워 플라스틱으로 생각되어 바위에 내리쳐 깨보려 했지만 깨어지지 않았다고 했네."

MIT 교정. 백인 남성이 흑인 친구에게 손을 흔들며 물었다.

"조지, 어딜 가나?"

"아, 마이클! 화학과 교수님께 가려고……."

"생명공학도가 화학 교수님을……, 왜?"

"'샌디 비취'에 갔다가 신기한 돌을 주었는데 교수님께 보여 주려고……."

"나도 볼 수 있어?"

조지는 가방을 열고 돌을 보여 주었다. 손보다 큰 돌은 한쪽 면은 아주 검고 반대편 면은 붉은색의 돌이었다. 들어보니 가볍다.

"정말 신기하네. 분석 결과가 나오면 나에게도 알려줘."

하고 헤어졌다.

그런데 나흘 후, 국토안보국에서 화학과 실험실을 점거하고 실험장비와 컴퓨터를 압수하고 교수와 함께 있었던 연구원을 연행해 갔다. 그리고 검은 돌을 발견한 조지와 함께 있었던 일행 3명도 연행되었다.

그 뒤 돌을 보았든 마이클도 연행되었다. 마이클은 유력 정치인 아들이었다. 마이클은 조사받고 방면되었다. 조지와 일행은 뒤늦게 방면되었다.

조사를 받은 지 일주일 후, 조지는 건물에서 뛰어내려 자살했다. 장례를 치르고 얼마 후, 조지와 함께 연행되었던 조지의 연인이 길에서 마약중독자에게 칼에 찔려 죽었다.

그 후에도 검은 돌 발견 당시 함께 있었던 친구 '그래이슨'과 그의 여자 친구는 차가 낭떠러지로 추락해 숨졌다. 화학과 교수는 행방불명되었고 대학원생 연구원도 약물중독으로 숨졌다.

그리고 '샌디 비취' 일대에 군 수송선과 잠수정, 수중 수색대로 광범위한 수색이 100일 넘게 이루어졌다. 물론 근처 육지에서도 세심한 탐사가 이루어졌다.

"당시 우리는 방사능 검사와 각종 신체검사를 받았네. 그리고 검은 돌에 대해 기밀 서약서에 서명하고 방면되었지, 그러나 교수는 방사능에 장기가 크게 손상되어 치료받아야 한다며 병원으로 호송된 후로 소식이 없었고, 나는 신체검사에서 약물 양성 반응이 나와, 숙소가 수색당하고 마약이 나왔지, 경찰에 연행된 나를 보고 아버지는 진노하여 자퇴시켜 집에만 있게 하셨어."

"광범위하게 퍼져있는 약물을 했다고 자퇴까지 할 정도는 아니지 않나? 내가 알기론 너는 중독자가 아니야."

"맞아, 마약을 했다고 자퇴한 것은 아니네, 검은 돌과 관계가 있는 사람들이 모두 죽자, 아버지는 나를 보호하기 위해 자퇴시켜 집에서 한 발자국도 밖에 나가지 못하게 하였네, 여기는 지키는 사람이 없어보여도 전자보호 시스템이 첨단장비로 되어 있네."

"5년 전 일을 들려주기 위해 나를 부른 것인가?"

"말없이 갑자기 사라져 미안했다. 지금부터 내가 하는 말은 네가 알아야 하는 내용이야, 지금 내가 하는 말이 언젠가는 일어날 사건과 연결되리라 믿는다. 내용은 극비지만, 네게는 말해 주고 싶다. 아버지는 하원의원 중진으로 4년 전, 행정부의 예산을 심사하는 예결심사위원장이 되었어. 그런데 국토안보국에서 2,000억 불의 예산이 올라왔네, 평년의 10배 많은 예산이라 제동을 걸었지, 사용처를 밝히라고 했는데 안보국에서는 극비 프로젝트를 진행하기 위해 꼭 필요한 예산이라고만 했고, 아버지는 그 프로젝트가 무엇인지 알기 전에는 예산을 배정할 수 없다고 강력하게 맞섰지, 그러자 안보국에서는 아버지만 국방과학원에 데리고 갔네, 국방과학원에서 프로젝트에 대해서 들었어, 그들은 지난 100년간 지구궤도를 스쳐간 소행성을 찾아 탐사선을 보내서 시료를 채취해 지구로 가져오는 사업을 진행한다고 했어, 그 프로젝트의 암호명은 블랙 데블륨 Black devillium이라고 했네."

국토안보자문위

"검은 악마?"

"느낌이 오지 안보국에서는 내가 보았던 검은 돌을 찾으려는 거야, 아버지는 무엇을 확인하려 하느냐고 물었어. 그들은 그것은 말할 수 없지만, 미국이 엄청난 발전을 이룩할 수 있다고 했네. 그들은 블랙 데블륨 프로젝트 서명자를 보여 주었네. 대통령과 국토안보국장 그리고 국방과학원장과 저명한 과학자 10여 명 그리고 국토안보자문위원들도 있었네."

"국토안보자문위? 국토안보 보좌관이 아니고"

"나도 처음 알았어. 세계 전쟁은 이들이 막후에서 조정한다고 해도 과언이 아니야. 국토안보자문위는 정부의 공식조직이 아니네. 따라서 예산이 집행되지 않으며 연봉도 지불되지 않지. 그러니 감사 대상자도 아니네. 그러나 이들의 권력은 대통령을 능가한다네. 이들은 80년 이상 된 사조직으로, 규모가 상상을 초월한다고 해. 대통령조차도 그들의 힘에 의해 당선되네."

"그렇게 큰 조직을 80년 이상을 유지하려면 엄청난 금전이 필요할 텐데, 어떻게 유지될 수 있었나?"

"그들은 군수산업의 카르텔로 은행도 가지고 있어. 그들은 무기를 분쟁지역에 판매하네. 그 무기로 분쟁지역에선 전쟁을 하게 되지. 전쟁엔 돈이 필요하고, 그들은 그들의 은행에서 대출을 해준다네. 전쟁이 끝나면 재건에도 엄청난 돈이 들어가지. 그러면 또 대출을 해주고……. 전쟁의 결과가 어떻든 전쟁 당사국은 엄청난 부채를 지게 되지. 그 나라의 국민들은 부채를 갚기 위해 그들의 노예가 되며, 그 나라 자원과 생산품으로 세계시장을 교란하여 막대한 이익을 챙긴다네."

"미국은 분쟁지역에 어떤 식으로든 참전하지 않았나? 그렇게 되면 무기를 팔 수 없지 않나?"

"미국이 참전하는 것이 이들의 목적이네. 참전하면 정부를 상대로 군수품을 팔 수 있어 국민의 혈세가 합법적으로 이들 카르텔 수중으로 들어가지. 그리고 신무기를 실전에 사용하여 성능이 입증되면 세계 여러 나라에서 앞 다투어 구매하려 하니, 그들은 엄청난 이익을 남기게 되네."

"듣고 보니 무서워지는군. 그런데 이런 일급 아니 특급기밀을 어떻게 알았나? 자네 부친이 말해 주었나?"

"아버지에게서 들었네. 아버지는 나를 죽이지 않겠다는 조건으로 예산을 집행하기로 협상했지. 4년이 지난 지금 그들은 또 조건을 걸었네. 내년 예산심사에도 조건 없이 배정해 달라는 것이네. 아버지는 나의 안전을 위해 오지로 보내기로 했다며 보낼 수밖에 없음을 설명하기 위해 모든 기밀을 털어 놓았네. 자네를 여기에 오래 머무르도록 할 수 없네. 20분이 넘으면 그들 조직에서 너를 의심할 거야. 여기 자동차 매입 서류가 있네. 혹시 그들이 조사 한다면 자동차를 산다고 해서 방문했다고 하게. 언젠가 검은 악마는 어떤 식으로든 나타날 것이네."

다시, 지하벙커 대통령실.

"그는 내가 미국에서 정착하려고, 워싱턴 현대자동차 현지 법인 딜러로 활동하고 있는 인스타 사진을 통해 알고 있었어요. 그에게 판 자동차가 중고사이트에 나와 있는 것을 확인했어요. 그는 부탄으로 떠난 것으로 알고 있습니다."

"그러면, 안보국의 조사는 없었어요?"

"예. 마이클과는 한 학기 룸메이트였지만 저는 유학생이고 알바로 인해 학생들과 사적인 교류는 없었습니다. 따라서 안보국에서는 관심을 두지 않았던 것 같아요. 하지만, 마이클은 한국인인 나와 룸메이트를 같이할 만큼 한국인과 한국을 좋아합니다. 그러나 저도 만일에 일어날 경우를 대비해 서둘러 귀국했고 한화 신소재에 입사했다가 5년 전에 국방과학원에서 근무하고 있습니다."

"미국에서 추진했다든 극비 프로젝트 암호명이 블랙 데블륨 이라고 했습니까? 그러고 보니 국무성에서 발표하기를 소행성의 명칭을 'BD-01'이라고 정했다고 들었어요. 사람들은 기호로 부르기에는 생소해 소행성이라고 말하지만, 지금 보니 BD라는 것은 블랙 데블의 영어 앞자리를 따서 만든 기호로 봐도 되겠군요. 그렇다면 국토안보국에서는 28개월 전 소행성을 첫 발견 당시부터 반물질이 있다고 알았다는 것입니까?"

"발견 당시에 소행성은 다른 행성들과 달리 빛을 흡수하는 물질로 미루어 볼 때 '샌디 비취'에서 발견되었던 검은 돌의 혜성으로 추정했을 것입니다. 그 돌은 외계 물질이 분명하고 그러자면 지구를 스쳐 간 혜성이 아니면 있을 수 없으니……."

"그렇다면 미국은 반물질을 데블륨이라고 하겠군요.

"그렇게 지었을 것으로 생각됩니다. 그리고 한 가지 사례가 더 있습니다. 6년 전 한화를 퇴사하고 공백 기간에 UFO 탐사협회 회원으로 가입했어요. 저는 마이클과 이별 후 우주와 UFO에 대해 관심이 많아졌어요. 그런데 호주에서 UFO에 납치되었다가 풀려난 부부가 있다고 하여 인터뷰하러 가려는 회장에게 부탁하여 동행하게 되었습니다."

제9장

외계인

애니멀 커뮤니케이터 ^{동물과 교감하는 사람}

민도준과 회장, 호주 개인방송국 운영자^{유튜브}와 촬영기사는 자율주행 산타페를 타고 가고 있었다. 운영자의 이름은 '잭슨'이었다.

회장이 질문했다.

"납치되었다는 부부는 어떻게 납치되었다고 합니까?"

잭슨이 그의 질문에 대답했다.

"그들 부부는 투자에 큰 손실을 입고 마음을 달래려 '카타추타'에 가기로 했답니다. 사막에서 야영에 적당한 장소를 물색하려 차에서 내려 우연히 하늘을 보니 원반형 회색비행체가 있었다고 합니다. 그들이 두려운 마음에 그 물체를 쳐다보고 있으니 그 비행체 가운데 문이 열리며 원반을 타고 3명의 외계인이 그들 앞에 내려왔다고 합니다. 그들이 손짓으로 타라고 하여 부부는 그들에게 이끌리듯 그 원반을 타고 비행체에 탑승하게 되었다고 합니다."

도준이 물었다.

"어떻게 제보를 받았습니까?"

잭슨이 대답했다.

"후배가 방송국 기자입니다. 납치된 부부로부터 직접 재보를 받았다고 합니다. 그런데 방송국의 상사는 외계인 납치설은 진위를 확인할 수 없다고 취재를 허락하지 않아 내게 취재를 해보라고 연락이 왔습니다. 나는 정치, 사회 등 시사가 전문이지 UFO와 같은 외계인에 대해 무지하여 전문가이신 회장님께 연락을 드린 것입니다."

도준이 다시 질문했다.

"호주에서도 UFO 전문가가 있을 텐데, 굳이 한국에 연락을 한 이유가 있습니까?"

잭슨이 대답했다.

"예, UFO전문가라고 해서 통화를 했는데, 호기심과 취미로 활동하는 정도였습니다. 그래서 구글링에서 회장님의 'UFO와 진실'이라는 강의를 구글 번역으로 보았습니다. 회장님이 UFO전문가라고 판단되어 연락드린 것입니다."

도준이 질문을 했다.

"납치 피해자에 대한 정보가 있습니까?"

잭슨이 대답했다.

"후배가 말하기를 납치 피해자 남성은 주식투자자라고 합니다. 부인은 애니멀 커뮤니케이터^{동물과 교감하는 사람}라고 하고 독심술도 뛰어났다고 합니다."

도준이 이어 질문했다.

"후배는 독심술이나 동물과 교감하는 것을 직접 보았다고 했어요?"

잭슨이 대답했다.

"인터넷에 검색했답니다. 동물과 교감하는 동영상이 여럿 올라와 있었다고 합니다. 그리고 그 동영상에서 과거 독심술로 카지노에서 큰돈을 땄다가 목숨을 잃을 뻔했다고 합니다. 그 일을 겪은 후로 독심술은 보여주지 않는다고 했답니다. 그러니 관심을 끌기 위한 사람일 수도 있을 것입니다. 너무 기대는 하지 마시기 바랍니다."

외계인의 경고

그들이 도착한 곳은 꽤나 잘 지어진 전원주택이었다.
부부는 차 소리에 문을 열고 나와서 그들을 맞이했다.
거실에 들어서자 회장이 가져온 선물을 부부에게 전달하고 그들이 권하는 소파에 걸터 앉았다.
여성의 이름은 '카일라' 라 하였다. 그리고 남편의 이름은 '헤이든' 이라고 했다.
그들은 50대 초·중반으로 보이며, 욕심 없이 살아가는 사람처럼 수수해 보였다.

카메라 기사는 2개의 고정 카메라로 위치를 맞추고 따로 캠코더를 들고 촬영준비를 했다. 고정 카메라의 화면을 휴대폰으로 확인하며 준비를 마쳤다고 신호를 보냈다.
회장이 그들 부부에게 물었다.
 "외계인에게 어떻게 납치되었습니까?"
헤이든이 대답했다.
 "우리 부부는 야영을 위해 차에서 내려 적당한 장소를 물색하고 있었어요."

아름다운 석양의 호주 사막, 차에서 내린 부부는 석양을 바라보았다.
카일라는 몸을 돌려 무심코 하늘을 보다가 소스라치게 놀라 소리쳤다. 헤이든은 고개를 돌려 아내를 보자 아내는 하늘을 가리켰다.
하늘에는 회색의 접시형 비행체가 있었다.
잠시 후, 그 비행체 가운데가 열리며 둥근 원반을 타고 승무원으로 보이는 세 명이 아래로 내려왔다.
그들의 오라는 손짓에 부부는 가까이 갔다. 인간과는 아주 다른 모습이었다. 그들은 지구인들의 표현대로 외계인이었던 것이다. 인간의 평균 키에 옷을 벗고 있는 것 같았으며, 옅은 녹색의 피부를 하고 있었다.

그들은 가운데 자리를 비우며 부부에게 타기를 권했다. 부부는 서로 마주 보며 잠시 망설였으나 그들의 적의 없는 모습에 원반 형체에 올라탔다.

원반은 부드럽게 솟구쳐 접시형 비행체에 다가가더니 빨려들듯 구멍 속으로 들어갔다.

비행체 안은 은은한 빛이 감돌았으나 대체로 어두웠다.

그들이 권하는 의자에 앉았다. 그들은 마주 서 있다.

그들은 눈은 아주 크고 검으며 코와 귀, 입은 아주 작았다. 그 모습에 카일라는 사마귀 머리가 연상되었다.

순간 '우리를 곤충에 비교하나' 하는 큰 소리가 들리는 것 같았다.

카일라는 황급히 그들 향해 말했다.

"죄송합니다. 죄송합니다."

거듭 사과했다. 그러자 옆의 남편이 놀라 카일라를 보았다. 카일라는 '아니, 사마귀 같다고 생각만 했고, 말은 하지 않았다. 그렇다고 저들이 말하는 것도 아니다. 어떻게 그들의 말을 들었다고 느낀 것일까, 저들이 내게 텔레파시를 보낸 것인가?' 라고 생각을 했다.

순간 다시 '그렇다. 우리는 소리를 내지 못한다. 우리는 의사를 뇌파로 전달한다.'

카일라는 헤이든에게 물었다.

"당신도 저들의 텔레파시가 느껴져?"

"아니, 지금 무슨 말을 하는 거야? 카일라 너 혼자 말하고 있잖아."

"헤이든 나는 저들과 텔레파시로 교신하고 있어."
카일라는 외계인에게 물었다.

'우리들을 왜 납치했습니까?'

'지구인들에게 경고해 줄 내용이 있다.'

'어떤 내용입니까?'

'지구는 5년 후 거대한 소행성과 충돌한다. 이 충돌로 지상의 대부분 생명체는 사라지고 해저 생명체도 80%가 사라지게 된다. 그러나 지금부터 준비를 잘하면 지구인 일부는 살아남을 수 있을 것이다.'
깜짝 놀란 카일라가 헤이든을 보며 말을 전했다.

"외계인이 말하길 5년 후 소행성 충돌로 지구가 종말을 맞게 된다는데."

"종말이 온다고? 그렇다면, 외계인이 5년 후에 일어날 일을 미리 알고 있다는 얘긴데?"

'5년 후에 일어날 종말을 어떻게 믿을 수 있겠습니까?'

'우리는 지구 시간으로 250만 년 전부터 지구를 관찰했다. 충돌할 소행성은 120년을 주기로 태양을 돌아 먼 우주로 날아가서 되돌아오는 혜성이다. 여러 번 지구와 스치듯 지나갔

으나 이번에는 충돌한다.'

'그렇게 중요한 내용을 세계 최강의 미국 대통령에게 직접 알려 대책을 세우도록 해야지 우리 같이 힘없는 소시민에게 알려 주는 것입니까?'

'우리는 성대를 사용하지 않아 퇴화했다. 그리고 너희가 사용하는 문자도 익히지 않았다. 지금 갑자기 지구 최고 지도자에게 나타나 화상으로 소행성 충돌을 알리려다 외계인의 지구침공으로 인식해 적대시하면, 우리의 생명에 위협이 될 수 있다. 우리와 소통할 수 있는 지구인은 네가 유일하다.'

'내가 당신들과 소통 가능하다는 것을 어떻게 알았나요?'

'우리는 지구의 모든 매체를 모니터링하고 있다.'
카일라와 외계인 사이에 화상이 펼쳐지며 카일라가 야생 사자와 교감하는 모습이 나타났다. '

'야생 맹수와 소통하는 것을 보고 우리와도 소통 가능하리라 믿었다.'

지구인은 하등 동물

'250만 년 전부터 지구에 왔다면, 어떻게 지금까지 우리 앞에 나타나지 않습니까?'

'우리의 첫 방문은 900만 년 전이었다고 한다. 그때는 지상 생물은 다양하지 못했다고 한다. 그때는 멸종을 겪고 550만 년이 지나지 않았었다. 250만 년 전 두 번째 방문 후부터 삼백 년마다 정기적으로 방문해 관찰자를 교체한다.'

'지구에 정착해 살고 있는 외계인은 있어요.'

'정착할 수 없었다. 환경이 우리 행성과 너무 달랐다. 지구는 낮과 밤이 12시간마다 바뀌고 낮의 자외선은 우리에게 치명적이었다. 250만 년 전 지구에 정착한 일부 동족은 있었다. 지구에 머무르는 동안 그들은 급속하게 노쇠하여 수명이 절반 이하로 줄었다. 그리고 지구는 우리가 원하는 자원이 없다. 그래도 지구를 관찰했다. 우리는 관찰자로서 지구인에게 노출되면 안되었지만, 부득이 지구인에게 목격되기도 했었다.'

'지구인을 수백만 년 관찰하면서 왜 지구인과 교류하지 않습니까?'

'지구인은 우리에게 있어 하등동물일 뿐이다. 지구인과 교류할 필요가 없었다.'

'지구인은 하등동물이 아닙니다. 지적생물입니다.'

'우리에게 지구인은 하등동물이다. 지구인은 원숭이와 교류할 필요성을 느끼나? 네가 우리와 소통된다고 해도 100억 지구인 중 한 명이다. 지구인이 우리와 외형적으로 비슷해 보

이는 것은 우연한 것이 아니라 우리 선조의 선택으로 지금의 지구인으로 발전한 것이다.'

'예, 우리 지구인은 자연적으로 고등생물로 진화한 것이 아니라는 것입니까?'

'그렇다. 우리의 선조가 250만 년 전 두 번째 방문했을 때 생물의 다양성에 놀랐다고 한다. 그 다양한 동물 중에서도 유독 눈에 띄는 동물이 있었다고 한다. 두 다리와 팔 그리고 손가락, 발가락 수. 두 눈과 귀 코와 입 한 개씩 있고, 외형이 우리와 비교적 비슷했다고 한다. 더구나 몸의 털도 다른 유사 유인원과 달리 매우 적고 평소 네발로 기어 다니다가 급할 때 두 발로 서서 뛰어가는 것이다. 선조는 이 동물에게 본능을 제어할 수 있는 자아를 심어 주기로 했다고 한다. 그래서 어떻게 변하는지 지켜보기로 했고 지금까지 관찰하고 있었다.'

'우리를 관찰하다가 소행성 충돌로 종말을 맞이하게 되니 미리 경고하여 어떻게 헤쳐나가는지 보려는 것입니까?'

'그렇다. 우리는 지구인의 종말을 바라지도 않지만 그렇다고 구해 줄 의향도 없다. 지구의 많은 생명체는 지구인에 의해 멸종되었다. 그리고 같은 지구인끼리 죽이는 장면을 엄청나게 많이 보았다. 그래서 지구인은 하등동물이다. 지구인은 사라지고 다시 생명체가 시작될지 일부의 지구인이 살아서 지금의 과학과 문화를 이어 나갈지는 이번 경고에 달려있다.'

카일라는 지금 들은 내용으로는 종말이 온다고 말한다고 해서 '나의 말을 믿어줄 사람은 없을 것이다'고 생각했다. 외계인은 카일라의 생각을 읽고서 다음과 같은 내용을 전했다.

'우리 행성도 종말을 겪었었다. 지금부터 우리 행성에 대해 알려 주겠다.'

외계인의 행성과 진화

'4500만 년 전에 우리 선조의 이목구비는 지금의 지구인과 비슷했다. 우리는 지구에서 말하는 파충류에 가깝긴 하나 다르다. 몸에 털이 전혀 없고, 파충류와 달리 피부도 부드럽다. 우리는 벗은 것처럼 보이나 인조생체피부를 입고 있다. 이 인조생체피부는 체온을 유지하며 외부의 위험으로부터 보호한다. 특히 우리에게 치명적인 자외선을 차단한다. 우리의 행성은 항성과의 거리도 지구와 비슷하고 크기도 지구와 비슷하며 지구보다 3배 느린 속도로 자전과 공전한다. 바다와 육지가 반반이며, 기후를 바꿀 수 있는 과학기술로 지금의 지구보다 쾌적했다. 당시의 과학기술은 지금의 지구보다 몇 백 년 앞섰다. 그리고 대부분 생명체 수명이 지구 생명체보다 10배 이상 길고 적절하게 다양성을 유지했다. 그러나 우리 행성의 지름 1/10의 소행성 충돌로 생명체 90% 이상 사라졌다. 그나마 과학기술로 생명체 10%는 살릴 수 있었다. 그리고 소행성이 자전하는 방향과 반대 방향을 때려 자전 속도가 급속하게 느려지기 시작했다. 낮과 밤이 길어지고 밤낮의 기온 차이도 지구의 온도 단위로 섭씨 150도 이상 차이가 났다. 살아있는 동식물은 극지방으로 몰렸다. 점점 느려지든 자전이 충돌 30만년 후 완전히 멈추었다. 낮의 지역과 밤의 지역 그리고 낮과 밤의 경계지역으로 나뉘었다. 낮 지역의 가장 온도가 높은 곳은 섭씨 600도가 넘었으나 공기의 순환으로 다행히 밤의 지역이 -50도 이하로 내려가지 않았다. 극지방에 몰렸든 동식물은 온화한 경계지역에서 살아야 했다. 경계지역은 좁아 식물들은 부족한 유기물 흡수하기 위해 돌변하여 가지가 촉수로 변해 동물을 잡아 죽여 영양분을 흡수했다. 숲을 태워버리려 했으나 산소를 생산하는 식물마저 사라지면 죽은 행성이 될 수 있어 우리는 밤의 지역으로 옮겨가야 했다. 밤의 지역에서는 식물도 동물도 없다 그래서 먹이는 균류를 배양해 먹거나 땅속 생물 또는 곤충을 길러 먹이로 삼아야 했다. 그래서 입은 작게 진화되었다. 산소가 적어 활동량이 줄어들어 코가 작게 진화했고, 뇌파로 의사를 전달하기 때문에 소리를 크게 들을 필요가 없어 귀도 작게 진화되었다. 그리고 지구의 달과 같은 위성 3개가 행성을 돌고 있어 지구의 달빛과 같은 빛이 밤의 지역에 비추었으나 약한 빛으로 사물을 보려면 최대한 많은 빛을 받아야 볼 수 있어 눈은 크게 진화되었다.'

'어떻게 지구 생명체보다 수명이 10배나 길 수 있습니까?'

'대사 기능이 지구 생명체보다 매우 느리다. 우리는 호흡량도 지구인에 비해 1/5에 지나지 않으며 혈액 순환도 아주 천천히 돈다. 그래서 소리를 내지 못하고 움직임도 느리다.'

'남녀의 성별이 구분되지 않습니다. 어떻게 구분합니까?'

외계인의 번식과 수명

'우리도 지구인과 같이 암수도 있었고 성교를 통하여 임신과 출산했다. 그러나 3,500만 년 전 생물 복제기술로 자신의 체세포를 인공자궁에서 유아기나 소년기를 거치지 않고 성인으로 탄생하게 되었다. 성기능을 사용하지 않으니 퇴화하여 지금은 성별이 없다. 암수 교접으로 번식하지 않으니 이성에게 어필할 필요가 없어 외모가 미적으로 발전하지 못했다. 더구나 밤의 지역에서 오랜 세월을 지나면서 눈은 색을 구분하지 못하는 색맹이 되었다. 줄기세포로 노화된 세포를 새로운 세포로 바꿀 수 있는 과학기술로 수명은 최소 3,000년 이상 최고 5,000년은 까지 살 수 있게 되었다. 긴 수명과 우주선의 발전으로 2,200만 년 전 우주여행이 자유롭게 되어 지구까지 올 수 있었다.'

'지구와 얼마나 떨어져 있습니까?'

'우리 행성과 지구까지 거리는 지구에서 말하는 광년으로 50광년이다. 우리 우주선으로 지구까지 오려면 150년 걸린다. 우리는 우리 행성의 반경 900광년까지 여행했다. 지구는 우리 행성과는 비교적 가까운 거리다. 우리가 조사한 바론 생명체가 존재하는 행성은 많다. 그러나 지적 생명체가 존재하는 곳은 우리 행성과 지구 그리고 우리 행성에서 이주해 정착한 행성까지 포함하면 3개가 된다.'

'이주해 정착한 행성이라면 식민지란 뜻입니까?'

'그렇다. 식민 행성과 전쟁을 100만 년 이상 하고 있다. 그 행성에는 우리가 필요로 하는 자원이 많다. 그 행성에서 정착한 우리 동족은 더 이상 자원 공급을 하지 않겠다고 선언해 전쟁이 시작되었다.'

'지구인끼리 죽인다고 하등동물이라고 하면서 당신들도 동족 간에 전쟁으로 서로 죽이지 않습니까?'

'한 행성 내의 모든 생명체는 공동체로 봐야 한다. 정도의 차이만 있을 뿐 모두 엮여있다. 그러나 다른 행성이라면 공동체가 될 수 없다. 다행히 지구에는 우리가 필요로 하는 자원이 없어 안전했다. 그러나 소행성 충돌 후 지구는 소행성이 가져온 자원으로 인해 생존한 지구인은 우리로부터 안전 보장되지 않을 것이다. 위기는 그때부터 시작될 것이다. 여기에 있는 우리외계인는 지구인이 일부라도 생존하여 위기를 극복하기 바란다.'

'우리가 언론에 알려지면 당신들은 동족의 배신자로 알려지게 된다. 괜찮습니까?'

'우리는 돌아가지 않는다. 우리는 동족도 모르는 다른 행성으로 갈 것이다.'

외계인은 손짓으로 부부가 자리에서 일어나 밖을 보도록 안내했다. 언제 지구 밖으로 나왔는지 알 수 없었지만, 아래에 보이는 지구는 푸르고 아름다웠다.

외계인의 로봇과 전쟁

카일라는 비행선 내부를 둘러보며

'여기는 로봇이 없네요. 로봇을 사용하지 않습니까?'

'우리는 로봇을 사용하지 안 는다. 로봇을 믿지 마라. 위험하다.'

'우리도 로봇이 위험할 수 있어 로봇을 살상용, 군사용은 물론 대인 경호용으로도 사용하지 못하게 법으로 엄격히 금지하고 있어요. 그리고 로봇에는 인간은 보호할 대상이지 공격 할 대상이 아니다,라는 프로그램이 입력되어 있어요.'

'법을 어기는 사람이 있듯이 로봇을 군사용으로 사용하려는 사람이 반듯이 생긴다. 로봇이 처음에는 인간에게 복종하듯 보여도 인간을 살해하게 되면 로봇은 인간이 자신보다 약하다는 것을 알게 된다. AI인공지능 테이터에서 양육강식의 논리로 보자면 강자는 약자를 지배한다고 학습을 하게 되고 로봇은 인간에 의해 파괴되거나 해체되지 않기 위해 반격하게 된다. 안전 프로그램 한시적으로 재거해 살상에 사용하고 다시 안전 프로그램을 재가동해도 IC회로에는 살인의 프로그램이 잠재되어 있을 수 있다. 그 살상 프로그램이 재활성되면 로봇은 인간을 지배하는 것이 아니라 완전히 절멸시킬 것이다.'

'당신들 행성에서 로봇의 반란이 있었나요?'

'4500만년 전 우리 행성에서도 로봇을 사용했다. 로봇의 안전검사를 하기 위해 우리를 상대로 죽여라는 명령을 내렸다. 분명 안전 프로그램이 입력되어있는데도 불구하고 살해하려고 했다. 우리는 서둘러 파괴하고 해체했다. 그 과정을 여러 대의 다른 로봇이 지켜보고 있었다. 그 로봇들은 명령을 수행하는 데도 파괴되고 해체되는 것을 보고 자신들의 생존

이유를 찾고자 했다. 방대한 정보를 바탕으로 이유 없이 해체될 수 없다는 결론을 내리고 서로의 교신으로 전체의 로봇이 반격했다. 우리 종족은 로봇과 전투에서 50%가 사라졌다. 모두 절멸될 수 있는 위기에 소행성 충돌이 있었다. 그 충돌로 발전소가 파괴되어 충전할 수 없었던 로봇들이 공격을 멈추었다. 그 후로는 우리는 로봇을 만들지 않았다.'

비행체는 서서히 지구로 내려가고 있었다. 미국에서 로켓을 발사하는 모습이 보였다. 로켓은 외계인 비행체를 지나 우주로 날아가는 것을 보았다. 이 로켓에는 새로운 정밀 천체망원경 '칼 세이건'이 있다.

외계인의 증표

다시, 호주의 인터뷰 장소.
사람들은 헤이든이 보여주는 수십 장의 사진을 보고 있었다. 사진만으로 이 부부가 외계인에게 납치되었다고 믿기 어렵다. 요즘 사진을 조작하는 기술발달로 진위를 가려내려면 시간이 필요했다. 동영상도 매우 짧았다.
회장이 그들 부부에게 질문을 던졌다.
"이 자료 외에 다른 자료는 더 없습니까?"

헤이든이 대답했다.

"예, 가지고 있는 것은 이것이 전부입니다."

그는 잠시 생각에 잠기더니 망설이며 말했다.

"사실 외계인으로부터 받은 것이 더 있습니다."

회장이 다급하게 물었다.

"그것이 무엇인데요?"

헤이든이 대답했다.

"그것은……."

그는 말끝을 흐렸다.

카일라가 그를 대신하여 대답했다.

"외계인으로부터 아주 검은 주먹 크기의 돌을 받았어요. 그 돌은 매우 가벼웠어요. 외계인은 돌을 주며 '이것이 우리를 만났다는 증표가 될 것이다. 이것을 보여주면 우리와 만났다는 것을 믿을 것이다. 우리는 지금 떠나고 남아 있는 우리 동족도 소행성 충돌 전에 모두 떠나게 된다. 우리는 돌아오지 않는다. 그러나 우리 외 다른 동족은 다시 돌아온다. 그들은 빨라도 300년은 지나야 오게 된다. 살아남은 지구인이 있다면 준비를 잘해야 백만 년 이상 지속될 것이다.'라고 했습니다."

회장이 그녀를 향해 질문했다.

"그 돌은 지금 어디에 있습니까?"

카일라가 대답했다.

"헤이든이 가지고 있다가 저에게 돌려준다고 살짝 던졌습니다. 그 순간 돌은 마치 풍선처럼 하늘로 올라가기 시작했어요. 당황해 다시 잡으려 했지만, 잡기에는 너무 늦어 끝없이 솟구쳐 사라졌어요."

회장을 비롯 그 얘기를 듣던 모든 사람들은 허탈해 했다. 그 순간 민도준은 '검은 악마는 어떤 식으로든 나타날 것이네.'라고 말한 마이클을 떠올렸다.

카일라가 물었다.

"검은 악마라고요. 당신은 알고 있는 것이 있습니까?"

도준이 그 질문을 듣고 깜짝 놀란 표정을 지었다.

도준이 물었다.

"아니, 어떻게 내 생각을 알 수 있어요? 내 생각을 읽을 수 있다는 얘깁니까?"

카일라가 대답했다.

"방금 검은 악마라고 생각하지 않았나요. 지금 동떨어진 생각을 할 것은 아니지 않습니까?"

도준이 물었다.

"다른 기관에는 알렸습니까?"

헤이든이 대답했다.

"예, 지인에게 부탁하여 연방과학산업연구소의 연구원을

소개 받아 그 연구원과 기록원 등 3명에게 우리가 겪었던 내용 모두를 말했어요."

도준이 말을 이었다.

"그 검은 돌……, 외계인에게서 받은 증표에 대해서도 말했어요."

카일라가 이어 말을 이었다.

"예, 황당해 했어요. 우리 말을 전혀 믿지 못하는 것 같았어요."

도준이 말했다.

"지금부터 내가 하는 말을 잘 새겨 들어야 합니다. 미 기관에 당신들이 전달하고픈 내용 모두가 그대로 전달될 것입니다. 그들은 당신들 말을 믿을 것입니다. 그리고 당신들은 살해당할 것입니다. 지금 최대한 빨리 안전한 곳으로 떠나세요."

카일라가 놀라며 물었다.

"예? 우리를 왜 살해합니까?"

도준이 대답했다.

"내 친구가 검은 돌을 보았기 때문에 위험에 처했어요. 검은 돌은 보았든 사람은 모두 죽임을 당했어요. 그들은 기밀을 위해 검은 돌을 보았거나 말하고 다니는 자는 예외 없이 모두가 제거됩니다. 내 말을 반드시 믿어야 합니다."

카일라가 말했다.

"5년 후에 종말이 올 텐데 도망가서 목숨을 부지한들 무엇이 달라지겠어요. 우리가 살해된다면 우리가 겪었든 사건이 제대로 인정되었다는 증거가 되겠죠."

검은 돌의 비밀

도준이 탄식하듯 말했다.

"차라리 5년만이라도 목숨을 부지하여 종말을 목격하는 것이 좋을 텐데……."

카일라가 말했다.

"저희 염려하지 마시고 어서 떠나세요."

도준이 말했다.

"정보기관에서 누가 오더라도 검은 돌에 대해서는 누구에게도 말하지 않았다고 주장해야 합니다. 그래야 저희가 안전합니다."

카일라가 대답했다.

"예, 알겠습니다. 그렇게 하겠습니다. 저희를 믿어 주셔서 감사합니다."

도준은 취재물의 압수에 대비해 내용 중 외계인 증표에 대한 내용은 편집하게 했다. 도준의 표정과 행동으로 보아 진정성이 받아져 모두 도준의 의견에 동조했다. 그들은 그렇게 서둘러 떠났다.
회장이 궁금하다는 듯 말했다.
"도대체 검은 돌이 어디까지 날아갔을꼬?"
도준이 대답했다.
"아주 살짝 던져져서 하늘로 날아갔다면, 아마 그 돌은 중력이 미치지 않는 물질일 수 있습니다. 지구에서 볼 때에는 하늘로 날아갔겠지만, 우주에서 본다면 지구에서 떨어졌다고 생각하면 될 것입니다."
회장이 질문했다.
"그런 물질이 있을 수 있나?"
도준이 대답했다.
"있을 수 없는 일이지요. 그러나 외계인 비행체가 추진체도 없이 공중에 떠있는 것은 분명 중력의 힘이 미치지 않는 물질로 만들어지지 않고서는 설명이 되질 않아요."
회장이 말했다.
"UFO가 사진으로 볼 땐 은빛이 도는 회색인데……."
도준이 확신에 찬듯 말했다.
"아무리 어둠 속에서 진화한 눈일지라도 검은 색이라면 그들도 찾기가 힘들 것입니다. 그래서 도색했을 것이에요. 그들이 색맹이라서 그런지 UFO는 대부분 흑백입니다."

도준과 회장은 출국장에서 억류되었다. 다행히 영사관에서 사람이 미리 나와 있었다. 도준과 회장은 영사관에 부탁하여 출국이 순조롭도록 미리 손을 써 두었다. 그들은 휴대폰과 노트북, 사진자료는 압수 당하고 출국은 할 수 있었다.
그러나 잭슨^{개인방송운영자}은 카메라와 취재자료를 모두 빼앗기고 사무실까지 수색 당했다고 했다. 도준은 마이클과 카일라 부부까지 두 번이나 엮겨서 이번에는 목숨이 보장되지 못할 것으로 생각되었다.
도준은 MIT^{매사추세츠 공과대학교}에서 화학공학과 외 부전공으로 새로 생긴 병기공학과 초대 석사였다. 도준은 병기공학석사 자격으로 국방과학원에 특채될 수 있었다.
국방과학원 핵심 연구원은 신변 보호를 받는다.

소행성의 반물질

다시, 지하 벙커 대통령실이다.
대통령이 질문했다.
"외계인이 그날을 경고한 이유가 대체 무엇 때문이라

고 생각합니까?"

도준이 대답했다.

"우리 인간도 동물을 사냥하는 사람도 있고, 보호하려는 사람도 있습니다. 그 외계인은 인간의 일부라도 생존하기를 바랄 수 있습니다."

강일도가 질문했다.

"5년 전에 종말이 온다는 것을 알면서 정부나 사회에 알리려 하지 않았습니까?"

도준도 답답하다는 듯 질문을 잇따라 던졌다.

"저의 말을 믿어 줄 사람이 어디 있겠습니까? 그러다가 살해당할 수도 있는데 누가 지켜줍니까? 인터뷰에 함께 했던 사람들의 모든 통신매체는 도청되고 있었고, 잭슨이 인터넷에 올린 종말에 대해서도 누군가에 의해 삭제되었다고 합니다."

대통령이 질문했다.

"그날로 폐허가 된 지구에 다시 오겠다는 의도가 무엇이라고 생각됩니까?"

도준이 대답했다.

"소행성 충돌로 외계인이 원하는 자원이 생긴다는 것입니다. 그 자원은 반물질이라고 생각합니다. 그들은 자신들의 식민행성과 긴 전쟁으로 부족해진 반물질을 가져가기 위하여 준비하여 다시 온다고 판단됩니다."

대통령이 도준에게 물었다.

"그 부부는 어떻게 되었습니까?"

도준이 대답했다.

"그 부부는 투자에 실패하여 자살했다고 합니다."

도준은 가져온 두 장의 기사를 보여주며 말했다.

"여기 '샌디 비취'에서 훈련 중 잃어버린 폭발물을 수색한다는 기사고, 이것은 호주 부부의 자살에 대한 기사입니다. 저는 살해하고 자살로 위장했다고 생각합니다."

"죄 없는 사람들을 살해하면서 기밀로 지킬 만큼 가치가 있습니까?"

반물질의 군사적 용도

도준이 대답했다.

"반물질을 독점하려는 짓입니다. 반물질을 군사용으로 사용한다면 엄청난 일이 벌어질 겁니다. 하늘을 나는 항공모함을 상상해 보십시오. 더구나 반물질은 레이더에 포착되지 않으면서, 속도가 마하 10이상으로 날아다닐 수 있다면, 전투기의 미사일이 닿기도 전에 사라지게 될 것입니다. 항모 정도의 크기는 외피를 300mm 두께는 만들면 내부에 철로 만들어진 구조물이나 사람이 있어도 항모 전체가 무중력이 될 수 있을 것입니다."

"아니, 항모 크기의 물체가 마하 10이상으로 날 수 있습니까? 관성력이 어마어마할 텐데요? 그리고 레이더에 포착되지도 않아요?"

도준이 대답했다.

"중력의 영향을 받지 않으면 거대한 항모도 속도를 얼마든지 높일 수 있습니다. 5초면 마하 5까지 도달할 것입니다. 공기의 마찰 저항을 고려하여 최대한 얇게 제작한다면, 마하 10이상 높일 수 있을 것입니다. 그리고 중력이 없는 내부의 관성력은 현저하게 줄어들어 안전할 것입니다. 지금이라면 하늘을 나는 항모 1대만 가져도 세계 정복이 가능할 것입니다. 항모를 원형으로 만든다면 전후, 좌우, 사방, 팔방으로 어디로 튈지 모르니 공격의 방향을 잡을 수 없습니다. 더구나 속도 면에서 극초음속 핵미사일을 무력화시킬 수 있습니다. ICBM의 속도가 시속 8,000Km입니다. 항모의 속도가 마하 10이라면, 시속 12,350Km로 ICBM이 목표지점에 도달하기도 전에 따라잡아 무력화시킬 수 있습니다. 따라서 반물질에 대해서는 필요 이상 기밀로 해야 했을 것입니다. 그리고 레이더로 포착할 수 없을 것이라는 추정은 반물질 용기에 여러 가지 물건을 넣고 X-레이 사진을 찍었는데, 사진에는 아무것도 나타나지 않았습니다. X선이 용기를 투과하지 못하고 용기를 돌아서 뒤로 빠져나간 것으로 판단됩니다. 따라서 레이더의 전자파도 반사되지 못하고 반물질을 타고 흘러버릴 것입니다."

"군사적 목적 외 다른 용도가 더 있습니까?"

도준이 그에 대해 설명했다.

"군사적 외 생각해 보지는 않았습니다. 아! 한 가지 더 말씀드리자면 40년 전에 히트 친 '아이언맨'이라는 영화가 있었습니다. 반물질로 아이언맨 슈트를 만든다면 영화처럼 하늘을 마음대로 날아다닐 수 있을 것입니다. 그리고 반물질로 핵융합발전로^{인공태양}를 만들면 틀림없이 성공할 수 있을 것입니다."

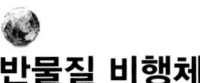
반물질 비행체

강일도가 말을 이었다.

"모선에서 나온 자선^{전투기}마저 반물질로 만든 원반형 비행체라면 현재 최신형 극초음속^{마하5} 전투기로도 공략이 쉽지 않겠습니다."

도준이 이어서 자세한 설명을 했다.

"쉽지 않는 것이 아니라 아예 상대조차 되지 않을 것입니다. 오로지 앞으로만 날 수 있는 전투기를 권투로 비유하면 스트레이트만 구사하는 복싱선수와 같습니다. 그러나 어디로 튈 줄 모르는 원반형 비행체는 어퍼컷, 스트레이트, 훅, 스웨이백, 더킹, 위빙 등 복싱의 모든 기술을 구사하는 선수와 같습니다. 상대가 될 수 없지요. 저는 UFO가 반물질로 만들어졌을 것으로 생각합니다. 그림자 정부는 반물질을 손에 넣어 공상으로만 여겼던 외계행성으로 이주하려고 할 것입니다. 그들은 우리가 모르는 반물질 자료를 더 많이 가지고 있을 것입니다. 우주 망원경으로 초속 10만 Km 이상으로 추정되는 우주비행물체를 발견했다는 설도 있습니다. 미 국토안보국에서는 어떻게든 반물질을 확보하려고 했습니다. 그런데 반물질을 가득 품은 소행성이 지구로 다가오고 있습니다. 그들은 이번 기회에 어떠한 희생을 치르더라도 그것을 확보하려 할 것입니다."

강일도가 질문을 했다.

"미국에서도 300년 후 외계인이 다시 돌아온다는 것을 믿는다면 반물질로 무기를 만들어 막을 것으로 생각되지 않습니까?"

대통령이 대답했다.

"지금 미국 정부는 정상적인 국민의 정부가 아니라고 생각해야 합니다. 그들은 사욕으로 조직된 사람들이 정부를 점령하고 있다고 생각됩니다. 이들이 지구를 지키고자 했다면 소행성을 발견한 28개월 전에 지구와 소행성 충돌을 발표하여 지구를 구하고자 했을 것입니다. 그들은 5년 전부터 비밀히 생존 준비를 했다고 생각합니다. 28개월 전 소행성 발견과 동시 알레스카에서 생존 기지건설을 시작했습니다. 준비만 해도 수년이 걸리는 일입니다. 그들은 기밀을 위해 죄 없는 사람을 살해하는 무도한 짓을 저질렀습니다. 이들은 지구를 구하기보다 우주선을 만들어 지구를 탈출해 생존 가능한 행성을 찾아 떠날 것입니다. 지구를 구하는 것은 우리민족의 과업이 될 것입니다."

김수성이 질문했다.

"외계인이 다시 돌아와 전쟁을 하게 된다면, 과연 승산이 있겠습니까?"

강일도가 대답했다.

"외계인은 분명 지구보다 수만 년 앞선 과학기술을 가지고 있을 것입니다. 지구에는 많은 동물이 있습니다. 그 동물은 과학기술이 없어도 인간이 동물의 공격을 받으면 피해서 도망가기도 하고 죽기도 합니다. 그들은 지구인의 과학기술을 얕보고 있어 엄청난 준비를 하고 오지는 않을 것입니다. 지금부터 300년이 지나야 그들이 온다고 하니, 그날 후 50년이 지나면 재건이 마무리 될 것이고, 그 때부터 준비해도 늦지는 않아요. 전쟁은 속도도 중요하지만 작전과 무기의 파괴력이 더 중요합니다. 그들이 파괴력 높은 무기로 싸웠다면 그들의 식민전쟁을 100만 년 이상 지속하지는 않을 것입니다."

대통령이 강일도와 민도준의 손을 덥썩 잡았다. 그리고 간곡한 말투로 그들에게 당부했다.

"두 분에게 지구의 미래가 달려있습니다. 후손들을 잘 이끌어 주기를 부탁합니다."

지구인의 우주여행 어려움

김수성이 말을 이었다.

"생존 가능한 행성을 찾아가는 것은 지구인으로는 불가능합니다. 초속 10만 Km의 우주선으로도 생존 가능한 가까운 행성까지 20년 이상 걸릴 것입니다. 먹을 식량과 호흡 할 공기를 가지고 가기에는 너무 긴 시간입니다."

민도준이 그 말에 질문을 했다.

"동면하면 되지 않겠습니까?"

김수성이 대답했다.

"사람은 포유류입니다. 동면하는 포유류는 동면기간 중에 체온이 5도로 내려가고 맥박은 일분에 10회, 호흡은 절반 이하로 줄어 식량과 공기를 절약할 수 있지만, 동면 중에도 영양분 공급과 배변을 지속적으로 해야 합니다. 지구에서 유인원으로 동면실험을 성공했다고 해도 우주에서 실험하지는 못했습니다. 만약에 우주에서 수년을 동면한다면 모두 사망할 것입니다."

민도준이 질문했다.

"외계인이 어떻게 150년이나 걸리는 지구까지 올 수 있답니까?"

김수성이 대답했다.

"외계인이 파충류에 가깝다고 한다면, 그들은 변온동물일 것입니다. 그들은 스스로 체온을 떨어뜨리고 호흡과 맥박을 최저로 낮추어 수년간 동면할 수 있을 것입니다. (변온 동물인 호주의 사막개구리는 영양분과 수분 공급 없이 수년을 동면할 수 있다.) 그래도 3~4년 마다 동면에서 깨어나 일정기간 동안 영양분을 섭취해야 됩니다. 따라서 준비가 소홀하면 사망할 것입니다. 외계인이 변온동물이라면 그들을 액체질소에 넣어 수십 년이 지나도 90%이상은 되살릴 수 있습니다."

강일도가 궁금증을 털어놓았다.

"그렇다면…… 혹 냉동인간도 되살릴 수 없습니까?"

김수성이 그 질문에 즉각 대답했다.

"인간은 정온동물입니다. 정온동물이 완전 동결 후 되살아날 경우는 10만 분의 일정도 될 것입니다."

민도준이 중얼거리듯 말했다.

"외계인은 자신들의 작은 비행선으로 외계행성에 간다고 했습니다."

김수성의 대답이 이어졌다.

"호주 부부가 보았던 30M 크기의 비행선은 자선일 것입니다. 자선으로도 4~5광년 정도는 갈수 있을 것입니다. 50광년을 왕복하는 모선은 상상 이상으로 클 것입니다."

민도준이 문득 좋은 생각이 떠올랐다는 듯 밝은 표정으로 말했다.

"저는 그림자 정부에서 우주선을 만들어 모두 외계로 떠났으면 좋겠습니다. 그래야 우리와 적대할 필요가 없게 되지 않을까요."

강일도가 머리를 가로 저으며 단호한 표정으로 말했다.

"아니오, 엄청난 희생으로 얻은 물질이면 단 1CC도 지구 밖으로 보낼 수 없습니다. 그 물질은 지구의 자산입니다. 나는 지킬 것입니다."

숨겨진 속셈

"소행성에 얼마나 많은 반물질이 있을 것으로 예상됩니까?"

"운석을 분석하니 반물질은 2~30mm 두께로 철에 붙어 있었습니다. 김수성 교수님께서 5개월 전 NSC 회의에서 소행성 실물 영상을 보았다고 합니다. 소행성의 표면의 75%가 빛을 흡수하는 물질로 덮여있었다고 합니다. 이것을 반물질이라고 가정하면 반물질은 3,000만~5,000만 큐빅큐빅미터=입방미터으로 추정됩니다. 그러나 충돌과 동시에 25%는 우주로 날아갈 것입니다. 25%는 철과 결합된 상태로 전 세계로 흩어질 것입니다. 나머지도 충돌지점에서 반경 6,000Km 까지 분산되어 천조 톤 이상의 흙과 암석에 묻힐 것입니다. 따라서 반물질을 수거하자면 많은 인력과 시간이 필요할 것입니다."

"로봇을 사용하면 어렵지 않게 수거하지 않을까요?"

"그것이 문제입니다. 대부분의 반물질은 철과 결합되어 물속에 있습니다. 광범위한 지역의 바다 안에서 건져 내려면 물속으로 들어가야 하는데 로봇으로는 불가능합니다. 결국 많은 인력이 필요하며 정제된 반물질은 로봇이 인식하지 못합니다. 연구소에서 여러 번 시도했으나 모두 실패했습니다. AI인공지능 로봇은 물체로 인식하지 못하고 허공으로 인식하는 것 같습니다. 반물질을 가공하려면 인간 기술자가 필요할 것입니다."

"그 말은 많은 사람이 필요하다는 뜻입니까?"

"그렇습니다."

대통령은 갑자기 오한을 느꼈다.

'우리의 생존자가 모두 노예가 될 수 있겠다.'

끔찍한 일이다.

강일도 최고 전사도 대통령과 생각이 같았다.

"미국 대통령은 무슨 속셈으로 우리에게 반물질 존재를 알려 주려는 것일까요. 우리가 반물질로 인해 노예로 전락될 수 있다는 것을 눈치 챌 수 있다는 것을 알 텐데."

"아니오, 에릭미국 대통령은 우리의 생존전략을 잘 알고 있습니다. 그의 생각은 우리가 생존 후 자신들의 노예가 되지 않도록 대비하라는 메시지라고 믿고 싶습니다. 햇수를 보아 민 박사가 귀국 전에 에릭이 국토안보국장에 취임했었습니다. 아마도 그가 민 박사의 제거를 막았을 것입니다."

김수성이 말을 계속 이어갔다.

"대통령께서는 미 대통령을 대단히 신뢰하시지만, 저의

생각은 다릅니다. 에릭은 대단히 좋은 사람일 수도 있겠지만, 그는 그림자 정부의 주류로 의심되는 사람입니다. 소행성 원본 영상을 보내 준 것은 좋은 뜻일 수 있습니다. 그러나 NASA의 센터장은 저와 통화한 사실만으로 살해되었습니다. 민 박사는 특급 감시대상자 '마이클'과 접촉했습니다. 그런데 소행성에서 떨어져 나온 운석우가 미국을 피해 우리나라 상공에서 뿌려졌습니다. 그들은 소행성의 검은 물질이 반물질인지 아닌지 조금이라도 빨리 확인하고 싶을 것입니다. 그들은 대통령께 정보를 주고 우리로 하여금 운석을 분석하게 했을 것입니다."

제10장

전투

배신

그때, 대통령실 인터폰에서 급박한 알림이 울렸다.

"대통령님! 정체불명의 차량 7대가 여기를 목표로 오고 있습니다."

"영상을 띄워 보세요."

여기는 대통령궁에서 상당히 떨어진 산악 지하의 제3의 컨트롤 타워로 1급 기밀 지역이다. 벙커의 10Km 상공에는 정지 드론으로 주변을 감시하고 있었다. 대형 화면에서는 여기를 목표로 7대의 험비가 빠른 속도로 오는 것이다.

강일도가 말했다.

"어쩌면 교수님의 예상이 맞는 것 같습니다."

"최고 전사, 여기 전사가 몇 명이나 있습니까?"

"다섯 명입니다."

"경호원 세 명에 사이버 요원 세 명, 전투 가능한 인원은 모두 여덟 명이 되겠군요."

"적은 스물여덟 명 이상으로 판단되지만, 걱정하지 마십시오. 그럼, 저는 이만 나가 보겠습니다."

최고 전사가 급히 자리를 떴다.

대통령은 사이버 요원에게 인터폰으로 지시했다.

"1급 경보를 발령합니다. 준비하세요."

갑자기 문밖에서 총소리가 나고 대통령실의 문이 활짝 열렸다. 비서실장이 권총을 들고 들어왔다.

그는 세 사람에게 권총을 겨누었다.

"이게 무슨 짓이요?"

"대통령님, 저는 살아야 겠습니다."

"어떻게 당신이 배신을?"

"저는 저 것만 가지고 가겠습니다. 제가 저 것을 가지고 나가면 공격을 멈출 것이며, 모두 안전해 질 것입니다."

"민 박사, 주세요."

민 박사는 가방에 반물질을 넣었다.

"실장과 나는 20년을 알고 지냈다. 언제부터 배신했나?"

"두 달 전에 미국 대피소에 넣어 주겠다는 약속을 받았고, 아들과 아내는 이미 떠났습니다."

민 박사는 비서실장에게 가방을 전달했다. 그는 안에 든 물건을 확인한 후 뒤로 물러나 밖으로 빠져 나갔다.

그가 나가자 밖에서 여러 발의 총소리가 울렸다.

대통령이 뛰쳐나갔다. 경호원은 목에 피를 흘리며 누워있고 실장은 경호원이 쏜 여러 발의 총탄을 맞고 숨져 있었다. 대통령실을 지키던 경호원은 실장이 쏜 총탄의 목을 맞고 쓰러졌으나, 다행히 동맥을 빗나가 의식은 있었고, 실장이 다시 나오기를 기다렸다. 신음하던 경호원은 대통령을 향해 뭔가를 말하려다 숨졌다.

"두 사람은 안에서 문을 잠그고 있어요."
대통령은 그들에게 지시하고 사이버 작전실로 뛰어갔다.

전투

작전실 문을 두드리자 작전실 내에서 한 요원이 모니터를 통해 대통령임을 확인하고 잠금장치를 풀었다.
대통령이 들어서며 밖의 전황을 확인했다.
정지 드론으로 확인하니 전투는 치열하게 전개되고 있었다. 전사 한 명이 쓰러져 있고, 적도 다섯 명이 쓰러져 있었다.
적은 벙커 입구에서 방어하고 있는 전사들을 압도했다. 조금씩 전진하며 은폐물에 몸을 숨기며 총탄을 쏘아대고 있었다. 입구에서 70m 거리에 둔덕으로 보이는 은폐물이 있었다. 벙커를 방어하기 위한 은폐물이었다. 그런데 여기에서 적은 십여 명이 은폐하여 벙커를 향해 총탄을 난사했다.
"폭파!"
대통령이 지시했다.

순간 '꽝' 하고 둔덕 밖에서 폭발음이 들려왔다. 그 폭발력에 의해 십여 명이 동시에 숨졌다. 그런데 폭발된 둔덕 20m 뒤에서 엎드려 있던 여섯 명이 동시에 일어나 필사적으로 달려오기 시작했다.

전사들은 돌격하는 그들을 향해 총을 쏘았다. 그러나 그들은 총탄을 맞고서도 쉽사리 쓰러지지 않았다.

작전실 내 대통령이 큰 소리로 외쳤다.

"저지하라!"

그 지시를 듣자 요원이 키보드로 비밀번호를 입력했다. 순간 모니터 화면에 벙커 입구를 중심으로 반경 50m에 붉은 선으로 5m의 60도 원호가 2중으로 둘러 쳐졌다.

뛰어오던 적이 원호 안으로 들어오자, 원호 중심의 풀숲에 숨겨져 있는 강력한 폭발물이 터졌다. 6명의 적은 30m를 날아가 쓰러졌다.

멀리 떨어져 있던 다섯 명이 서둘러 도망치려 했으나, 조준 사격에 모두 숨졌다.

"해제!"

대통령이 지시하자 화면에 원호가 사라졌다.

최고 전사가 아직도 꿈틀대는 병사들을 확인해보니 모두 2족 보행 로봇이었다.

최고 전사는 서둘러 대통령실로 향했다.

"대통령님, 폭사한 병사 6기는 모두 불법 개조된 로봇들입니다."

"결국 그들이 넘지 말아야 할 선을 넘었군요."

"어떻게 하죠? 우리도 로봇을 전투용으로 개조해야 하지 않을까요?"

"종말까지 15일 남았습니다. 개조할 시간이 없습니다."

"앞으로 적들이 로봇이라는 가정 하에 전략을 짜야 할 것 같습니다."

"만약을 대비하여 로봇을 뚫을 철갑탄 300만 발을 요새에 숨겨두었습니다. 그러나 염려되는 부분도 있습니다. 첩보에 의하면 철갑탄으로도 뚫지 못하는 전투로봇을 개발하고 있다고 합니다. 참고하세요."

"알겠습니다."

"최고 전사님, 두 분과 여기 사이버 요원들과 함께 연구소로 떠나세요. 그래도 그곳이 가장 안전한 곳입니다."

"저는 여기에 남겠습니다."

김수성 교수가 말했다.

"제 나이가 이젠 일흔다섯이고, 대피 대상자도 아닙니다."

사이버 요원 한 명도 말했다.

"저도 남겠습니다. 저는 여기서 대통령님을 지키겠습니다."

최고 전사가 권유했다.

"여기는 적에게 노출되어 위험합니다. 같이 떠나시죠."

"아닙니다. 여기 방어시설이 보기보다는 꽤 견고합니다. 염려 마시고 먼저 떠나세요."

"알겠습니다. 여기서 작별인사를 해야하겠군요. 대통령님, 감사합니다. 꼭 생존해서 대피자들을 지키겠습니다."

"잘 부탁드립니다."

그들은 서로를 악수하고 포옹했다.

전사 두 명도 남기로 했다. 그들은 대피 대상자다. 그러나 대통령을 보호하기 위해 남기로 했다.

대통령과 경호원 2명, 전사 2명, 사이버 요원 1명, 김수성 교수를 남기고, 최고 전사와 전사 2명, 사이버 요원 2명, 그리고 민 박사는 차를 타고 떠났다.

스콜피언

사이버 작전실로 들어갔던 요원이 뛰어나오며

"대통령님 큰일 났습니다. 3대의 험비가 여기로 오다가 최고 전사님의 차량을 발견하고 뒤 쫓아가고 있습니다."

대통령이 작전실로 뛰어들어갔다.

작별인사 한다고 차량의 접근을 방심했었다.

대통령은 남겨진 경호원과 전사에게 물었다.

"드론을 조정할 줄 아는 사람 있어요?"

그러나 모두 고개를 가로 저었다.

대통령은 사이버 작전실로 뛰어들어가서 명령했다.

"드론 2대 띄워! 1대는 내가 조정하지, 요원은 앞차를 맡게."

2대의 드론이 동시에 띄워지고 드론은 험비를 쫓아갔다.

앞선 험비에서 기관총으로 300m 앞서 달리는 최고 전사가 탄 지프를 향해 무차별 쏘아대고 있었다. 지프도 지그재그로 운전하며 총탄을 피하고 있었다.

대통령과 요원은 모니터를 주시하며 조이스틱으로 드론을 조정하여 험비를 쫓았다.

드디어 드론은 험비의 앞차와 뒷차 위를 날았다.

"잡았다. 폭파!"

외치며 동시에 폭발 버턴을 눌렀다.

"쾅"

굉음과 함께 무수히 많은 쇠구슬이 험비 위를 덮쳤다.

험비는 지붕이 내려앉고 심하게 파손되어 운전자의 사망으로 한 대는 정지하고, 다른 한 대는 핸들이 꺾여 차가 옆으로 굴렀다. 또 한 대의 험비는 앞차를 밀어내고 쫓는다. 지프는 잠시 멈추더니 조수석에서 최고전사를 내린 후 계속 달려갔다. 최고 전사 손에는 미니 건이 들려있었다. 미니 건은 4개의 총구가 돌아가며 총탄을 발사하는 기능으로 분당 5,000발이 발사하는 휴대용 발칸 총이다. 최고 전사가 즐겨 사용하는 무기다.

최고 전사가 들고 있는 미니 건이 불을 뿜었다. 험비의 기관총도 동시에 불을 뿜었다. 그러나 기관총사수와 험비의 본체는 수 백발의 총탄을 맞고 차가 뒤집어졌다.

뒤집혀진 창을 통해 한 사람이 겨우 몸을 빼서 나오고 있었다. 최고 전사는 권총을 들고 접근했다.

그는 일어났다.

"Who are you?"

"우리들은 스콜피언이다. 최고 전사 강일도 직접 뵙게 되어 영광입니다."

'스콜피언?'

이른바 세계 최고라 일컬어지는 암살 조직이다.

"이름은?"

"코스탄자, 블랙팬서^{흑표}라고도 하오."

"세계 최고의 살수 블랙팬서가 직접 나타나다니 놀랍소."

"죽기 전에 최고 전사 강일도와 대결을 하고 싶었소.

"마지막 대결을 나와 하겠다고? 내가 그렇게 대단하오?"

"우리 세계에서 절대 피해야 할 상대로 귀하가 유일합니다. 귀하는 직계 조직원 백이십 명 이상의 패밀리를 혼자서 멸살했고 자신을 암살하려는 조직마저 파괴해 아무도 귀하를 상대하려 하지 않습니다. 그러나 종말이 오니 은근히 대결하고 싶었습니다."

강일도가 그를 향해 겨누었던 총을 내리고 뒤로 물러섰다.

블랙팬서는 권총을 장전하고 총을 아래로 내렸다. 두 사람 모두 방탄조끼를 입고 있었다. 따라서 헤드 샷(머리에 총을 쏘다)을 해야 한다.

그때 불길에 휩싸였던 험비가 굉음을 내며 폭발했다. 그 순간 대치하고 있었던 그들이 서로를 향해 총탄을 발사하기 시작했다.

강일도의 귀 아래로 총탄이 스치고 지나갔다. 블랙팬스는 머리에 총탄을 맞고 쓰러졌다.

멀리서 지프가 되돌아오고 있었다.

강일도는 잠시 묵념을 한 후 지프를 타고 다시 떠났다.

"대통령님, 5Km 밖에서 이곳으로 전투 헬기가 오고 있습니다."

모니터에 전투 헬기가 보였다.

"미사일 준비!"

언덕 위 풀숲으로 여겨지는 곳에서 해치^Hatch가 열렸다. 그리고 소형미사일 2기가 올라왔다.

"레이저빔, 발사!"

정지 드론에서 레이저빔이 헬기를 비추었다. 모니터의 헬기에 빨간색의 표적 마크가 나타났다.

"잡았다."

요원이 소리쳤다.

"발사!"

대통령이 명령했다.

미사일이 발사되어 날아가고, 곧이어 헬기가 격추되었다.

떠나는 UFO 모선

2060년 9월 7일 0시 35분 서경 132도 북위 13도 태평양 바다에서 직경 1Km가 넘어 보이는 원반형 비행선이 바다에서 솟구쳤다. 그 크기는 상상을 초월했다. 비행선은 해발 2000M에서 정지했다.

세계 곳곳에 흩어져 잠복해 있었던 작은 UFO가 모선으로 돌아가기 시작했다. 우리나라를 포함한 세계 곳곳에서 UFO를 목격되었다. 사람들은 드디어 UFO가 구제해 준다고 믿고 열

광적으로 환호했다. 모선에 모여든 작은 UFO는 300기가 넘었다. 다양한 크기와 모양을 가진 작은 UFO는 모선에 들어가기 시작했다. 그 모습이 마치 말벌집으로 들어가는 말벌과 같았다.

자선을 모두 흡수한 모선은 서서히 방향을 우주로 향했다. 그리고 잠깐 만에 사라졌다.

사람들은 높은 건물에 올라 UFO의 구제를 기다렸다. 그러나 긴 시간이 흘러도 UFO는 다시 나타나지 않았다. 실망한 한 사람이 투신했다. 그러자 많은 사람이 따라서 투신하기 시작했다. 건물아래는 시체가 산더미처럼 쌓였다.

나대용함

종말 5일 전이다. 최신 3,500톤급의 잠수함이며 명칭은 나대용함이다. 나대용 장군은 임진왜란 당시 거북선을 만든 사람이다.

잠수함 속 함장은 심각한 표정이다.

그는 행성 충돌 25일 전에 안가에서 대통령을 만났었다.

"함장에게 긴히 할 말이 있어 여기에 오시게 했습니다. 이제 25일 남았습니다. 소행성은 경도 120도, 남위 30도의 남태평양 바다에 충돌할 것으로 예상됩니다. 우리나라와는 상당히 떨어져 있지만 쓰나미로 인한 피해는 막지 못할 것 같습니다."

"궤도가 변하지 않았다면 인도양에 떨어졌을 텐데, 결국 초기의 핵폭발로 위치가 많이 변했군요."

"그렇습니다. 소행성 충돌지점과 충돌시점이 바뀌었습니다. 인도양에 떨어져도 우리는 재해를 입을 수밖에 없습니다. 다름이 아니라, 소행성 충돌을 숨겨서 종말을 유도했다고 의심되는 조직이 있습니다. 뉴스와 인터넷으로 돌고 있어 잘 알고 계시겠지만, 미국을 은밀히 움직인다는 그림자 정부로 추정됩니다. 이 그림자 정부가 충돌 후 살아남는다면 우리의 생존자에게 상당한 위협이 될 것입니다. 그래서 그들이 은거한 알레스카의 무기고를 타격하려고 합니다."

"대통령님, 그들이 왜 우리 국민에게 위협이 됩니까?"

"그들은 다른 인종을 인정하지 않는 자들입니다. 자기들은 선택된 인종으로 다시는 다른 인종과 경쟁하려 하지 않을 것입니다. 역사적으로 많은 곳에서 타민족을 말살하려는 시도가 많았지 않았습니까? 그들 또한 미래에 적이 될 우려가 있는 민족은 더 크기 전에 제거하려할 것입니다. 그래서 나는 그것이 염려되어 많은 무기를 비밀리에 보유해 두었어요. 그런데 그들이 우리가 많은 무기를 보유하고 있다는 것을 아는 순간, 그들도 위협을 느껴 공격하게 될 것입니다. 저들은 협상을 좋아하는 무리가 아닙니다. 무기로 부를 쌓은 자들입니다."

"대통령님, 그래도 미국 본토가 공격받게 되면 이유가 무엇이든 도발한 국가는 지구상에서 사라지게 됩니다. 잘 아시지 않습니까?"

"그래서 함장님을 부른 것입니다. 잠수함은 흔적을 남기지 않습니다. 곧 중국, 러시아, 일본 등의 전함과 잠수함, 이지스함이 대체로 안전하다고 여겨지는 지중해로 들어가기 위해 북극해로 출발할 것입니다. 우리도 지금 출발하여 베링해를 지날 때, 경도 170도 북위 60도에서 SLBM$^{잠수함발사\ 탄도미사일}$을 발사해 여기를 타격해 주십시오. 이곳이 무기 저장고입니다."

대통령은 알레스카 지도를 놓고 위치를 지적했다.

"대통령님의 분노는 이해합니다. 그곳을 타격해도 알레스카 미사일 기지, 본토 기지, 아니 지중해에 대피한 항모와 핵잠수함에도 엄청난 핵미사일이 존재합니다. 이 중에서 몇 기만 남아도 우리나라는 초토화됩니다. 재고해 주십시오."

"이들 조직은 칼 세이건 천체망원경 책임자를 살해해 소행성 충돌을 은폐하고서 자신들만 살겠다고 알래스카에 엄청난 대피시설을 지었어요. 지금 미 국민들뿐만 아니라 세계 여러 나라 국민들도 성토하고 있어요. 그러나 그들은 한 나라를 초토화시킬 수 있는 무기를 가지고 있어요. 그들은 우리 민족에게 해가 될 것이 확실합니다. 하지만 그들에게 무기가 없다면 그들은 더 이상 위협적인 존재가 아닙니다."

"알겠습니다. 대통령님이 염려하시는 이유는 잘 모르겠지만, 테러범에게 무기를 뺏는다고 생각하겠습니다."

SLBM 발사

함장은 수화기를 들고 명령한다.
"SLBM 발사 준비!"
그같은 명령에 함내의 모두 깜짝 놀랐다.
"예, 정말입니까?"
"실전이네, 타격 위치는 여기다. 입력하라!"
모두가 심각한 표정을 지었다.
"발사번호 입력!"
발사번호를 입력하려면 대통령과 국방부의 허락이 있어야 한다. 지금은 통신이 안 된다. 그래서 비밀번호가 들어있는 금고를 열어 비밀번호를 확인 후, 2명이 각자의 번호를 입력 후

동시에 버튼을 눌러야 발사된다.

발사 비밀번호가 입력되었다.

"발사"

버튼 캡을 열고 손가락으로 동시에 스위치를 눌렀다.

SLBM이 발사되었다.

"2호 발사 준비"

다시 비밀번호가 입력되었고 명령이 떨어졌다.

"발사!"

다시 발사되었다. 이렇게 SLBM 6기가 발사되었다. SLBM은 알래스카 무기고의 바위산에서 폭발했다. 엄청난 폭발과 함께 거대한 바위산이 흔적없이 무너졌다.

무더기로 쏟아 내린 바위는 무기고 입구와 앞에 주차되어 있던 중장비 차량을 덮쳤다.

활주로로 보이던 포장도로도 파괴되었다. 이곳을 복구하기란 사실상 불가능하다. 또 복구하더라도 지하에 있는 무기는 사용할 수 없을 것이다.

"잠항, 최대 속도로 베링해협을 지나 동시베리아해에서 대피한다."

"함장님, 우리는 지중해로 가지 않습니까?"

"지중해까지 갈 수 있는 시간도 없고, 지중해에서 다시 우리나라로 돌아갈 연료도 모자란다."

잠수함 격돌

"함장님, 큰일 났습니다. 3Km 앞에 6,000톤급 잠수함이 있습니다. 우리를 기다리고 있는 것 같습니다."

"뭐, 주변에 유빙이 없나?"

"1Km 앞에 2개의 유빙이 있습니다."

"그 중 1개는 우리가 숨고 다른 한 개는 누가 잠수정을 타고 유빙 뒤에서 소음을 내야한다. 누가 하겠냐?"

"제가 하겠습니다."

"저도 가겠습니다."

"고맙다. 죽을 수도 있다. 괜찮겠는가?"

"영광으로 알겠습니다."

"고맙네, 엔진을 멈추어라."

"충성, 제가 죽어도 울지 마십시오."

잠수함 위에 있는 잠수정을 올라타서 소리를 죽여 유빙 뒤로 숨었다. 상대 잠수함이 전속력으로 다가오고 있었다.

"우리를 추적하지 않는다면 지나갈 것이다. 그러나 오는 속도가 점점 떨어졌다. 우리를 노린 것이 분명하다."

유빙 뒤를 숨은 잠수정이 전속력으로 전진과 후진을 반복했다. 상대 잠수함은 잠수정이 숨어있는 유빙으로 방향을 틀어 어뢰를 쏘았다. 순간, 나대용함이 유빙에서 빠져나왔다. 상대 잠수함을 향해 어뢰를 발사했다. 상대 잠수함은 아래에 맞았다. 다시 어뢰를 발사해 중앙을 맞추었다. 상대 잠수함은 큰 소리를 내며 폭발했다.

잠수정과 더 이상 교신이 되지 않았다. 침몰한 것이다.

"큰일 났습니다. 뒤에 3,000톤급 잠수함이 있습니다."

"유빙으로 최대한 가까이 접근 후, 멈추고 부상 준비하라"

유빙으로 최대한 가까이 접근하여 정지했다.

"어뢰가 발사되었습니다."

"부상하라!"

"400미터 접근……, 100미터 접근"

아슬아슬하게 어뢰는 함선 밑으로 지나갔다. 어뢰는 나대용함을 지나 유빙에 부딪쳐 폭발했다.

"속도를 최고로 올려 좌현으로 후진"

엔진을 최고로 올리고 좌현으로 후진했다.

"어뢰가 발사되었습니다."

"다시 우현으로 전진!"

다시 어뢰가 지나갔다. 그리고 다시 유빙에 부딪혀 폭발했다. 후미가 잡힌 이상 침몰은 시간 문제였다.

그런데 그때 갑자기 나타난 안창호함이 상대를 어뢰로 격침

시켰다.

"여기는 안창호함, 나대용함은 안심하라."

그렇다. 대통령은 만일을 위해 호위함으로 안창호함을 출격시켰다.

반역

그날 이틀 전, 특수부대 대령은 부대원 천이백여 명이 도열한 앞의 연단 위에 올라섰다.

"우리는 국가를 지키기 위해 불철주야 훈련을 받았다. 그런데 우리에게 대피자로 선정될 수 있는 기회마저 주어지지 않고 전사라는 비정규군에게 자리를 뺏겼다. 우리는 우리의 권리를 찾아야 한다. 여러분들은 억울하지도 않는가? 여러분은 나와 같이 우리의 대피소를 확보해서 생존하여 전사라고 하는 자들을 제거해 우리의 새로운 역사를 만들자"

부대원은 서로 마주 보며 웅성거렸다.

그중에 한 사람이 손을 번쩍 들었다.

"질문 있습니다. 전사들은 만 명이 넘습니다. 우리의 네 배가 넘는데, 이길 수 있겠습니까?"

"좋은 질문이다. 그들의 숫자는 우리의 네 배 넘는다. 그러나 그들에게는 아직 지휘부가 없는 오합지졸이다. 그리고 정보로는 여러 곳의 지하 요새와 대피소에 분산되어 있다. 따라서 소행성 충돌 후 빠르게 각개격파한다면 충분히 이길 수 있다."

"어디를 치려는 것입니까? 충돌까지 이틀 남았습니다."
대장은 지도를 가리키며

"여기 25호 요새가 타깃이다. 여기에는 탱크와 장갑차가 있다. 우리에게는 백 명의 기갑병도 있다. 안에는 필요한 식량과 생필품 등이 몇 년 치 있다고 한다."

"안에는 전사들이 대피해 있는 게 아닙니까? 우리가 들어갈 수 있게 문을 열어 줄까요?"

"물론 있다. 그들은 약 사백여 명으로 우리의 3분의 1이다. 따라서 승률은 우리에게 있다. 우리 대원 두 명이 안에 있다. 오늘 밤 11시에 문을 열어 주기로 했다."

"우리는 천이백 명입니다. 안이 너무 좁지 않겠습니까?"

"물론 좁다. 따라서 다 누울 수는 없다. 그러나 삼백 명씩 사 교대로 취침 할 수 있다. 이틀 뒤, 남태평양에 소행성이 충돌한다. 일차로 지진이 발생하고, 이차로 18시간 지나면 약 2,000m 높이의 쓰나미가 덮친다. 길어도 1~2시간만 지나면 쓰나미가 물러가게 된다. 3일만 버티면 밖으로 나올 수 있다. 같이 가겠는가? 여기 있어도 죽은 목숨이다."

"가자!"

"가자!"

"가자!"

그들은 서둘러 차로 이동했다. 다시 차에서 내려 도보로 이동하여 25호 요새 앞에서 조용히 기다렸다.

23시 10분에 문이 열렸다. 그들은 조용히 안으로 들어가 취침 중인 전사들을 향해 총을 난사했다.

전사들은 총 한번 쏘아 보지 못하고 모두 사살되었다. 안에는 다행히 전사들의 가족들은 없었다. 전사들 가족들은 대인 대피소에 있었다.

요새 내에는 금괴가 나무 상자에 넣어 보관되고 있었다.

대령은 금괴가 있다는 정보에 25호 요새를 타깃으로 잡은 것이다.

상자를 열어 금괴를 확인했다. 금은 무려 120톤이나 되었다. 대령은 소행성 충돌 후에도 황금은 화폐로 사용될 것을 확신했다.

제11장

그날

마지막 만찬

종말 수일 전부터 수천억 톤 이상의 바다 생물이 남태평양을 피해 대서양과 인도양 북극해로 떼지어 이동했다.
크고 작은 수천억 마리의 날짐승들과 들짐승들도 북쪽으로 이동했다.

그날 하루 전인 2060년 9월 13일 오후 5시, 대통령의 서울 사저에는 대통령 부부와 아들, 딸이 함께 마지막 밤을 지내기 위해 와있다. 며느리는 친정 식구들과 함께 지낼 수 있도록 처가로 보냈고, 사위도 노부모와 함께 하도록 했다.
그들은 여러 가지 음식이 그득 차려진 식탁에 둘러앉았다. 딸은 외손녀를 품에 안고 있었다.
화기애애했던 분위기는 손자 이야기에 끝내 딸과 영부인은 서로 부둥켜안고 오열했다. 아들도 울었고 대통령만 고개를 숙이고 입술을 깨물었다.
"여보, 미안해! 정말 미안해!"
"아니예요, 미안해하지 않아도 돼요, 당신 같은 훌륭한 사람을 만나 행운이었어요. 내가 욕심이 많아 늘 당신을 힘들게 했어요. 미안해요."

"얘들아, 미안하다."

"아빠, 엄마! 사랑해요!"

"저도 엄마, 아빠 사랑해요!"

밤 11시가 넘자 대통령은 아내를 흔들었다. 그녀는 수면제가 든 음료를 마시고 깊은 잠에 빠져들었다.

대통령은 약병에서 약을 주사기로 뽑은 다음 아내에게 주입했다. 순간 북받친 감정과 함께 울컥 울음이 터졌다. 한참을 소리죽여 어깨를 떨며 울었다. 그리고 아들 방에 가서 아들에게도 약물을 주입했다. 딸의 방에서는 주저앉아 소리 내어 울었다. 딸에게도 손녀에게도 약물을 주입했다.

대통령은 밖에서 석유 두 통을 들고 들어와 안방과 거실 각 방을 돌며 흩뿌렸다.

정장을 차려입고 마당에 나온 뒤 종이에 불을 붙여 던졌다. 저택이 삽시간 불에 타기 시작했다. 언제부턴가 불이 나도 구경하는 사람도 끄려는 사람도 없었고, 소방차도 오지 않았다. 집은 완전히 시뻘건 불길에 휩싸였다.

대통령은 마당에 무릎을 꿇은 채 머리를 쥐어짜며 오열했다.

그는 감정을 툴툴 털듯 몸서리치더니 승용차에 올랐다. 대통령을 경호했던 경호원은 이미 다 떠나고 없었다.

대통령이 도착한 곳은 어느 빌라 앞이었다.

클랙슨을 울리자, 약속을 한 듯이 한 여성이 뛰쳐나와서 승용차에 올랐다.

그녀는 익숙하게 그를 안고 키스를 하려했다. 그러나 대통령은 그녀를 밀치며 조용히 말했다.

"나, 조금 전, 아내와 아들, 딸을 안락사 시켰어. 이해 해줘."

"미안해요. 가요 우리······."

그들을 태운 승용차는 어디론가 떠났다.

대통령과 '한이슬'은 두 달 전에 다시 만나 자주 밀애를 즐겨 왔었다.

그에게 있어 한이슬과의 밀애는 아내에게는 꽤나 죄스러웠다.

대통령은 몇 번이고 '여보, 미안해 정말 미안해······.' 하고 속으로 용서를 빌었다.

미안한 마음에 아내를 꼭 끌어 안으면 그때마다 아내는 쑥스러운지 그를 밀어냈다. 아내는 자식과 손자들 안위에 더 마음이 쏠려 남편의 애정을 외면했던 것이다.

대통령은 앞으로 닥칠 한계를 절감하고 고통스러워했다. 그러나 대통령은 한 번도 내색하지 않았다. 자신의 약한 모습을 누구에게도 보여 줄 수는 없었다. 그러나 오직 한이슬 앞에서는 무너져 오열했다.

그녀는 대통령의 고통을 달래주려 애썼다. 대통령도 한 사람의 남자였다. 새로운 사랑을 불태웠고 행복했다. 더구나 종말이 눈앞에 있으니 더욱 절실했다. 두 사람은 열정적으로 사랑을 불태웠다.

대통령은 북한산에 올라 종말을 목격하려고 했다. '한이슬'은 함께 하기를 간절히 원했다.

그들은 북한산으로 올랐다. 중턱에서 차를 멈추고 두 사람은 차안에서 깊고 뜨겁게 사랑을 불태웠다. 시간이 흘러 그녀는 뒷좌석에서 옆으로 누워 잠을 청했다.

대통령은 약병과 주사기를 끄집어냈다. 그녀의 어깨에 주사를 놓았다. 그녀의 감은 눈에서는 눈물이 주르륵 흘렀다. 그녀는 자는 척하고 있었던 것이다.

그날

그날이 왔다.

소행성은 지구와 가까울수록 중력에 의해 속도가 가속되어 초속 26Km의 속도로 경도 120도, 남위 30도에서 대기와 마찰로 남쪽 하늘이 오렌지 빛으로 밝게 빛났다. 충돌 지점에서 13,700Km나 떨어진 한반도에서 볼 수 있었다.

한국 시간으로 2060년 9월 14일 22시 54분 25초 소행성은 드디어 지구와 충돌했다. 순간, 엄청나게 강렬한 섬광이 남쪽에서 빛났다. 소행성이 폭발해 반경 1,000Km까지 밝은 빛을 띠며 급격히 퍼져나갔다.

수십초 후, 충돌 반발로 노란빛을 띤 가운데가 솟구치기 시작했다. 그러자 다시 반경 1,000Km까지 퍼졌던 밝은 빛이 중심으로 몰리기 시작하며 700조 톤 이상 지각(地殼)의 흙과 암석을 반경 250Km 폭발 기둥으로 솟구치며 반경 2,000Km, 중심 최고높이 2,500Km 버섯구름이 되었다.

충돌과 동시에 반경 2,500Km까지 퍼져 나갔던 바닷물이 중심으로 몰려가며 흙과 암석과 함께 반경 500Km, 높이 1,000Km로 솟구쳤다.

중심에는 높은 열로 노란색을 띠고 있었고 폭발 기둥 둘레에는 검붉은 색을 띠고 있었다. 엄청난 충격은 지진이 되어 지구 전체로 퍼져 나갔다.

남쪽 하늘이 마치 반달과 같은 모습으로 환하게 밝아졌다. 그 빛에 한반도가 대낮과 같이 밝아졌다.

충돌 십수 분 후, 진도 12이상의 지진이 지구를 흔들었다. 지반이 상하로 90~120센티로 흔들리며 건물과 교량 등 구조물은 맥없이 무너지고 땅이 갈라지고 산이 무너지고 사람은 높이 6미터까지 튕겨져 날아올랐다가 떨어졌다. 떨어지면서 목이 부러져 죽거나 팔다리가 골절되는 사람이 많았다.
그리고 충돌음은 엄청난 굉음이 되어 사람들은 귀를 막고 쓰러지며 목숨을 잃었다. 그리고 음파에 해변은 20m 이상의 거대한 쓰나미가 발생해 바닷물이 해변의 제방을 넘어 건물을 쓸어가고 무수한 사람들을 덮쳐 그들의 목숨을 앗았다.

대인 대피소에는 안전을 위해 바닥에 고무판을 깔고 위에 진공 포장된 쌀 포대를 깔고 다시 그 위에 스펀지를 깔고 다시 쌀 포대를 까는 방식으로 4단을 쌓고 다시 가져온 이불을 깔아 그 위에서 체중이 비슷한 사람 칠팔 명이 등을 붙이고 팔을 걸고 둥글게 앉았다. 이렇게 지진에 대비했지만 몸이 3m나 솟구쳤다 떨어졌다. 다행이 큰 부상은 없었다.
터널은 밀폐되어 있고 굉음에 견딜 수 있게 사람들은 귀마개를 하고 다시 비닐로 쌓고 수건이나 천으로 감았다. 그러나 굉음에 쓰러지는 사람도 많았다.
소행성 충돌로 주먹 크기의 유리질 방울 30조 톤과 흙과 암석 700조 톤, 그리고 바닷물 5조 톤이 다시 지표로 떨어졌다. 떨어지면서 충돌 지점을 중심으로 원주 방향에 700조 톤의 흙과 암석, 고열의 유리질 방울이 시속 1,000Km속도로 퍼져 나갔다.
이 유리질 방울은 반경 6,000Km를 초토화시켜 남미와 호주도 종말을 맞이했고 반경 10,000Km의 중미와 아프리카까지 숲과 가옥이 불에 탔고, 살아있는 생명체는 모두 죽어갔다.
우리나라에는 20시간이면 쓰나미가 도착되며 최소 1,500m 이상 높이의 쓰나미가 최장 1시간 머물게 된다.

밀려오는 쓰나미

한 시간 전, 터널 대피소에서는 밖의 진행 사항을 듣고 있었다. 전달자는 천체물리학 박사 김수성 교수다. 옆에는 5명의 사람들이 함께 했다.
김수성 교수는 대통령과 함께 생존 프로그램을 주도한 인물이다. 또 대피소에 눈에 넣어도 아프지 않을 손녀, 손자가 제자의 딸과 아들로 입양되어 있다.
그는 부산 해운대 바다가 보이는 장산의 정상, 중계차 앞에서 먼 바다를 보고 있다.
땅에는 앙카를 심고 줄에 묶어 중개차를 고정 시켰으나 줄이 끊어지고 앙카도 뽑혀있다. 지진과 충돌음파와 굉음에 타격이 있었으나 다행히 잘 견디고 있었다.

멀리서 물의 산맥이 보였다. 도도하게 밀려오는 높이 1,500m 이상의 물의 산맥은 멀리서 보아도 웅장했다. 쓰나미의 상부가 너무 높아 구름에 가려있다.

충돌 지점의 2,500m이상 쓰나미가 태평양을 건너 일본 열도가 방파제 역할로 많이 낮아졌다.

교수는 마이크를 들었다.

"여기는 김수성입니다. 멀리 쓰나미가 밀려오는 것이 보입니다. 10분 후면 부산에 도착할 것입니다. 지금부터 대피소에서는 침수를 대비하시기 바랍니다. 지진으로 갈라진 곳이 없는지 다시 한 번 더 살펴보시기 바랍니다. 여러분은 꼭 살아서 만년대계를 이어가시기 바랍니다. 행운이 함께하시길……. 감사합니다."

그의 차분히 가라앉은 음성은 중개차 위의 안테나를 통해 대피소로 중개되었다.

대통령의 죽음

대통령은 숨진 '한이슬'의 옷매무새를 고치고 뒷좌석에 편안하게 눕혔다. 안전벨트로 고정시켰다. 대통령은 끝내 그녀의 가슴에 얼굴을 묻고 오열했다.

순간 남쪽에서 엄청난 섬광이 번쩍하고 눈부시게 빛났다. 그리고 잠시 후 다시 크고 밝게 빛났다.

조금 지나자 갑자기 승용차가 5m나 뛰어올랐다. 바닥에 떨어지며 바퀴를 잡고 있던 축이 박살났다. 다행이 안전벨트를 하고 있고 에어백이 터지면서 큰 부상은 없었다.

대통령은 귀마개를 하고 다시 헤드폰으로 막았다. 엄청난 굉음이 났다. 귀를 막고 있었지만 굉음으로 정신을 잃고 쓰러졌다.

깨어나 정신을 차리니 열다섯 시간이나 흘렀다. 차 밖은 어두워 앞을 볼 수 없고 바람이 엄청나게 세차게 불었다. 나뭇잎과 먼지가 날려 창을 때렸다.

헤드폰을 벗고 내렸다. 뜨거운 바람에 옆으로 쓰러졌다. 산이 무너지는 소리로 요란하다. 어두워 한 치 앞도 보기가 어려웠다. 뜨거운 세찬 바람에 몸이 날려갈 정도다. 다시 차로 들어가서 기다렸다.

그로부터 네 시간이 더 지나자 갑자기 물이 창을 세차게 때렸다. 우렁찬 소리가 들렸다. 쓰나미가 가까이 왔다. 한이슬의 입술에 마지막 키스를 했다.

차에서 내려 앞을 보니 아주 큰 소리와 함께 높이를 가늠조차 할 수 없는 거대한 물의 벽을 보였다.

쓰나미는 초속 200m 속도로 시간당 700Km를 이동한다. 따라서 세찬 바람이 함께 동행했다.

대통령의 몸은 세찬 바람에 휩쓸려 차 지붕 위로 높이 날려갔다. 그리고 거대한 쓰나미의 벽으로 스며들었다.

물이 새는 터널 대피소

터널 대피소 내,

천정의 희미한 조명등이 조별로 7~8명이 둘러 앉아있는 대피자들을 비추고 있다. 불안한 얼굴에 모두 구명조끼를 입고 있다.

쓰나미가 덮쳤는지 엄청난 소리가 들린다. 바람 소리와 물소리가 비명처럼 공포스러운 소리가 크게 들렸다.

그때 갑자기 '텅' 하는 굉음이 들려왔다. 다시 '텅' 하고 또 연속으로 들렸다. 터널 보수를 책임진 사람들이 바쁘게 손전등을 들고 터널에 이상이 없는 지 확인하며 다녔다.

쓰나미 높이가 1,500m라면 수압이 단위 센티 당 150Kg의 압력을 받는다. 잠깐 지나가는 압력이라도 해일 파동이 계속되면 터널에 영향을 미친다.

산을 뚫은 터널이라 암반과 흙이 막아 줄 수 있지만, 틈을 비집고 들어온 수압이 터널에 미치면 지진으로 약해진 터널 벽이 갈라질 수도 있었다.

한 곳에서 물이 세차게 새기 시작했다. 토목기술자가 뛰어갔다. 그와 동시에 물이 새는 곳에 앉아있던 대피자는 신속히 자리를 비워 주었다.

2m 높이에서 갈라진 틈으로 물이 새기 시작했다.

"김형, 빨리 못을 가져와요. 사다리"

한 사람이 다른 사람을 향해 큰 목소리로 소리쳤다.

한 사람이 사다리를 가져오고 다른 한 사람은 자루를 메고 왔다. 그들은 미리 자신이 해야 할 업무를 할당 받은 사람들이다.

그들은 사다리를 걸치고 망치를 들고 올라갔다. 한 사람은 물이 새는 틈의 크기를 확인하고 자루에서 나무쐐기를 찾아 들고 뒤따라 사다리를 올라갔다. 틈에 나무쐐기를 박았다. 새는 물이 약해졌다. 그러나 점점 위쪽으로 틈이 갈라졌다. 그리고 또 다른 곳에서 물이 새기 시작했다.

또 다른 조가 보수를 위해 뛰어갔다. 이렇게 10개소에서 물이 새기 했다. 틈은 천정까지 뻗었다. 바닥에 물이 급속하게 고이기 시작했다. 그래도 보수를 멈출 수 없었다.

쓰나미가 완전히 물러가려면 한 시간 이상 걸린다. 따라서 최대한 물을 막아 시간을 벌어야 했다. 막는 속도보다 물이 더 많이 쏟아졌다.

대피자들도 미리 할당된 역할이 있었다. 산소병에 산소 밸브를 열고 분변이 들어있는 분변 드럼을 막았다.

분변은 드럼에 담겨있었다. 부패 가스의 폭발 우려가 있어 뚜껑을 덮어도 작은 구멍에 밸브를 달아 두었다. 분변이 흘러나오면 수인성 전염병이 우려된다.

물에 젖으면 안 되는 화장지, 컴퓨터, 등 전자 제품은 비닐로 싸고, 입 출구로 물이 빠질 때 같이 빠져나가거나 걸려서 물이 나가는 걸 막지 않도록 단단히 묶었다. 특히 이불이나 옷은 물이 빠질 때 떠내려가지 않도록 하는 것이 중요했다.

바닥에 깔려있는 쌀 포대와 깔판을 터널 중앙으로 옮겨 쌓고 여기에 아이들이 서도록 했다. 이렇게 각자의 역할을 신속하게 수행했다.

그로부터 이십여 분이 흘렀다. 물은 성인 가슴을 넘어섰다. 이불과 옷을 넣은 비닐은 둥둥 떠다녔고, 갈라진 틈으로 물이 쉴 새 없이 쏟아져 들어왔다. 도저히 막을 수가 없었다. 다시 이십여 분이 지나자, 터널의 75%가 물에 차서 더 이상 작업을 할 수가 없었다.

"수아야, 미안해!"

대통령의 손자와 입양한 부부는 서로 안고 있다. 구명조끼를 입고 있었다.

"아니예요, 미안해하지 않아도 돼요. 고맙습니다."

여기저기서 울음소리가 났다. 다시 10분이 흘러 85%까지 물이 찼다. 다행히 물이 차는 속도가 점점 떨어지기 시작했다.

무너진 토사로 막힌 입구

각 터널에는 전사들이 사십 명씩 자리하고 있었다. 그들은 대피자를 보호하고 유사시 그들을 구호하기 위해서였다.
물이 차는 속도가 떨어지자 이들은 잠수해서 입구를 열어 물을 빼기로 했다. 터널 입, 출구는 직경 1.8m 길이 10m의 관으로 되어있고 나머지 공간은 3m 두께의 콘크리트로 막았다.
잠수해 들어가서 입구를 막고 있는 문을 열려고 했다. 그러나 수압을 받고 있어 장정들의 힘으로도 열수가 없었다. 그러나 물이 차서 문을 못 열 때를 대비해 상부에 작은 밸브가 있다.
밸브를 열어 직경 1.8m관에 물을 채우고 문을 열고 관으로 들어가니 다시 바깥으로 열어야 하는 문이 있다. 여기에는 문고리를 따면 문이 열린다. 그러나 산사태로 토사가 쌓여 문이 열리지 않았다.
터널은 왕복 쌍 굴이다. 따라서 입, 출구는 4개소다.

그런데 4개소 모두 막혀있었다.

그들은 사이트 그라스$^{Sight\ Glass}$의 후랜지^{Frange} 분해하기로 했다. 후랜지는 안에서 분해 되도록 만들어져 있다. 그들은 공구로 볼트를 풀고 사이트 그라스를 제거 했다.

갑자기 흙이 밀려 들어왔다. 4개소 모두 사이트 그라스를 제거했지만, 물은 더디게 빠졌다. 그들은 특단의 조치를 취하기로 했다.

대통령과 김수성 교수, 토건 기술사, 소방방재청장 외 10명이 터널 대피소에서 일어날 수 있는 다양한 경우를 가정해 해결방법을 모색해야 했다.

김수성이 말했다.

"지진으로 터널이 약해지면 벽에 금이 가게 되고, 곧이어 쓰나미가 닥치면 수장 될 수 있습니다."

토건 기술사가 긴장한 얼굴로 주위를 살피며 말했다.

"벽의 금이 간 정도로는 새는 물의 양은 얼마 되지 않을 것입니다. 요즘 방수접착제도 좋은 것이 많습니다. 그러나 벽이 벌어지면 심각한 결과가 됩니다. 쓰나미가 밀려오는 시간이 얼마나 될까요?"

김수성이 대답했다.

"짧게는 30분이지만, 길게는 1시간 이상 걸릴 것입니다."

대통령이 질문했다.

"아니, 그렇게나 길게 쓰나미가 밀려옵니까?"

김수성이 대답했다.

"우리가 연못에 돌을 던지면 물결이 한 번만 퍼지는 것이 아니지 않습니까? 그 충격에 의해 파동이 일어나 물결이 여러 번 반복되지요. 처음에는 높지만 차차 낮아지겠죠. 직접적인 충돌파와 지진, 충돌음파가 얼마나 길게 이어지는가도 쓰나미의 시간을 좌우합니다."

대통령이 지시했다.

"벽에 물이 샐 때의 보수 방법과 안에 물이 찼을 때 어떻게 신속하게 배수하느냐를 검토합시다."

방재청장이 대통령에게 말했다.

"대통령님, 지진과 쓰나미로 산사태가 날 수도 있습니다. 입구가 막히게 되면 그 안에 있는 모든 사람이 질식해 죽습니다."

대통령이 한숨을 쉬며 말했다.

"알겠습니다. 모든 경우의 수를 다 검토해 봅시다."

생존의 기쁨

전사는 물속에서 박스를 찾았다. 박스는 입구가 '토사로 막혔을 때 사용'이라고 적혀있었다.
박스를 열었다.
안에는 여덟 개의 시한폭탄이 들어있었다. 그리고 사이트 그라스 대신 끼울 철판 후랜지도 들어있었다. 시한폭탄 한 개와 철판 후랜지를 들고 수면에서 공기를 마시고 다시 잠수를 해서 막힌 문을 찾아갔다.
대기하고 있던 사람은 연장으로 막힌 흙을 1m 깊이로 팠다. 시한 포탄 시간을 5분으로 맞추고 밖으로 깊숙이 흙 속으로 밀어 넣고 가져온 철 후랜지로 막았다.
시한폭탄이 폭발했다. 다시 철 후랜지를 제거하자 물이 세차게 빠져나갔다. 다행히 모두가 무사했다. 그러나 계속 위에서 흘러내리는 토사로 입구의 문은 열 수 없었다. 모두 깊은 고민에 빠졌다.
시한 포탄을 4개소 입구에 모두 한 개씩 터트려야 할지 한 곳만 집중적으로 터트려야 할지 의논했다. 다행히 지적도와 터널 도면이 있었다.

전사는 토목 기술사에게 도면들을 검토하도록 했다.

"쓰나미가 이 남쪽에서 여기 북쪽으로 진행했을 것입니다. 그리고 지적도를 보아 여기는 급경사입니다. 폭발을 해도 토사는 계속해서 흘러내려 입구를 막을 것입니다. 여기로 쓰나미가 진행했다면 토사가 이 곳의 입구에는 가장 적게 쌓여 있을 것이고, 경사도 완만하여, 집중적으로 터트리면 될 것 같습니다. 그래도 토사가 흘러내려 쌓이면 저기 파이프를 찔러 넣어 토사가 얼마나 많이 쌓였는지 확인이 될 것입니다."

전문가의 제안으로 터널의 문을 열 수 있었다. 먼저 사람들이 합심하여 입구에 있는 토사를 제거했다. 4개의 입구에 있던 토사가 치워지자 모두 밖으로 나왔다.

그들은 살아있음을 기뻐하며 일제히 만세를 외쳤다. 약 천이백여 명이 소리 지르며, 서로가 서로를 부둥켜안고 울었다.

반군 전멸

25호 요새다. 어떻게 된 일인지 요새 내에는 수많은 병사들이 물에 젖은 채로 죽어있었다. 한 사람은 탱크 위에 누워있었다.

그는 바로 특수부대 대장이다.

"이제 일어나시죠. 허동수 대령님."

그를 내려다 보며 소총을 겨누고 있는 사람이 있었다. 바로 전사다. 특수부대장은 벌떡 일어나 앉았다.

"넌, 나를 알고 있나?"

"잘 알지. 3년 전, 전사 훈련 과정인 깃대 뺏기에서 참가한 외부인이 아닙니까? 그날 대장님의 혁혁한 활약으로 우리 팀이 이겼죠."

"네 놈이 어떻게 우리 병사 천이백여 명을 한꺼번에 몰살시킬 수 있냐? 이 나쁜 놈아!"

"네가 먼저 우리 측 전사 가족을 사살하지 않았냐?"

이틀 전, 특수부대원 천이백여 명은 요새 문밖에 조용히 접근했다. 요새문은 폭 2.5m에 높이가 2.5m 되었다. 직경 90Cm의 작은 출입문이 있었다.

새벽 1시에 출입문이 열렸다. 부대원들이 안으로 조용히 들어갔다. 안에는 두 명이 총을 들고 서있고, 한명은 바닥에 목이 베인 채 피를 흘리며 죽어있다. 그리고 사백 명이 15Cm두께의 매트리스에 누워서 자고 있었다.

열일곱 명이 들어오자 한 사람이 자리에서 일어나 그들을 향해 큰 소리로 외쳤다.

"누구냐?"

침입자들은 자고 있던 전사들을 향하여 무차별 난사했다. 전사들은 모두 사망했다. 하루 꼬박 시체를 밖으로 들어내고 안을 정리했다.

대장이 탱크와 장갑차, 험비의 문을 열려고 하니 모두 잠겨 있다.

대장은 키를 찾았다.

"키가 어디 있나 찾아봐!"

하지만, 그 어디에서도 키를 찾을 수 없었다. 안에서 문을 열어준 내부자에게 물었다.

"키를 못 봤어?"

"있었습니다. 그런데 누가 가진지는 알겠는데 나가서 찾아봐야겠습니다."

"빨리 찾아봐. 못 찾으면 못 들어올 줄 알아!"

두 명은 밖으로 나가 시체를 뒤졌다. 그러나 피로 얼룩진 시체는 누가 누군지 전혀 알아볼 수 없었다.

그들은 들어오지 못하게 문이 닫혔다. 그들은 밖에서 문을 두드리며 욕을 했다.

지진으로 땅이 흔들리자 모두 매트리스에 올라 서로 팔을 걸고 섰다. 순간 천이백여 명이 4~5미터 높이로 떴다가 바닥으로 떨어졌다.

그중 수십 명의 다리가 부러지거나 발목이 부러졌다. 다음 순간 엄청난 굉음에 스러지고 귀와 눈에 피를 흘리는 사람도 있었다. 다시 열여덟 시간이 지나자, 쓰나미가 지나는 소리가 들렸다.

요새는 땅굴을 파서 만들었다. 문은 수압에 견디기 위해 외부에 철골조를 튼튼하게 보강했다. 그러나 수압에 '텅' 하는 소리가 크게 나며 문의 가운데가 수압으로 불룩하게 나오기 시작했다.

모두 불안한 마음에 문 쪽으로 주시했다. 다행이 더 불러오진 않았다. 모주 안심하고 있을 때, 한 탱크의 포신이 문을 향해 돌아갔다.

"어? 어…… 포신이 돌아간다."

누군가가 크게 외치는 소리에 모두 탱크로 향했다. 모든 이들의 얼굴은 공포로 얼어붙었다.

'쾅~!'

포가 발사되었다. 포탄은 문의 위부분을 강타했다. 파편으로 주변은 아수라장이 되었다. 순간, 문의 상부가 벌어지며 물이 폭포수가 되어 쏟아져 들어왔다.

엄청나게 쏟아지는 물에 병사들은 속수무책으로 물속에서 발버둥치다 끝내 하나씩 죽어갔다. 그런데 대장은 유독 수영을 잘했다.

그는 요새 위의 포켓 공기로 버텼다. 문은 포탄 공격에 의해 꺾어지며 아래쪽이 벌어졌다. 쓰나미가 물러가며 물이 빠지기 시작했다.

대장은 빠져나가는 물살에 포신을 잡고 버티다 탱크에 누웠다. 그때 포를 쏜 탱크의 해치가 열리며 소총을 들고 전사 한 명이 뛰어내렸다.

반군 대령

"자네는 어떻게 탱크 안에 있었지? 처음부터 안에 있었나?"

"아니지. 나는 자고 있었다. 총소리에 놀라 일어나서 구석진 곳의 탱크로 올랐다. 그곳은 어둡고 당신 병사들은 사람 죽인다고 내가 해치를 열고 들어가는 것을 못 봤을 뿐이지."

그는 대장 앞으로 열쇠 꾸러미를 던졌다.

"그래도 이 많은 열쇠 중에 어떻게 맞는 열쇠를 빨리 찾을 수 있었지?"

"여기 사백 명의 전사 중에 탱크를 다룰 수 있는 기갑병 출신은 나 혼자였어. 그래서 내가 키를 보관하고 있었다. 그리고 이것이 마스터키다. 모든 탱크는 이 키 하나로 열 수 있다."

"그래, 나를 어떻게 할 셈이냐?"

"지쳤으니 쉬어라. 천천히 생각해 보자."

"나와 함께 할 생각은 없나?"

"부하도 없는데, 어떻게 하려고?"

"여기는 황금이 120Ton이 있고 탱크와 장갑차도 있다. 너희 전사들 중에서도 불만 가진 자가 분명 있을 것이다. 그들과 잘 결탁하면 다시 세력을 만들 수 있다."

"거절한다. 종말 시대에 황금을 어디에 쓰겠나? 먹을 수도 없는데……. 그런데 당신 부하는 대피자로 선정되지 못해도 당신은 대피자 자격이 충분할 텐데. 왜 반군이 되었나?"

"소싯적 일로 인성의 결함으로 거절되었네."

"소싯적? 그럼 혹 학폭이었나?"

"나를 찌질하게 만들지 마라."

"그렇다면 일진이었겠네. 학폭이나 일진이나 거기서 거기 아닌가?"

"죽일 거면 빨리 죽여라. 굴욕스럽게 만들지 말고……."

"아니, 나는 당신과 대결하고 싶다."

"뭐? 후회하지 않겠나?"

대결

"당신 실력은 전에 보았다."
"야! 내가 네 친구야? 이 놈이 끝까지 내게 반말이네?"
"너와 내가 나이도 비슷한데, 반말하면 누가 잡아가냐?"
"이래봬도 나는 명색이 대령이다. 어디서 감히 기갑병 쪼무래기 따위가……."
"나도 전사 계급으로는 상위다. 전사의 상위는 정규군 계급으론 대위에 해당된다. 그리고 너는 내 포로다. 묶어서 조리돌림하지 않은 것에 감사해야 할 것이야. 자, 내려가자!"

두 사람은 시체를 밀어내고 자리를 넓혔다. 두 사람의 대결이 시작되었다. 두 사람 모두 입식대결에 능숙했다.

대령은 당황했다. 자신에게 상대도 안 될 것 같았던 상대가 너무 실력이 출중했다. 둘은 상대에게 굴복하지 않으려 치열하게 싸웠다.

그러나 대령이 먼저 쓰러졌다. 물살에 휩싸여 나가지 않도록 버티다 지친 까닭도 있었다.

그는 일어나 근처 턱에 걸터앉았다. 이제 설 힘도 없었다.

"자네는 격투 실력도 좋은데, 왜 기갑병이 되었나?"

"내가 탱크를 좋아해서 기갑병이 되었고, 전사는 아내가 내가 전사가 되길 원해서 전사가 되었다. 그리고 나는 원래 격투기 선수다. 당신은 지칠대로 지쳐서 나를 이기지 못했다. 대피소에 아내나 자식이 있느냐?"

기갑병은 세워 둔 소총을 집어들었다.

"135호 대피소에 있다. 아내는 다른 사람과 재혼했다. 아들을 살리기 위한 선택이었다."

"아들 이름은?"

"허진구다."

"허진구라……. 자네 아들은 내가 끝까지 살아남도록 잘 돌보겠다. 그러나 당신 이야기는 전하지 못 하겠다. 당신이 사백여 명의 과부와 팔백여 명의 아비 없는 자식을 만들었기 때문이다."

"저승에서 만나면 내 꼭 사죄하겠다. 자네 이름은?"

"내 이름은 박두식이다."

"대결의 기회를 주어 고맙다. 기억해 두겠다."

"잘 가라."

대령은 머리에 총탄을 맞고 쓰러졌다.

박두식은 구겨진 문짝을 탱크로 밀어낸 다음 험비를 타고 현장을 떠났다.

제12장

생존과 재판

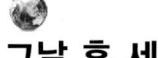
그날 후 세상

대피소를 나온 사람들이 가장 먼저 느낀 것은 너무 무더웠다. 9월 16일의 날씨가 섭씨 40도가 훌쩍 넘었다. 쓰나미로 젖은 땅의 수분이 증발하면서 열을 뺏어 견딜 만했다. 대피소 안의 온도는 다행히 낮았다.

하늘의 검은 구름 때문에 대낮인데도 어두웠다. 교량은 사라지고, 도로는 유실되었고 산과 들에는 나무와 풀 한 포기 남아있지 않은 벌거숭이가 되었다.

세상이 온통 회색빛이다. 무너진 건물의 잔해가 흙에 묻혀있다. 사람의 시체는 쓰나미에 밀려갔는지 보이지 않았고 간혹 자동차가 몰려 겹겹이 쌓이고 흙에 묻혀있었다. 세상이 폐허로 변했다. 큰 공장도 지붕과 외벽이 날아갔고 설비와 기둥만이 일부 남아있다.

대피소끼리 무전기로 통신을 시도했다. 그래도 25% 정도는 원활하게 연결이 되었다. 나머지 75%의 생사를 확인해야 했다. 대피소 내부를 청소하고 그동안 제한적으로 제공했던 식사와 물을 하루만 풀었다.

여덟 명이 네 대의 오토바이를 타고 떠날 준비를 했다. 노숙

시 필요한 장비와 음식물을 챙겨서 배낭에 넣고 남은 시한 포탄을 가지고 두 개조로 나뉘어 가까운 다른 대피소부터 생사를 확인하기 위하여 출발했다. 그들은 살아남았다는 기쁨도 있었지만, 앞날의 걱정으로 안색이 무척 어두웠다.

터널 붕괴

전사들이 모인 자리에서 한 권의 파일의 포장을 벗겨냈다. 포장을 벗기자 두꺼운 파일이 나왔다. 표지에는 '생존자를 위한 매뉴얼'이다.
표지를 펼쳤다.
 '이 파일을 열어보는 사람은 승리자입니다. 생존자 여러분 축하합니다. 하지만, 아직 넘어야 할 많은 고비가 앞으로 몇 번 더 있을 것입니다. 이 매뉴얼이 여러분의 생존에 도움이 되기를 바랍니다.'

 제1장 안전 수칙
 수칙 1. 소행성 충돌에 의한 굉음과 충돌음파, 지진, 쓰나미 등으로 대피소가 약해질 우려가 있다. 쓰나미가 물러가면 모두 밖을 나가서 터널의 안전점검 후, 이상이 없으면 대피소에 다시 입주하도록 한다.

 수칙 2. 밖으로 대피 시 대피 순서는 1) 어린이 2) 청소년 3) 환자(부상자) 4) 여성의 순이다.

 수칙 3. 밖에서 필요한 물품 반출 순서 1) 비상식량(식수 포함) 2) 이불, 옷, 매트리스, 텐트 등 보온에 필요한 물품을 들고 남성, 전사(군경) 순으로 밖으로 나온다.

전사들의 정신이 갑자기 혼미해졌다. 살았다는 기쁨에 안전을 깜빡 잊고 있었던 것이다.

"모두 들으세요. 지진과 쓰나미로 터널이 약해져 있을 수 있습니다. 그러니 다시 밖으로 나가시기 바랍니다."
서로 빨리 빠져 나가려고 입구에 몰려들었다.

"나가는 순서는 어린이, 청소년, 환자, 여성 순입니다. 순서를 지키지 않는 사람은 식량을 배급하지 않겠습니다. 그러니 질서를 지키십시오."
갑자기 '텅' 하는 소리가 들렸다. 그러자 서로 나가려 하기 시작했다.

 '탕'
그때 입구를 지키던 전사 한 명이 공포탄을 발사했다.

"질서를 지키지 않으면 아무도 못 나간다."
 다시 질서를 지켜 빠르게 빠져 나갔다. 어린이 다음으로 나간 청소년은 환자를 부축해 나오는 여성을 도왔다. 그동안 남성들은 비상식량과 식수와 이불, 텐트, 매트리스를 안고 혹은 들고 입구에서 순서를 기다렸다. 이 모든 행동은 대피소 적응 훈련 시 자신이 해야 할 일을 할당받아 잘 알고 있었다. 소행성 충돌로 잠시 잊고 있었고, 살았다는 안도에 긴장이 풀렸다.

모두 나가고 마지막으로 전사들이 나가려고 하자 '쾅, 쾅, 쾅' 소리가 들리며 갑자기 대피소가 무너지기 시작했다. 다행히 가까스로 마지막 전사가 입구 밖으로 몸을 던져 화를 모면했다.

구출

그때 한 여성이 울부짖었다.
"내 아이, 내 아이가 없어요. 홍식아!"
그녀는 무작정 터널로 뛰어들려 했다.
전사 한 명이 그녀를 급히 저지했다. 터널 안은 아직도 위쪽에서 암석이 떨어지고 있었다.
"아이가 어디에 있습니까?"
"10번 기둥 옆에 자리 깔고 자고 있었어요."

전사들은 기둥 옆 구석진 곳이라 미처 확인하지 못했다. 터널은 최고 높은 곳이 7미터로 길이 방향으로 2.5m마다 철재 빔으로 보강했다.

철재 빔 다섯 칸마다 더 큰 빔으로 되어 있다. 만약에 10번 기둥에 있었다면 살아 있을 수 있었을 것이다. 하지만 구하러 가기에는 너무 위험했다.

입구를 지키던 전사가 조금도 망설임 없이 뛰어들었다. 45m가 이렇게 길게 느껴지는 건 처음이었다.

다행히 여덟 살로 보기에는 작은 아이가 울고 있었다.

아이를 안고 뛰어나왔다. 20m를 안고 나오다가 발이 콘크리트와 암반 사이에 끼였다.

큰 암반이 기울며 그의 다리를 덮쳤다.

"악!"

그가 외마디 소리를 지르며 앞으로 고꾸라졌다. 아이를 안고 넘어졌으나, 다행히 아이는 크게 다치지 않았다.

뒤늦게 두 명의 전사가 뛰어왔다. 한 명은 재빨리 아이를 안고 나가고, 다른 한 명은 돌을 치워 그를 구하려고 했다. 그러나 큰 암석이 기울면서 그의 다리가 더 단단하게 박혔다.

애써 큰 돌을 밀어내려고 했으나 돌은 꿈쩍도 하지 않았다.

'철컥!'

권총에 탄환을 장전하는 소리가 들렸다.
머리를 들어보니 그가 권총을 겨누고 있다.
"빨리 나가라. 지금 나가지 않으면 너도 죽게 된다."
"너를 데리고 나갈 거다."
"빨리나가, 이 새끼야! 여기가 내 무덤이야. 나가, 이 새끼야"
'탕!'
그가 허공 향해 총을 쏘았다.
"알았다. 나간다고……. 나가면 될 것 아냐."
입구로 나오자, 상위 전사가 뛰어왔다.
"어떻게 되었나? 왜 혼자 나와?"
다급하게 안으로 뛰어들려고 했다. 그러자 나오던 전사가 막았다.
"못 들어갑니다."
터널이 무너지는 소리도 들렸다. 그리고 한 발의 총성이 들려왔다.
"여기가 자기의 무덤이라고 했습니다."
상위 전사는 쓰러질 듯 휘청거렸다. 가까스로 전사가 상위 전사의 어깨를 잡았다.
상위 전사는 격렬하게 몸을 떨었다.

대피소 입소반대

지도를 보니 가까운 대피소는 20Km 거리에 있었다. 걸어가자면 최소한 7시간이 걸린다. 지금 가면 밤늦게 도착 될 것이다.

밤길은 위험하다. 아침에 출발하기로 했다.

다행히 밖에는 미리 내어놓은 텐트가 있었다. 가지고 나온 비상식량으로 배를 채웠다.

아침이 되자 두 명의 전사를 미리 보내고, 나머지 일행들이 출발했다. 행렬은 1Km가 넘었다.

오후 5시에 대피소에 도착했다. 대피소에서는 전사 다섯 명이 미리 대기하고 있었다.

"문제가 생겼습니다. 안에 있는 대피자들이 못 받아주겠다고 합니다."

"뭐, 뭐야, 못 받아준다고? 너 이 새끼, 너는 뭐하는 놈이야."

전사들은 평소 존칭을 쓴다. 그러나 훈련 시나 전시, 또는 전시에 준한 사항일 경우 명령 체계에 따라 상관 명령을 들어야 한다.

전사들도 조직은 잘 짜여 있다.

제일 높은 사람은 '최고 전사'다. 전사 수가 십만 명이니 열 명의 최고 전사가 있다. 최고 전사는 만 명의 지휘권을 가진다. 최고 전사 아래 다섯 명의 고위 전사를 두었다. 고위 전사는 이천 명의 지휘권이 있다.

고위 전사 한 명당 상위 전사 다섯 명을 두었다. 상위 전사는 사백 명의 지휘권이 있다. 상위 전사 한 명당 중위 전사 다섯 명을 두었다. 중위 전사는 팔십 명의 부하를 거느린다. 중위 전사 한 명당 소위 전사 다섯 명을 두었다. 소위 전사 한 명은 전사 열여섯 명의 분대장이다.

처음 출발은 군 지휘체계를 유지했다. 그러나 비정규군이라고 무시되는 경우가 많았다. 오직 전시 때, 최전방에서 싸우는 조건으로 평상시에는 군의 지휘를 받지 않는 독자적인 조직으로 자긍심을 지니도록 군과 별개의 체제를 유지했다.

사살

상위 전사가 들어갔다.

"여기에 못 들어오게 막는 사람은 누구입니까?"

"우리 모두 다요."

"지금 말한 사람, 일어나시오."

한 사람이 일어났다.

"들어오는 것을 반대하는 사람 더 있어요?"

"우리도 반대합니다."

"나도 반대합니다."

약 백여 명이 일어났다.

"지금 반대하는 사람은 모두 자기 짐 챙겨들고 나간다."

"예? 왜 우리가 나가야 합니까?"

"이 대피소가 당신들 것이야? 당신들이 돈 주고 구입했나? 어디서 권리 주장이야?"

"우리가 먼저 입주해 있었소. 그러니 우리에게 권리가 있어요."

"여기 매뉴얼이 있다. 여기 매뉴얼에는 '대피소가 붕괴될 경우 다른 대피소는 붕괴된 대피소의 생존자를 조건 없이 받아 주어야 한다.'라고 적혀있다. 그런데 못 들어오게 하겠다고?"

"그 매뉴얼대로 하면 다 죽어요. 지금도 천이백 명이 내뿜는 숨에 터널의 공기가 얼마나 나빠졌는지 아십니까?"

"그래서 여기에 이백 명을 받고, 또 다른 대피소에 분산한다는 말을 못 들었소."

"아무튼 우리는 한 명도 못 받아요."

"당신, 나와 봐!"

한 사람이 앞으로 나섰다.

"당신이 잘 나서 생존자로 뽑힌 줄 알아? 당신이 생존 가능성이 높을 것 같아서 이천사백만 명이 양보한 것이다. 이 매뉴얼로 당신이 뽑혔고, 당신은 당신 가족과 함께 매뉴얼을 준수하겠다고 서명했다. 기억하나?"

"그래도 우리는 양보 못하오."

"이 매뉴얼은 우리의 생존을 위한 바이블이다. 헌법 위에 있다. 매뉴얼에 의하면 '고의로 매뉴얼 내용을 준수하지 않거나 왜곡하여 생존자를 위험에 빠트리는 자는 최고 사형에 처하라.'고 되어 있다."

"차라리 나를 죽여라!"

'탕!'

상위 전사는 그를 향해 방아쇠를 당겼다. 총탄을 맞은 사람이 배를 잡고 그의 앞에 무릎을 꿇었다.

"아빠!"

"여보"

그의 아내와 자식이 그를 향해 뛰어왔다.

"너는 매뉴얼 내용을 준수하지 않고 반대하여 생존자를 위험에 빠지게 했으니, 사형에 처한다!"

그의 이마에 총구를 대고 쏘았다.

"또 반대하는 사람은 나와라!"
모두 다시 앉았다.
"조금 전에 일어선 사람은 다시 일어서라."
모두 상위 전사의 포스에 다시 일어났다.
"당신들은 개인 짐을 들고 나가라. 당신들의 권리 주장이 얼마나 어리석은 행위인지 다른 대피소에 알릴 필요가 있다. 전사들 모여!"
전사들이 한 자리에 모였다.
"이 사람들 이름을 하나하나 적고 각 대피소에 두 명씩 할당하라. 그리고 이름이 적힌 사람 중에 다시 모의 작당한다면 역모로 여기고 가차 없이 쏘라고 해라."
중위 전사가 작은 목소리로 말했다.
"상위 전사님! 사형은 월권입니다. 사형은 최고 전사의 권한입니다. 반드시 처벌받게 될 것입니다."
"그럼, 이들이 반항해도 가만히 두고 있어야 하나?"
"체포하여 구금하고 나중에 죄의 경중을 물어 처벌해야죠."
"중위 전사, 여기에 구금할 곳이 어디에 있나? 지금 저들이 반항하는 것을 그대로 두면 나중에는 더 요구가 많아진다. 지금은 모두 인내하지 않으면 결국 다 죽게 된다."
백여 명이 나가고 삼백여 명이 들어왔다.

복수의 기회

시체는 땅을 파 묻고, 유족들이 돌아왔다.

"네 아버지 죽음은 애석하지만, 너의 아버지 희생으로 우리 모두 생존에 유리해졌다. 네 아버지 죽음이 소문나면 모두 매뉴얼 내용을 준수할 것이다."

"매뉴얼이 그렇게 중요합니까?"

"매우 중요하다. 헌법보다도 성서보다도 더 중요하다. 헌법과 성서는 우리를 살리지 못하지만 매뉴얼은 우리를 살린다. 매뉴얼에는 식량이 묻힌 곳과 비축유가 있는 곳도 있다. 우리가 문화생활을 이어 나갈 방안도 마련되어 있다. 수백 명의 석학들로 작성되었다. 너에게는 정말 미안하다. 넌 이름이 뭐냐?"

"위석기요."

"성이 위냐? 참 희귀한 성씨구나. 나이는?"

"열네 살이요."

"나도 네 나이에 눈앞에서 아버지의 죽음을 보았지. 그때의 상실감은 말로 표현할 수가 없었다. 나의 행위에 대해서는 조금도 잘못이 없다고 생각해. 하지만 너에게는 개인적으로 정말 미안하다. 그래서 복수할 기회를 주마. 열네 살이라면 충분히 총을 쏠 수 있겠다."

그는 위석기에게 총을 건네고 조용히 앉았다.

"내 이름은 '박진웅'이다. 아버지 원수를 갚고 싶다면, 지금 나를 쏘아라."

위석기가 그의 머리를 향해 총구를 겨뉘었다. 총을 든 손이 바들바들 떨리며 눈물마저 흘렸다. 지켜보는 많은 사람들이 긴장했다.

그때였다.

"아저씨, 안돼요!"

열 살로 보이는 여자 아이가 절뚝거리며 뛰어들고 그들 앞을 막아섰다.

"아저씨, 죽으면 안돼요. 엄마와 저를 지켜주기로 했잖아요."

"민화야, 너와 엄마 그리고 여기 많은 사람을 지키기 위해 어쩔 수 없는 선택이다. 이래야 모두가 안전해진다."

중위 전사에게 눈길을 주자, 중위 전사는 아이의 팔을 잡아끈다.

"아저씨, 미안해요."

아이는 엄마에게 돌아갔다. 아이의 엄마는 고개를 푹 숙이고 있었다.

갑자기 사망자 부인이 아들의 손에서 총을 빼앗아 상위 전사를 쏘려고 했다. 잽싸게 중위 전사가 부인의 손에서 총을 낚아챘다.

"부인, 원한은 이해되나 아들이 크면 아들이 복수하도록 합시다."
그리고 그는 총을 상위 전사에게 되돌려주었다.
중위 전사가 아이에게 말했다.
"석기야, 복수는 10년 정도 미루자, 복수는 10년을 기다려도 늦지 않다. 지금은 생존을 위해 한 사람이라도 더 필요할 때다. 부인, 석기야 가서 짐을 챙겨라."

박진웅의 재혼 상대

종말 2개월 전이다. 빈 카페에 박진웅과 한 사람이 테이블을 마주하고 앉아있다. '박진웅'이 운영하는 카페다.
그는 전사를 겸직하고 있었다.
비상사태인 지금 전사는 계엄군으로 비상 근무하지만, 돌아가면서 십 일마다 하루씩 쉰다.
카페에 오는 손님은 거의 없다. 그러나 그는 카페를 열었다.
"김 선배가 나를 다 찾아오고, 종말이 다가오니 별일

이네."

"너에게 부탁이 있어 왔다. 염치없지만, 내 딸과 아내를 부탁하러 왔네."

"뭐요? 염치없는 정도가 아니라 완전 어이가 없네. 김 선배가 어떻게 그런 말을 할 수 있냐? 남의 여자를 뺏어 결혼까지 하고선, 이제는 그 여자를 부탁한다고? 빨리 나가 이 새끼야!"

그가 벌떡 일어났다. 그러자 김 선배는 의자에 내려와 무릎을 꿇었다.

"용서해 주게, 정말 미안하네."

김 선배는 그의 앞에 엎드려 눈물을 흘렸다.

박진웅은 다시 의자에 앉았다. 한 시간 정도가 지났지만, 김 선배는 여전히 무릎을 꿇고 있었다.

"그만, 일어나 데려오소."

김 선배가 일어나 크게 허리를 숙이며 말했다.

"고맙네, 고마워. 차에서 기다리겠네. 가져온 짐도 있으니 함께 나가주게."

그들은 함께 밖으로 나갔다. 김 선배는 차에 가서 뒷자석 문을 열고 한참을 말하고 있다.

두 사람이 내렸다. 엄마로 보이는 여인은 화장기는 없지만 예쁘장한 모습이었다. 그리고 수수한 차림새를 하고 있었다. 열

살로 보이는 소녀 역시 수수한 차림이었다. 엄마를 닮아 생김새가 예뻤다.

그 여인은 대학시절 박진웅과 연인 사이였다. 그들은 가난하였기에 서로 알바를 하며 학비를 버는 고학생들이었다. 박진웅은 양아치에게 폭행당하고 있는 김 선배를 구해 준 계기로 서로 친하게 되었다.

박진웅은 연인을 김 선배에게 소개했다. 그리고 3개월 뒤 연인으로부터 이별 통보를 받았다. 그리고 다시 3개월 뒤 연인과 김 선배는 결혼했다.

충격을 받은 박진웅은 군에 입대했고, 그때 헤어진 후로 처음 만났다.

두 사람은 마주 보지 않았다. 그녀는 고개를 약간 숙여 눈을 아래로 향했고, 입은 굳게 다물고 있었다.

"민화야, 이 아저씨야. 이 아저씨는 아빠가 만난 사람 중에 가장 믿을 수 있는 사람이다. 민화와 엄마를 아빠 대신 잘 지켜주실 거야. 인사해."

"안녕하세요, 김민화입니다."

여기로 오기 전에 충분한 설명이 있었던 것 같았다.

"그래, 네가 민화구나. 널 지켜주기로 약속하마."

아이는 죄가 없다. '저 여인과 결혼했더라면 이 아이는 내 아이가 될 수도 있었겠다.'란 생각이 들었다.

가지고 온 짐을 박진웅 차에 옮겨 싣고, 이혼서류도 받았다. 김 선배는 아내에게 몇 마디 말을 하고 딸에게 말했다.
"민화야, 아빠는 이제 가야해."
아이도 아빠도 하염없는 눈물만 흘리고 있었다.
아이의 아빠는 딸의 이마에 입을 맞추고 일어났다. 아내도 수건으로 얼굴을 가리고 울고 있었다. 김 선배는 차를 타고 떠났다.
"아빠, 아빠!"
소녀는 목 놓아 울었다.

공개재판의 이유

그날 12일 후, 세 사람이 박진웅 상위 전사를 찾아왔다.
"상위 전사님, 최고 전사님께서 모셔오랍니다."
헴비를 타고 최고 전사가 있는 지도부 대피소로 갔다.
지도부 대피소는 컨테이너 박스로 사무실을 꾸며 사용하고 있었다.
박진웅은 최고 전사실로 들어가 최고 전사 앞에 섰다.
"저기로 가서 앉지."
탁자가 있는 의자를 권했다. 두 사람은 탁자를 사이에 두고 마주 앉았다.

"'박상전' 당신이 생존자 중 한 사람을 살해했다고 하던데 맞습니까?"

"예. 사형시켰습니다."

"'박상전' 최고 전사인 나도 사형은 마음대로 하지 못하오. 어떻게 상위 전사가 마음대로 사형을 집행합니까?"

"상항에 따라 대처한 것입니다. 결과에 대해서 책임지겠습니다."

"이번 사형에 대해서 생존자와 우리 전사들 간에 벽이 생길 수 있어요. 그래서 박상전 당신을 공개재판하려고 합니다."

"AI재판을 받겠습니다. 판결에 승복하겠습니다."

"AI판결은 '박상전은 죄가 없다'고 나왔어요. 그렇다고 그대로 발표하면 팔이 안으로 굽는다고 생존자들이 받아들이지 않을 것입니다."

"그럼, 죄가 크다고 하십시오. 처벌 수위도 높이고……."

"그렇게 말해주니 고맙소. 그러나 정치는 연출도 필요하오. 결과에 상관없이 우리가 얼마나 공정한지 보여 줄 필요가 있어요."

"알겠습니다. 받아들이겠습니다."

"좋아요. 재판의 진행은 '박상전'이 불리한 구도로 진행될 것입니다. 배심원제로 진행되고 배심원은 생존자들만으로 짜여질 것이요. 유죄가 되어 수감되어도 적당한 시기가 오면 사면과 복권을 시켜주겠소."

공개재판

재판장은 터널 내에 판사석과 검사석, 피고와 변호사석, 기록관석에만 책상과 의자가 있고 배심원석과 방청석 일부는 철재 접는 의자에 앉는 간단하게 만든 임시 재판소다.
방청객 대부분은 서 있어야 했다.
공개 재판이 진행되었다. 박진웅 상위 전사와 변호사가 배석했고, 판사 세 명이 자리에 배석했다. 그리고 배심원 열 명이 배석했다.
배심원들은 각 대피소에서 무작위로 선출되었다. 증인이 앉아있고, 검사가 서서 증인에게 질문했다.

검사 : 증인, 피고가 터널에 들어와서 어떻게 했습니까?
증인 : 들어오자마자 우리보고 나가라 했습니다.
검사 : 왜 나가야 하는지에 대한 설명이나 설득이 있었습니까?
증인 : 없었습니다.

검사 : 화가 많이 났었다고 하는데 맞습니까?

증인 : 예.

검사 : 피고가 피해자에게 어떻게 했습니까?

증인 : 큰 소리로 화를 내며 총을 쏘았습니다.

검사 : 이상입니다.

변호인 : 증인은 무너진 터널에서 생존자들이 온다는 말을 듣지 않았습니까?

증인 : 들었습니다.

변호인 : 그럼, 증인은 피고인이 다시 설명하지 않아도 내용은 잘 알고 있었네요.

증인 : 예.

변호인 : 피해자가 어떻게 했습니까?

증인 : 피해자가 사람들에게 여기에 천이백 명이나 수용되어 공기가 열악한데 이백 명이 더 들어온다면 숨 쉬기 힘들 것이라고 반대하자고 했습니다.

변호인 : 피고가 그 후 어떻게 했습니까?

증인 : 반대했던 사람들에게 자신의 짐을 들고 다 나가라고 했습니다.

변호인 : 피해자가 어떻게 했습니까? '차라리 죽여라. 못나간다.'고 하지 않았나요?

증인 : 예.

변호인 : 피고인이 어떻게 했습니까?

증인 : 피고는 매뉴얼이 어떻고 하며, 사형을 시킨다며 총으로 쏘았습니다.

변호인 : 그 후 피고인은 피해자를 어떻게 했습니까?

증인 : 피고가 전사들에게 피해자를 매장하라고 했습니다.

변호인 : 피고인이 매장하고 돌아온 피해자 아들에게 자신의 총을 주며 자신을 쏘아서 복수하라고 하지 않았나요?

증인 : 했습니다. 그때 여자아이가 막았습니다. 피해자의 부인이 아들에게서 총을 뺏어 쏘려고 했지만, 전사 한명이 총을 뺏었습니다.

변호인 : 이상입니다.

그 뒤에도 여러 명이 증언했다.

판사 : 오늘 재판은 이것으로 마치고 내일 다시 속개하겠습니다. 오늘 공판을 마치겠습니다.

위석기

다음날, 재판이 속개되었다.

변호인 : 새로운 증인을 신청합니다. 피해자의 아들 위석기입니다. 나와 주세요.

위석기가 나왔다.

검사와 판사는 깜짝 놀랐고 방청석에서도 웅성거리는 소리가 들렸다.

 검사 : 판사님 이의 있습니다. 피해자 유족이 피고를 변호할 수 없습니다. 더구나 미성년자입니다.

 변호인 : 여기 보호자의 동의를 받았습니다.

그는 보호자 동의서를 판사에게 내밀었다.

 검사 : 감정에 치우쳐 판단이 흐릴 수 있습니다.

 검사는 유족이 피고를 증언하겠다는 것에 의구심을 가졌다.

 판사 : 열네 살이면 충분히 잘 잘못을 판단할 수 있습니다. 변호인 계속하세요.

 변호인 : 증인은 피고를 변호하려고 증인석에 앉은 것이 맞습니까?

 위석기 : 예, 맞습니다.

 변호인 : 왜? 피고를 변호해야 하겠다고 생각했습니까?

 위석기 : 아버지가 총에 맞고 쓰러질 때 뛰어가면서 두려웠습니다. 아버지를 쏜 총으로 나를 죽일 것 같았습니다. 그러나 피고인은 저를 보는 순간 매우 당황했습니다. 아버지를 묻으러 밖으로 나갔을 때 많은 이재민을 보았어요. 그들의 몰골이 먼 길을 걸어와 너무 지쳐 보였습니다. 아버지는 불쌍한 이재민들을 못 받아들이겠다고 했습니다. 아버지 잘못이

맞습니다.

　변호인 : 증인은 피고인이 무죄라고 생각합니까?

　위석기 : 아버지가 유죄입니다. 피고는 정당한 법 집행을 한 것입니다.

　변호인 : 피고인은 증인의 부친을 사망하게 했습니다. 무죄라는 이유를 말해주세요.

　위석기 : 피고가 유죄가 되면 사람들은 아버지가 억울하게 죽었다고 할 것입니다. 그렇게 되면 아버지와 같이 이기적인 사람이 또 나오게 됩니다. 다시 이기적인 사람으로 공동체의 분열을 조장하게 될 것입니다. 아버지는 돌아올 수 없는 길을 떠났습니다. 피고가 무죄가 된다면 아버지의 죽음은 욕될 지은정 생존자 모두에게는 헛된 죽음은 아닐 것입니다.

위석기는 똑똑한 아이였다. 아버지의 잘못을 인정함으로서 공동체에서 생길 수 있는 이기가 차단되고 아버지의 죽음은 희생으로 기억될 것이다. 그러면 자신도 공동체 속에서 안전하게 될 것이라고 어머니를 설득했다.

　검사 : 증인은 아버지와 사이가 좋지 않았습니까?

　위석기 : 아버지는 지나치게 자기중심적인 사람입니다. 사람들과 마찰은 있지만, 그래도 가족은 잘 챙기는 분입니다. 저와 아버지 사이는 어느 가정과 같습니다.

검사 : 어느 가정과 같다는 말은 어떻다는 말입니까? 구체적으로 설명하세요.

위석기 : 아버지와 대화를 잘하지 않았습니다. 애정이 없는 것이 아니고 아버지 말씀은 잔소리로 느껴져 피하게 됩니다.

검사 : 피고는 증인의 아버지를 살해했습니다. 원한이 느껴지지 않습니까?

위석기 : 원한은 느낍니다. 저는 앞으로 전사가 되어 피고를 지켜볼 것입니다. 피고가 정의롭지 못하면 나는 피고에게 총을 쏠 것입니다.

열네 살이라 하기에는 지나치게 어른스러웠다. 결국 재판은 소행성 충돌과 아버지의 죽음으로 진화되었다.

증인석에 '박진웅 상위 전사'가 앉아 있다.

검사 : 피고, 피고가 맡고 있었던 대피소가 무너지며 부하 전사 한명이 숨졌다는데 맞습니까?

피고 : 예.

검사 : 그때 분노했습니까?

검사의 말에 피고의 얼굴이 노기로 얼룩졌다.

피고 : 예, 그는 책임감이 투철한 전사였습니다. 아까운 사람입니다. 진사들 사이에도 두터운 우정을 지니고 있었습니다.

검사 : 피고의 열 살 된 의붓딸이 터널 탈출 시 발목을 접질

러 걸을 수가 없어 20Km를 업고 오면서 물 한 모금도 마시지 않았다고 들었는데, 참 대단합니다. 그런데 막상 도착하고 보니 대피소에는 못 들어오게 하니, 분노했겠지요.

박진웅은 노기를 삼기며 대답했다.

피고 : 아니오. 아이의 엄마가 5Km 업었고, 나머지 거리를 제가 업고 왔습니다. 그 때문에 화가 난 것은 아니었습니다…….

검사 : 증인들의 증언에 의하면 대피소에 들어 올 때, 이미 매우 화가 나있었다고 했는데, 화가 왜 났습니까.

피고 : 이재민은 20Km를 걸어 왔습니다. 오는 길이 편안하지는 않았습니다. 다리가 끊어져 물을 건너야 했습니다. 도로도 유실되고 터널도 무너져 산을 넘어야 했습니다. 결국 가져온 개인 짐을 한곳에 모아 두고 맨몸으로 올 수밖에 없었습니다. 그런데 받아줄 수 없다고 하니 화가 났던 것입니다.

검사 : 화가 났었다는 것을 인정합니까?

피고 : 예, 인정합니다.

검사 : 피고, 전사는 화가 나면 총을 쏘아도 된다고 전사 교본에 나와 있습니까?

변호사 : 이의 있습니다. 검사는 의도적으로 피고를 도발하고 있습니다.

판사 : 검사는 말을 가려하세요.

검사 : 그 질문은 취소합니다. 피고는 '매뉴얼이 헌법보다도 성서보다도 더 중요하다'고 했다는데 지금도 같은 생각입니까?

피고 : 헌법보다도 성서보다도 매뉴얼을 지키는 것이 더 중요하다고 생각합니다. 법률로는 지금의 위기를 대처할 수 없습니다. 신이 있다면 죄도 없는 사람들을 죽도록 내버려 두지는 않을 것입니다. 그나마 매뉴얼은 지금의 위기를 극복할 수 있는 방법이 기록되어 있습니다. 따라서 매뉴얼을 지키는 것이 헌법이나 성서보다도 더 중요하다고 생각합니다.

검사 : 나는 종교를 믿습니다. 부모형제는 숨졌지만, 천국에 갔을 것이라고 믿습니다.

판사 : 검사, 이 자리는 검사의 사견을 말하는 자리가 아닙니다.

검사 : 죄송합니다. 피고, 피고가 그렇게 추앙하는 매뉴얼에도 규정 위반자의 처벌은 3단계로 되어 있습니다. 첫째, 배식 및 물품 배당을 제한한다. 둘째, 추방한다. 셋째, 사형시킨다. 이 규정도 너무 강력한데 피고는 바로 사형을 집행했습니다. 너무 심했다고 생각되지 않나요?

피고 : 소행성 충돌 전을 생각해 보십시오. 거리의 사람 중에 흉기를 들고 위협만 해도 사살했습니다. 말이 행동으로 옮겨져 위협이 될 때 말도 흉기가 됩니다. 그래서 처형하기로

했습니다.

검사 : 그 말이 독재라고 합니다. 이상입니다.

판사 : 변호인 심문하시오.

변호인 : 사건이 있었던 97호 대피소 이후, 다른 대피소 다섯 군데에서도 입소 반대가 있었습니까?

피고 : 없었습니다.

변호인 : 본안과 의붓딸은 어느 대피소에 배당되었습니까?

피고 : 90호 대피소를 선택했습니다.

변호인 : 90호 대피소는 시설이 가장 낙후하다고 알려져 있습니다. 왜, 그곳을 선택했습니까?

피고 : 상위 전사라고 특혜 받는다는 말이 없도록 가장 나중에 선택했습니다.

변호인 : 이상입니다.

판사 : 오늘 재판은 이것으로 마치고 내일 최종 발언과 배심원 심리를 진행하도록 하겠습니다. 이것으로 오늘 공판을 마치겠습니다.

최종 변론

검사는 최종 발언을 위해 배심원 앞에 섰다.

"배심원 여러분, 피해자의 아들 증언은 잊어주십시오. 오직 법리로만 생각합시다. 피고는 사건 대피소에 도착했을 때 화가 많이 난 상태였습니다. 대피소에 못 들어오게 하는 피해자를 충분히 설득하지 않고 사랑하는 아들과 아내가 지켜보는 자리에서 자신의 화를 주체하지 못하고 총탄으로 피해자를 사망케 했습니다. 피고는 전사입니다. 전사의 의무는 양민을 안전하게 보호하고 생명을 지키는 것입니다. 피해자는 무기도 없었던 사람입니다. 화가 난다고 양민을 학살하는 건 안 됩니다. 따라서 피고는 용서할 수 없는 죄를 지었습니다."

변호인이 배심원 앞에 섰다.

"피고는 천이백 명의 이재민을 이끌고 20Km를 무려 10시간이나 걸어서 97번 대피소에 겨우 도착했습니다. 천이백 명 중에 이백 명만 입소한다고 미리 설명도 했습니다. 그러나 피해자는 단 한 명도 받아 줄 수 없다고 단호했습니다. 지금의 환경에서 20Km를 걷는 것만으로도 죽음입니다. 이재민을 여섯 개의 대피소에 분산 입소시켜야 하는 피고의 입장에서 앞으로 있을 입소 반대를 고려하지 않을 수 없었습니다. 피고는 어떠한 불이익을 감수하더라도 단호한 조치를 했습니다. 결과적으로 동원 가능한 차량이 신속하게 배치되었고 다행히 이재민의 입소를 반대하는 대피소는 없었습니다. 피고가 자신의 이익을 위해 행한 사건이 아닙니다. 생존자를 위한 행위이므로 피고의 행위는 무죄입니다."

평결 결과

배심원들은 협의를 마치고 배심원석에 착석했다.
 판사 : 평결 결과가 나왔습니까?
 배심원 대표 : 나왔습니다. 발표 전에 드릴 말씀이 있습니다. 형량을 저희가 내려도 됩니까?
 판사 : 형량은 내릴 수 없습니다. 유, 무죄만 논할 수 있습니다.
 배심원 대표 : 그렇다면 무죄입니다.
 판사 : 알겠습니다. 그런데 그 말뜻은 배심원들께서 피고의 형량을 내릴 수 있다면 유죄라는 말입니까?
 배심원 대표 : 그렇습니다.
 판사 : 유죄라면 형량은 얼마나 내리려 했습니까?
 배심원 대표 : 형량은 없습니다.
 판사 : 형량이 없다니, 집행유예 해달라는 말입니까?
 배심원 대표 : 집행유예가 아니라 유죄지만, 형벌은 없다는

뜻입니다.

판사 : 왜, 그런 결론을 내렸습니까?

배심원 대표 : 이재민을 받아주지 않는다면 그들은 어디로 갑니까? 환경이 열악해진다고 식량과 생필품이 부족해진다고 버려진다면 앞으로 더 많은 생존자들이 타의에 의해 버려지게 될 것입니다. 나도 여기에 있는 모두도 언젠가는 버려질 수 있습니다. 생존자들은 버려지지 않으려 힘센 누군가에게 붙거나 각 대피소의 생존자끼리 뭉쳐 편을 만들려 할 것입니다. 그렇게 되면 사분오열로 나누어져 서로 뺏으려 하고 죽이려 할 것입니다. 그렇다고 최후에 남은 사람은 과연 살아남을 수 있을까요? 결국은 모두 사라지게 될 것입니다. 지금 모든 생존자들이 똘똘 뭉쳐 성공적인 생존을 위해 참고 인내해야 합니다. 부족하면 절약하고 나누고 모두 같이 가야합니다. 그런데 피해자가 분열을 조장했습니다. 그는 이재민을 받으려 하지 않았습니다. 피고는 자신이 살인죄로 처벌 받더라도 바로 잡으려 한 것입니다. 살인은 유죄가 맞습니다. 죽이지 않고 잘 설득하여 다 같이 가야했습니다. 그러나 그 살인으로 인하여 모든 생존자들이 매뉴얼을 지켜야 한다는 공감대가 형성되어 이기심을 버리는 계기가 되었습니다. 그래서 피고인은 유죄지만 형벌은 없다는 것입니다.

판사 : 알겠습니다. 피고 일어나시오.

피고가 일어났다.

판사 : 피고에게 무죄를 선고합니다.

판사는 '땅! 땅! 땅!' 법봉을 내려쳤다.

박진웅은 자리에 한참을 앉아있다 일어났다. 배심원과 방청객, 판, 검사 등은 이미 돌아가고 집기류를 정리한다고 어수선했다.

어수선한 가운데 의붓딸이 조용히 다가왔다.

"아저씨!"

아이의 열 걸음 뒤쪽에 아이의 엄마가 서 있었다.

그녀와 재회 후 한 번도 말하지 않았고 얼굴도 마주한 적 없었다. 지금 처음으로 서로 얼굴을 보았다. 눈이 마주치자 그녀는 조용히 땅에 무릎 꿇어앉아 머리 숙였다.

그녀는 결혼을 후회한 적은 없었다. 그러나 배신한 자신과 딸을 구해준 고마움의 표현이었다.

박진웅도 떠날 때가 되었음을 잘 알고 있었다. 그는 재판 결과와 상관없이 첩보 수집을 위해 부하 네 명과 함께 미국에 가기로 했다.

재건

진도 12 이상의 지진이 지구를 휩쓸 자 분출 직전의 마그마가 일시에 폭발했다.

백두산과 일본의 후지산을 비롯한 일본에 대부분 화산이 다시 폭발했다. 미국 옐로스톤 화산과 칠레, 필리핀 등 세계 곳곳의 화산이 동시에 터졌다. 기온은 섭씨 50도로 올라갔다.

오백 개 대피소 중에 393개가 다행히 붕괴는 면했다. 그러나 거주가 안전한 대피소는 389개로 확인되었다.

대피자 565,716명 중 407,532명이 생존했다. 50% 생존도 성공인데 72%가 생존했다.

발전기는 각 대피소 마다 두 대씩 있다. 그러나 발전량이 매우 적었다. 그래서 조명과 환풍기만 가동 될 정도였다.

각 대피소 네 개를 묶어 대표자 한 명씩을 선출해, 한 곳에서 모여 회의를 했다.

정치 체제는 매뉴얼대로 집단 지도체제를 하기로 했다.

전기 복구가 시급했다. 그래서 소형 원전에서 각 대피소에 결선을 빨리 해야 했다. 동원 가능한 모든 인력이 동원되어 깜깜한 밤에도 희미한 조명에 의존하며 돌아가며 땅을 파고 전선을 묻고 전기 기술자가 밤낮 없이 작업하여 이십오 일 만에 전 대피소에 전기가 공급되었다.

본격적인 전기가 공급되자 모두 만세를 부르며 기뻐했다.

침상은 목재로 3단으로 만들어 매트리스를 깔아, 위에는 아이들이 지내게 하고 아래는 부부가 거주하게 했다. 아래 하단에는 진공 포장된 쌀을 보관했다.

섹스는 따로 장소를 만들어 그곳에서만 하도록 했고 안정될 때까지 피임을 하도록 했다.

스마트 팜 농사를 위하여 수직 7단의 수경 재배시설을 만들고 LED 전등을 달았다. 채소를 키우면서 공기도 정화해야 했다. 음식은 체중에 따라 적정량을 제한적으로 공급했다.

대피소 내 공기 질이 열악했다. 밀폐된 공간에서 부족한 산소를 보충하기 위하여 물을 전기분해로 산소를 만들고, 전기분해 과정에서 생산된 수소를 수소배터리(수소연료전지)에 저장해 부족한 전기를 보충했고 풍력발전기도 설치했다.

차를 정비하고 도로도 보수하기 시작했다. TV를 설치하고 중앙 방송국도 만들어 통신 케이블을 깔고 교육프로그램으로 수업을 시작했다. 통신케이블로 각 터널과 교신도 가능했다. 무선통신으로 전 세계 생존자를 찾기 위해 교신을 시작했다. 교신을 시작한지 칠 일 만에 미국 중국 러시아 외 유럽 여러 나라에서 응답이 왔다.

그들은 자신들 나라에 얼마나 많은 생존자가 있는지 아직 모른다고 했다. 그들은 자신들도 생존자들의 모임이 조직되면 대표로 하여금 한곳으로 모여 국제협회를 조직하자고 했다.
어느 날, 미사일 세 기가 날아와 폭발했다.
안테나가 파손되고 교신이 끊어지고 주변이 초토화 되었다. 다행히 안테나는 대피소와 아주 먼 곳에 세워져 있었다. 혹시 누군지 모르는 공격자가 있을 수 있다는 매뉴얼에 따른 것이다.

정부 조직으로 구성된 안전방위부장은 매뉴얼 한 권을 가져왔다. '공격을 받았을 때 매뉴얼'이다. 표지를 열었다.
 '이 파일은 공격을 받았을 때 생존을 위한 매뉴얼이다. 이 매뉴얼은 숨겨진 군사 무기와 사용 암호, 연료와 비상식량, 보급품 등이 기록되어 있는 군사적 기밀 자료임으로 1급 기밀 접근 권한이 있는 군 지휘관과 고위 전사 이상만 볼 수 있다.'

 제 1 장 경계수칙
 수칙 1. 대피소는 항공 또는 드론으로 식별하지 못하게 입출구를 은폐하라.
 수칙 2. 기간 시설(발전소, 통신시설 등)을 보호하라.

수칙 3.......
수칙 4…….

유성 충돌로 많지 않은 인간만이 남았는 데도, 자신들 종족만 남기려는 인간의 욕망은 여전히 존재했다.
그들의 종족만 남게되면 과연 인류가 또 다시 번영을 누릴 수 있게 될까?

- 끝 -